「ショーン」アレンの油絵。

「クリスティーンを抱くレイゲン」アレンの鉛筆画。

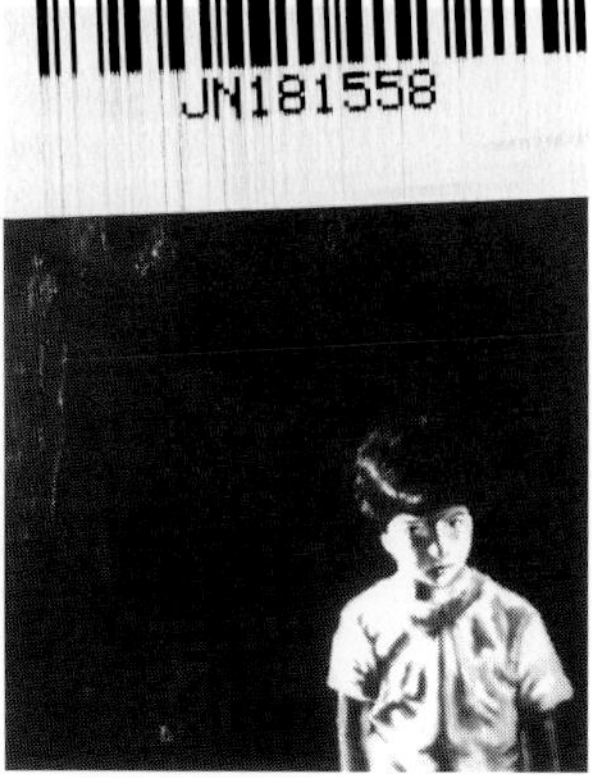

「デイヴィッド」アレンの油絵。

「アーサー」アレンの鉛筆画。

「クリスティーン」アレンの鉛筆画。

「アダラナ」アレンの油絵。

「クリスティーンのラゲディ・アン人形」レイゲンがフランクリン郡拘置所で描いたもの。クリスティーンは上の絵でもこの人形を抱いている。

「あばずれ：エイプリルの肖像」アレンの油絵。

「優雅なるキャスリーン」レバノン刑務所のビリーの独房でアレンとダニーが描いた油絵。最初ビリーがサインし、その後アレンとダニーが名前を書き加えた。

Why do I gots to say in A CAGE AND CAN't
get out AN play
Do you Like Icream
I Love you
My Antfer say you going to help us
A giant big hug AN A Kiss For Miss Judey
From
CHristene

クリスティーンが弁護士のジュディ・スティーヴンスンに宛てて書いた手紙。

「デイヴィッド・コール博士」アレンの油絵。

「風景」トミーの油絵。

1965年、10歳のビリー。

1981年2月20日、デイトン司法センターでのビリー。

左からジム、キャシー、ビリー。前列中央はドロシー。

ハヤカワ文庫 NF
〈NF430〉

24人のビリー・ミリガン
〔新版〕
〔上〕

ダニエル・キイス
堀内静子訳

早川書房
7564

THE MINDS OF BILLY MILLIGAN

by

Daniel Keyes

Translated by
Shizuko Horiuchi
Published 2015 in Japan by
HAYAKAWA PUBLISHING, INC.
This book is published in Japan by
direct arrangement with
WILLIAM MORRIS ENDEAVOR ENTERTAINMENT, LLC.

幼児虐待《ぎやくたい》の犠牲者たち、
とりわけ
隠れた犠牲者たちへ……

謝辞

本書はウィリアム・スタンリー・ミリガンとの数百回におよぶ面会と会話、さらに彼とかかわりのある六十二人と会って聞いた話から生まれた。その人々の多くは本書のなかで名前をあきらかにしてあるが、その助力にはあらためて感謝の意を表したい。

個人的に次の人々にお礼を申しあげる。彼らの協力はわたしの研究と調査に、本書の執筆前から、執筆中、さらに出版に際して、重要な役割を果たした。以下に名前をあげる。

アセンズ精神衛生センターの医療部長ドクター・デイヴィッド・コール、ハーディング病院の院長ドクター・ジョージ・ハーディング・ジュニア、ドクター・コーネリア・ウィルバー、公選弁護人のゲイリー・シュワイカートとジュディ・スティーヴンスン、弁護士のＬ・アラン・ゴールズベリーとスティーヴ・トンプスン、ミリガンの母親ドロシー・ムーアと現在の継父《けいふ》デル・ムーア、ミリガンの妹のキャシー・モリスンとミリガンの親しい友人メアリである。

以下の組織——アセンズ精神衛生センター、ハーディング病院（とくに広報担当のエリー・ジョーンズ）、オハイオ州立大学警察、オハイオ州検察局、コロンバス市警察、ランカスター警察署——のスタッフの協力にも感謝する。

オハイオ州立大学のレイプの被害者（キャリー・ドライヤーとドナ・ウェストという仮名を使っている）には、被害者の視点から、詳細《しょうさい》に語ってくれたことに敬意をはらい、お礼を申しあげる。

わたしのエージェント兼弁護士のドナルド・エンゲルには、本書の執筆にあたって、成功を確信し、支えてくれたことに、編集者のピーター・ゲザーズには、たえざる熱意と批評眼で、大筋からはずれないように助けてくれたことに感謝する。

大勢の人々が熱心に協力してくれたが、わたしと話したがらない人々も多少いた。彼らについての資料をどこから得たのか明確にしておきたい。

十五歳のミリガンを治療したフェアフィールド精神衛生クリニックのドクター・ハロルド・T・ブラウンのコメントや考えや洞察は、彼の治療記録を引用するか、言い換《か》えをして利用した。ミリガンの多重人格を最初に発見し診断したサウスウェスト・コミュニティ精神衛生センターのドロシー・ターナーとドクター・ステラ・キャロリンについては、ふたりとの面会に関するミリガンの鮮明な記憶にもとづき、彼らの報告書や法廷での宣誓《せんせい》証言、そのほか、当時の知人でふたりと言葉を交《か》わしている精神科医や弁護士たちによって確認できるものなどを利用した。

ミリガンの養父（公判時およびメディアによって「継父」とされている）チャーマー・ミリガンは、彼にたいする批判について話すのも、彼の側からの見解を述べるようにというわたしの提案も拒否した。新聞と雑誌に送った声明と、公表されたインタビューで、彼は「脅《おど》され、虐待され、同性愛の対象とされた」というミリガンの非難を否定した。したがって、チャーマー・ミリガンの行動とされるものは、公判記録から得られたものであり、親戚や隣人たちの証言録取書や、彼の娘チャラや養女キャシー、養子ジム、元の妻ドロシー、そしてむろんビリー・ミリガンとのテープ録音したインタビューによって確認されている。

わたしの娘たち、ヒラリーとレスリー、そして妻のオーリアには、この困難な資料調査に助力し理解を示してくれたことにたいし、とくに感謝の気持ちを表わしたい。とりわけオーリアは、いつものように編集上の有益な提案をしてくれただけでなく、数百時間におよぶインタビューのテープを聞き、利用しやすいように記録して、わたしが必要なテープを探し、会話や情報を異《こと》なった観点からチェックできるようにしてくれた。彼女の励《はげ》ましと助力がなかったら、本書を完成するにはさらに何年もの歳月《さいげつ》がかかったことだろう。

序文

本書は合衆国の歴史上はじめて、重罪を犯したにもかかわらず、多重人格であるため、精神障害という理由で無罪とされた人物、ウィリアム・スタンリー・ミリガンの現在までの人生を、事実にもとづいて記述している。

精神医学の専門書もしくは一般向けの読物で、最初から架空の名前が用いられているほかの多重人格者と違い、ミリガンは逮捕され起訴された当初から有名になり、論争の的《まと》となった。彼の顔は新聞の一面や雑誌の表紙に載《の》った。彼の精神鑑定の結果は、世界中で夜のテレビ・ニュースでとりあげられ、新聞の見出しとなった。彼はまた、病院の入院患者として、一日二十四時間注意深く観察された最初の多重人格者であり、その多重人格性障害は、四名の精神科医と一名の心理学者による宣誓証言により、証明された。

わたしがその二十三歳の青年にはじめて会ったのは、彼が裁判所の命令で、オハイオ州アセンズのアセンズ精神衛生センターへ送られてきてからまもなくのことだった。その青年に、彼について本を書くように頼まれたとき、わたしはメディアで詳細に報道された以外にも書くことがあるかどうかによる、と答えた。彼は、心のなかの人々についての奥深い秘密は、弁護士や彼の検査をした精神科医を含めて、誰にもあかしていないと請《う》け合った。いま、世間の人々に、自分の心の病気について理解してもらいたいのだ、と彼は言った。わたしは懐疑的だったが、興味を持った。

彼に会ってから数日後、わたしは《ニューズウィーク》誌に載った「ビリーの十の顔」と題された記事の最後のパラグラフに好奇心をそそられた。

> しかしながら、まだ答えのない疑問がある。どうやってミリガンは、トミー〔彼の人格のひとり〕が示したフーディーニもどきの縄抜けの技を学んだのだろう。レイプの被害者たちとの会話で、彼が「ゲリラ」とか「殺し屋」とか称したのは、どういうことなのだろう。医者たちは、ミリガンの心の奥にはほかの人格が潜《ひそ》んでいるかもしれないと考えている——そのなかには、まだ発覚していない犯罪行為をした者がいるかもしれない。

精神病院の彼の部屋で、面会時間にふたりだけで話しているとき、わたしはビリーと呼ばれているその青年が、最初に会ったときの落ち着いた青年とまったく違うことに気づいた。そのときの彼はとぎれがちに話し、膝は神経質にがくがく震えていた。記憶は貧弱《ひんじゃく》で、記憶喪失のために長い空白の期間があった。ぼんやりと憶えている過去のそういう時期について漠然と話し、つらい記憶に声が震えることもたびたびあったが、細部についてはあまり語れなかった。彼の経験を引きだそうと努力したがむくわれず、わたしはあきらめかけていた。

ところがある日、驚くべきことが起こった。

ビリー・ミリガンがはじめて完全に統合され、あらゆる人格が混じりあった新しい個人が出現したのだ。統合されたミリガンは、すべての人格についてその誕生当時から、彼らの考え、行動、関係、悲劇的な経験や喜劇的な冒険などについて、鮮明でほぼ完璧な記憶を持っていた。

序文でこのことを述べておくのは、わたしがどうやってミリガンの過去の出来事や、心に秘めた感情や心のなかの会話について記録できたかを、読者に理解してもらいたいからである。本書の資料はすべて、統合されたミリガン、彼のほかの人格たち、そして彼の人生のさまざまな時期に彼と関係のあった六十二人の人々から得られた。情景や会話は、ミリガンの記憶にもとづいて再構成した。セラピーのセッションは、直接ビデオテープからとった。自分で勝手につくりあげた部分はひとつもない。

執筆をはじめてから、われわれが直面した深刻な問題のひとつは、出来事を年代順に配列することだった。なぜならミリガンは幼いころからたびたび「時間を失って」いたので、時計やカレンダーにはあまり注意をはらわず、何月なのか何日なのか尋ねるのもきまり悪いため、知らないますますごすこともよくあったのだ。やっとのことで、請求書や領収書、保険の記録、学校の通知表、雇用記録、その他、彼の母親や妹、雇用主、弁護士や医者にもらった数多くの書類をもとに、さまざまな出来事を年代順に整理することができた。ミリガンは手紙にめったに日付を書かなかったが、彼の元ガールフレンドは彼が刑務所にいる二年のあいだに書いた数百通の手紙を持っていたので、封筒の消印から、いつ書かれたのかを知ることができた。

ミリガンとわたしは協力しているうちに、ふたつの基本的な原則に合意した。

第一に、人々、場所、施設は実名を用いるが、例外として、三つのグループの個人については、匿名《とくめい》によってプライヴァシーを守ることにした。第一のグループはほかの精神病の患者、第二のグループはミリガンが十代のころ、あるいは成人してからかかわっている、起訴されていない犯罪者で、わたしが直接インタビューできなかった人々、第三のグループは、オハイオ州立大学のレイプの被害者三名であり、これにはわたしのインタビューに応じたふたりが含まれる。

第二に、ミリガンの人格たちが打ち明けてくれた犯罪のなかで、公表すればいまでも起訴される可能性があるものについては、その状況を許される範囲内で脚色することにした。その一方で、ミリガンがすでに裁判を受けている犯罪については、これまであきらかにされなかった細部まで記録した。

ビリー・ミリガンに会うか、ともに働くか、被害を受けた人々の大半は、彼が多重人格であるという診断を受け入れた。そうした人々の多くは、ミリガンの言葉や行動を思い出し、最後には、「芝居であんなことができたはずがない」と認めた。ほかの人々はいままでも、彼が食わせもので、刑務所に送られるのを避けるために、精神異常により無罪を訴えた頭のいいペテン師だと考えている。わたしはどちら側《がわ》の人々とも、できるかぎり大勢から話を聞いた。彼らは自分たちがとった態度とその理由について語ってくれた。

わたしも懐疑的な態度をとりつづけた。信じるか信じないか、心がゆれ動かない日はほとんど一日もなかった。だが、ミリガンと本書にとり組んだ二年のあいだに、彼が思い出した行動や経験が疑わしく思えても、調査の結果、それが正確な記憶であったことがわかると、疑念は消えて、信じられるようになった。

この疑問がいまだにオハイオの新聞をにぎわせていることは、最後の犯罪から三年と二カ月後の、一九八一年一月二日付《デイトン・デイリー・ニュース》に載った次のような記事を見ればわかる。

芝居か被害者か、どちらにしてもミリガンの事件は明らかにする

ジョー・フェンリー

ウィリアム・スタンリー・ミリガンは悩み多い人生を送る悩み多い男である。彼は社会を欺《あざむ》き、凶悪な犯罪にたいする懲役刑《ちょうえきけい》を逃《のが》れたペテン師か、多重人格という障害の真《しん》の犠牲者かのどちらかである。どちらにしても、不快な経験である……。時間だけが、ミリガンが世間の人々を騙《だま》したのか、それともこの上なく不幸な犠牲者なのかを明らかにする……。

たぶん、いまがその時なのだろう。

一九八一年一月三日

オハイオ州アセンズ

ダニエル・キイス

心のなかの人々

裁判当時、精神科医、弁護士、警察、メディアに知られていた人々。

〈十人〉

1　**ウィリアム・スタンリー・ミリガン（「ビリー」）**　二十六歳。本来の人格もしくは核となる人格で、のちに「分裂したビリー」あるいは「ビリーU」と呼ばれる。高校中退。身長六フィート、体重百九十ポンド。目は青く、髪は茶色。

2　**アーサー**　二十二歳。イギリス人。合理的で、感情の起伏がなく、イギリスのアクセントで話す。独学で物理学と化学を学び、医学書を研究している。流暢《りゅうちょう》なアラビア語を読み書きする。徹底的な保守派であり、自分を資本主義者だとみなしているが、無神論者と公言している。ほかの人格たち全員の存在を最初に発見した。安全な場所にいるときはほかの人格たちにたいして支配権を持ち、「家族」の誰が外に出て意識を持つかを決定する。眼鏡《めがね》をかけている。

3 **レイゲン・ヴァダスコヴィニチ** 二十三歳。憎悪の管理者。レイゲンという名前は「再度の憎悪《レイジ・アゲイン》」からとられた。ユーゴスラヴィア人で、英語を話すときは顕著《けんちょ》なスラヴ訛《なま》りがある。セルボ・クロアチア語を読み、書き、話す。銃と弾薬の権威で、カラテの達人。アドレナリンの流れを自在に操れるために、途方《とほう》もない力を発揮する。共産主義者で無神論者。ほかの人格たちの保護者であり、女性と子供を守る。危険な場所にいるときは、ほかの人格たちにたいする支配権を持つ。犯罪者や麻薬常用者と交《まじ》わり、犯罪行為、ときには暴力的な行為をすることを認めている。体重二百十ポンド。たくましい腕を持ち、髪は黒、垂《た》れさがった口ひげを生やしている。色覚異常なので、黒と白でスケッチする。

4 **アレン** 十八歳。口先がうまく、他人を巧《たく》みに言いくるめるので、外部の者との交渉にあたることが多い。不可知《ふかち》論者で、「この世で人生を最大限に楽しむ」という態度をとっている。ドラムを叩き、肖像画を描き、人格たちのなかでただひとり煙草を喫《す》う。ビリーの母親と親密な関係にある。身長はビリーと同じだが、体重は少ない（百六十五ポンド）。髪を右側で分けている。唯一の右利き。

5 **トミー** 十六歳。縄抜けの名人。アレンと間違えられることが多い。だいたいにおいて喧嘩《けんか》腰《ごし》で、反社会的。サキソフォンを吹き、電気の専門家で、風景画を描く。髪はマディ・ブロンド、目はアンバー・ブラウン。

6 **ダニー** 十四歳。怯《おび》えている。人々、とくに男性を怖がる。自分の墓を掘らされ、生き埋めにされた経験がある。そのため、静物画だけを描く。肩までの金髪、青い目。小柄で痩《や》せている。

7 **デイヴィッド** 八歳。苦痛の管理者。感情移入し、ほかの人格たちの苦しみや苦痛を吸収する。きわめて過敏で知覚力が鋭いが、集中期間が短い。たいていの場合、混乱している。暗赤色がかった茶色の髪、青い目。身体は小さい。

8 **クリスティーン** 三歳。隅の子供。学校で隅に立たされるので、そう呼ばれるようになった。利発なイギリス人の少女で、読むことも活字体で書くこともできるが、失読症。花や蝶の絵を描き、色を塗るのを好む。肩までの金髪、青い目。

9 **クリストファー** 十三歳。クリスティーンの兄。コックニー訛りがある。従順だが、不安を抱《かか》えている。ハモニカを吹く。髪はクリスティーンに似た茶色っぽい金髪だが、前髪は彼のほうが短い。

10 **アダラナ** 十九歳。レズビアン。内気で、孤独で、内向的。詩を書き、ほかの者のために料理その他の家事をする。長い黒髪が筋になって垂れている。眼球振盪《しんとう》症のため、茶色の目がときどき左右に動くので、「踊る目」を持っていると言われる。

〈好ましくない者たち〉

好ましくない特色を持つため、アーサーに抑えこまれている。アセンズ精神衛生センターで、はじめてドクター・デイヴィッド・コールの前に姿をあらわした。

11 **フィリップ** 二十歳。乱暴者。ニューヨークっ子で、強いブルックリン訛りがあり、俗悪な言葉を話す。「フィル」と名乗ったため、警察やメディアは、知られている十人以外の人格が存在する手がかりを得た。軽犯罪を犯している。縮れた茶色の髪、はしばみ色の目、鉤鼻《かぎばな》。

12 **ケヴィン** 二十歳。立案者。しろうと臭《くさ》い犯罪者で、グレイ薬局の強盗を計画した。書くのを好む。金髪、グリーンの目。

13 **ウォルター** 二十二歳。オーストラリア人。大型獣のハンターだと思っている。方向感覚が抜群で、位置を確認するために利用される。感情を抑制している。エキセントリック。口ひげがある。

14 **エイプリル** 十九歳。あばずれ。ボストン訛りがある。ビリーの継父にたいして、狂暴な復讐心を燃やし、殺害計画を練《ね》る。ほかの人格たちは、彼女を異常だと言っている。縫《ぬ》い物をして、家事に協力する。黒髪、茶色の目。

15 **サミュエル** 十八歳。さまよえるユダヤ人。正統派ユダヤ教徒で、ただひとり神を信じている。彫刻家で、木を彫る。黒い縮れ毛。顎ひげを生やし、目は茶色。

16　**マーク**　十六歳。馬車馬《ばしゃうま》のように働く。自主性がない。ほかの人格に命じられなければ何もしない。単調な労働をする。何もすることがなければ、壁を見つめている。ときどき、「ゾンビ」と呼ばれる。

17　**スティーヴ**　二十一歳。つねに人をかつぐ。人々の真似をして嘲《あざけ》る。極端に自己中心的。内《うち》なる自我のなかで、ただひとり多重人格という診断を受け入れない。嘲笑《ちょうしょう》的な物真似をするためにまわりの者の怒りを招《まね》き、ほかの人格たちにしばしば迷惑をかける。

18　**リー**　二十歳。コメディアン。悪ふざけを好み、道化師で、機知に富む。彼の悪ふざけのために、ほかの人格たちが喧嘩にまきこまれ、刑務所で独房に入れられた。人生にも自分の行動の結果にも関心を持たない。褐色の髪、はしばみ色の目。

19　**ジェイスン**　十三歳。安全弁。ヒステリックに反応し、癇癪《かんしゃく》を起こすために、しばしば罰を与えられるが、ガス抜きの効果がある。不快な記憶を引き受けるため、ほかの人格たちは不愉快な出来事を忘れ、結果として記憶を喪失する。茶色の髪、茶色の目。

20　**ロバート（ボビー）**　十七歳。夢想家。絶えず旅と冒険を空想している。世の中をよりよい場所にしようと夢見ているが、野心も知的関心もない。

21　**ショーン**　四歳。耳が不自由。すぐに注意がそれ、知恵遅れとみなされることが多い。頭のなかのヴァイブレーションを感じようとして、蜂の羽音に似たズズズズという音をたてる。

22　**マーティン**　十九歳。俗物。見栄《みえ》っぱりのニューヨークっ子。自慢屋で、気取り屋。努力しないでいろいろなものをほしがる。金髪、灰色の目。

23　**ティモシー（ティミー）**　十五歳。花屋で働いているときにホモセクシュアルの男に、モーションをかけられて怯《おび》え、自分だけの世界に入ってしまった。

〈教師〉

24 **教師** 二十六歳。二十三の別人格がひとつに統合された人格。ほかの人格たちに彼らが身につけたすべてを教えた。聡明で、感受性が強く、すばらしいユーモアがある。「わたしはひとつに統合されたビリーです」と言い、ほかの人格たちを「わたしがつくったアンドロイド」と呼ぶ。教師はほぼ完全な記憶を持ち、彼の出現と協力によって、本書の執筆が可能になった。

目次

下巻内容

24人のビリー・ミリガン〔新版〕〔上〕

第一部　混乱の時期

第一章

1

一九七七年十月二十二日土曜日、大学警察のジョン・クリーバーグ署長は、オハイオ州立大学医学部一帯を警察のきびしい監視下においた。武装警官がパトカーないし徒歩でキャンパス内をパトロールし、武装した監視員が屋上から目を光らせた。女性たちはひとり歩きをしないように、車に乗るときは知らない男性に注意するように、と警告された。

八日間に二回、若い女性が朝の七時から八時のあいだに、銃を突きつけられてキャンパスから誘拐された。最初の被害者は二十五歳になる視力矯正科《きょうせいか》の学生、ふたりめは二十四歳の看護婦だった。どちらも車で郊外へ連れていかれ、レイプされたあげく、小切手を現金化させられ、その金を盗まれた。

新聞は警察が作成したモンタージュ写真を載《の》せ、その結果、警察に一般大衆から数百の電話がかかり、氏名や人相が報告されたが、どれも犯人逮捕とは結びつかなかった。これといった手がかりはなく、容疑者もいなかった。大学関係者の緊張は高まった。学生の各組織や地域団体は、オハイオの新聞記者やテレビのキャスターが「キャンパス強姦魔」と名づけた男の逮捕を迫り、クリーバーグ署長にたいするプレッシャーはますます強くなった。

　クリーバーグは若い捜査監督官エリオット・ボクサーボームに犯人捜しを一任した。ボクサーボームは自称リベラルであり、一九七〇年にキャンパスが封鎖されることとなった学園紛争当時のオハイオ州立大学に学ぶかたわら、警察の仕事にかかわるようになった。その年、卒業した彼は、長髪を切り、ひげを剃《そ》るという条件で、大学警察の仕事を提供された。髪は切ったが、ひげを剃るのはしぶった。それでも、結局、採用された。

　ボクサーボームとクリーバーグが、モンタージュ写真と、ふたりの被害者から聞きだした情報を検討したところ、どうやら同一犯人の犯行らしかった。犯人はアメリカ人の白人男性で、年齢は二十三歳から二十七歳、体重は百七十五ポンドから百八十五ポンドくらい、髪は茶色か赤みがかった茶色だった。どちらの事件の際も、犯人は茶色のジョギング用のトップにジーンズ、白いスニーカーという格好だった。

　最初の被害者、キャリー・ドライヤーによれば、レイプの犯人は手袋をはめ、小型のリヴォルヴァーを持っていた。ときどき眼球が左右に動く――彼女は眼球振盪《しんとう》症（眼球の不随意な振顫）

の症状だと気づいた。彼女は自分の車のドアの内側に手錠でつながれ、さびしい郊外へと連れていかれて、そこでレイプされた。それが終わると犯人は言った。「警察にいくことがあっても、おれの人相を話すなよ。新聞におれの人相が出ていたら、誰かをやってあんたを襲わせるからな」そして、本気であることを見せつけるように、彼女の住所録に記入されている名前を控《ひか》えた。

小柄で肥った看護婦、ドナ・ウェストによれば、犯人はオートマティック・ピストルを持っていた。犯人の手には何かがついていた——土やグリースではなく、油っぽい染《し》みだった。犯人は、フィルという名前だと彼女に言った。さんざん悪態をついた。茶色のサングラスをかけていたので、目は見えなかった。犯人はドナの親戚の名前を控え、ドナが彼を犯人だと証言したら、「兄弟分」が彼に代わって脅《おど》しを実行に移し、彼女か、でなければ家族の誰かをひどい目にあわせると警告した。彼女も警察も、犯人がテロリストの組織かマフィアの一員であることをほのめかしたのは、はったりだろうと考えた。

クリーバーグとボクサーボームは、ふたりの証言にひとつだけ重要な相違があることを知って困惑した。最初の被害者によれば、犯人はきちんと刈りこんだ口ひげを生やしていた。ふたりめの被害者によれば、三日分の不精《ぶしょう》ひげを生やしていたが、口ひげはなかったという。

ボクサーボームはにやりとした。「一回めと二回めのあいだに剃り落としたんだろうな」

コロンバスのダウンタウンにある中央署で、性的暴行班に所属しているニッキ・ミラー刑事は、十月二十六日水曜日三時の夜勤に間に合うように出勤した。ラスヴェガスで二週間の休暇をすごし、もどったばかりで、身も心もさわやかになり、日焼けした肌が茶色の目とフェザーカットした薄茶色の髪を引きたてていた。日勤だったグラムリク刑事は彼女に、これから若いレイプの被害者を大学病院へ運ぶところだと言った。この事件はミラーの担当になるので、グラムリクは手に入ったわずかな情報を彼女に教えた。

オハイオ州立大学の二十一歳になる学生、ポリー・ニュートンは、その朝八時ごろに、大学のキャンパスに近い彼女のアパートの裏で誘拐された。ボーイフレンドのブルーのコルヴェットを駐車したところ、車のなかに押しもどされ、郊外のひと気《け》のない場所まで車を走らせるよう命じられて、そこでレイプされた。そのあと、犯人は彼女に運転させてコロンバスへもどり、二枚の小切手を現金化させ、彼女に命じてまたキャンパスまでもどらせた。それから彼女に、べつの小切手を現金化し、支払い不能宣言をして、現金はそのまま持っていればいいとすすめた。

ニッキ・ミラー刑事はそれまで休暇中だったので、キャンパス強姦魔に関する記事を読まず、モンタージュ写真も見ていなかった。日勤の刑事たちが、事件の詳細《しょうさい》を彼女に教えた。

「この事件の状況は」とミラーは報告書に書いている。「オハイオ州立大学警察の管轄地域内で発生し……同警察が担当した二件の誘拐強姦事件に似ている」

ニッキ・ミラーとパートナーのA・J・ベッセル巡査は、大学病院へいき、栗色の髪のポリー・ニュートンに事情を聞いた。

ポリーの話によると、その男は彼女に、自分は過激派組織〈ウェザーマン〉の一員だが、実業家の顔も持ち、マセラティを乗りまわしてると言ったという。ポリーは病院で治療を受けてから、ミラーとベッセルの頼みに応じ、ふたりに同行して犯人に運転を強制された場所を捜した。だが、あたりは暗くなり、ポリーは地理がよくわからなくなった。翌朝またやってみる、と彼女は言った。

犯罪現場鑑識班は、ポリーの車の指紋を調べた。その結果、部分的だが三個の指紋が採取できた。線がかなりはっきりしているので、容疑者が絞られた場合に、照合できそうだった。

ミラーとベッセルはポリーを警察署に連れていき、そこでポリーは署の担当者と似顔絵の作成に協力した。それが終わると、ミラーは白人男性の性的暴行犯の写真を見せた。整理箱にそれぞれ百枚の顔写真があり、ポリーは三箱分をていねいに見たが、成果はあがらなかった。警察で七時間をすごし、夜の十時になって、疲労しきったポリーは写真探しを打ち切った。

翌朝十時十五分、暴行班の昼勤の刑事たちが、ポリー・ニュートンを迎えにいき、デラウェア郡へ連れていった。今度は昼間なので、ポリーは刑事たちをレイプの現場へ案内することができた。そこの池のほとりから、九ミリの弾丸の薬莢《やっきょう》が見つかった。ポリーが刑事のひとりに語ったところによれば、犯人はビールの瓶を池に投げ、それを狙い射ちしたのだという。

彼らが本部へもどると、ニッキ・ミラーが出勤したところだった。ミラーは受付のデスクのま向かいにある小さな部屋にポリーを案内し、また整理箱に入った顔写真を持ってきた。そして、ポリーをひとり残し、ドアを閉めた。

数分後、エリオット・ボクサーボームがふたりめの被害者となった看護婦のドナ・ウェストを連れて刑事部にやってきた。ボクサーボームも彼女に顔写真を見せるつもりだった。彼とクリーバーグ署長は、顔写真で犯人を見つけても法廷で証拠として認められない場合にそなえて、視力矯正科のキャリー・ドライヤーには写真を見せず、面通《めんとお》しを頼むことにきめてあった。

ニッキ・ミラーはドナ・ウェストを廊下のファイリング・キャビネットが並んでいる前のテーブルに坐らせ、三箱の顔写真を持っていった。「なんてこと」とドナ・ウェストは言った。「こんなに大勢の性犯罪者が野放しになってるなんて」彼女が写真を次から次へ見ているあいだ、ボクサーボームとミラーは近くで待っていた。ドナ・ウェストは怒りに燃え、いらだちながら、写真をめくっていった。見憶えのある顔があったが、彼女をレイプした男ではなく、以前のクラスメートで、数日前に通りで見かけたばかりだった。写真の裏を見て、彼が公然猥褻《わいせつ》罪で逮捕されたことを知り、彼女はつぶやいた。「まったく、わからないものだわね」

箱を半分ほど見たところで、ドナはマトンチョップ・ウィスカーズと呼ばれる、上が狭くて下顎でまるみを帯びた頬ひげを生やし、どんよりした目をじっと前方にすえているハンサムな青年の写真を見て手をとめた。飛びあがり、椅子を倒しそうになった。「この男よ！　この男よ！　間違いないわ！」

ミラーはドナに写真の裏にサインさせ、IDナンバーを記録と照合し、「ウィリアム・S・ミリガン」と記入した。それは古い顔写真だった。

彼女はその写真を、ポリー・ニュートンがまだ見ていない箱の四分の三くらい下にすべりこませた。彼女とボクサーボーム、ブラッシュという名前の刑事とベッセル巡査はポリーがいる部屋に入った。

ポリーがその箱のなかから犯人の写真を選びだすのを彼らが待ちかまえていることは、ポリー自身も気づいているに違いない、とニッキ・ミラーは感じた。ポリーは写真をとりあげ、ていねいに見ていく。半分ほど見終わったころには、ミラーも緊張していた。ポリーがドナと同じ顔写真を選びだせば、キャンパス強姦魔が何者かわかるのだ。

ポリーはミリガンの写真をとると手をとめたが、また次の写真に移った。ミラーは肩と腕が張りつめるのを感じた。そのとき、ポリーが写真をもどし、マトンチョップ・ウィスカーズの青年の写真を見つめた。「たしかにあの男みたいに見えるわ」彼女は言った。「でも、断言できないわ」

ボクサーボームはミリガンの逮捕状を申請《しんせい》するのをためらった。ドナ・ウェストが犯人だと確認しているが、写真が三年前のものなので気になった。指紋を照合するまで待ちたかった。ブラッシュ刑事はミリガンの指紋とポリーの車から採取した指紋を照合するために、ミリガンのIDを一階の犯歴課へ持っていった。

ニッキ・ミラーはこの遅れにいらだった。その男が犯人だと思えるので、逮捕したかった。だが、もうひとりの被害者ポリー・ニュートンがはっきり確認したわけではないため、待つしかなかった。二時間後、結果が出た。コルヴェットの助手席側のドアのガラスの外側から採取された右手人差指と右手薬指の指紋と右手の掌紋《しょうもん》は、ミリガンのものと一致した。どれもはっきりしていた。完璧に一致する。これなら法廷に出しても通用するはずだった。

ボクサーボームとクリーバーグはそれでもためらった。証拠が絶対確実になるまでは被疑者を捕まえたくなかったので、専門家を呼んで指紋を鑑定するよう求めた。

一方、ニッキ・ミラーはミリガンの指紋が、被害者の車から採取された指紋と一致したため、誘拐強盗強姦の罪で逮捕状をとろうと決心した。逮捕状が出たら、ミリガンを捕まえる。そうすれば、ポリーに面通しをさせられる。

ボクサーボームは上司のクリーバーグ署長と相談し、署長は大学警察としては専門家の鑑定結果を待つべきだと主張した。せいぜい一時間か二時間待つだけだ。確実を期したほうがいい。外部の専門家は、その夜八時に、その指紋がミリガンのものだと認めた。

ボクサーボームは言った。「よし、誘拐罪で逮捕状をとろう。キャンパスで、つまりわれわれの管轄下で行なわれた犯罪はそれだけだ。レイプはほかの場所で行なわれたんだ」

彼は犯歴課から届いた情報をチェックした。ウィリアム・スタンリー・ミリガン、二十二歳。前科あり。六カ月前にオハイオ州レバノン刑務所から仮釈放された。判明している最後の住所は、オハイオ州ランカスター、スプリング・ストリート九三三番地。

ミラーはスワット・チームを呼んだ。彼らは暴行班のオフィスにあつまり、逮捕の方法を相談した。ミリガンのアパートに、ほかに何人いるのか知る必要があった。レイプの被害者のうちふたりは、犯人がテロリストで殺し屋だと言うのを聞いたと報告しているし、彼はポリーの目の前で銃を発砲している。ミリガンは武装していて、危険だと想定しなければならなかった。

スワット・チームのクレイグ隊員は、ミリガンにあやしまれずに近づく方法を提案した。目くらまし用にドミノ・ピザのボックスを持っていき、その住所の誰かからピザの注文があったふりをする。ミリガンがドアをひらいたら、クレイグ隊員は内部をのぞく。ほかの者はこの案に賛成した。

だが、ミリガンの住所がわかると、ボクサーボームは不審に思った。前科のある男がなぜランカスターから四十五マイルあるコロンバスまで、二週間に三回、レイプをするためにやってきたのだろう。何かがおかしい。出発まぎわに、ボクサーボームは電話をとり、四一一をダイヤルして、ウィリアム・ミリガンについて新しい記載事項があるか尋ねてみた。彼はしばらく耳を傾け、住所を書きとめた。

「やつはレナルズバーグのオールド・リヴィングストン・アヴェニュー五六七三番地に移った」ボクサーボームは発表した。「車で十分の距離だ。東部地区だ。これなら、納得できる」

誰もがほっとしたようだった。

九時に、ボクサーボーム、クリーバーグ、ミラー、ベッセルとコロンバス・スワット・チームから派遣された四人の隊員は、三台の車に分乗し、フリーウェイを時速二十マイルで走った。彼らがこれまで見たこともないような濃い霧がたちこめ、ヘッドライトを反射して見通しが悪いので、それ以上スピードをあげられなかった。

スワット・チームが最初に到着した。十五分で着くはずなのに一時間かかり、チャニングウェイ・アパート群の最近つくられたくねくねした道路で目的の住所を発見するのに、さらに十五分かかった。後続の車を待つあいだに、スワット・チームの隊員たちは、近所の住民数名と話をした。ミリガンのアパートには明かりがついていた。

やがて刑事や大学警察の警官たちが到着し、全員が持ち場についた。ニッキ・ミラーはパティオの右側に隠れた。ベッセルは建物の角《かど》をまわった。クレイグを除く三人のスワット隊員は反対側で持ち場についた。ボクサーボームとクリーバーグは裏へと走り、二枚ガラスの引戸に近づいた。

クレイグは車のトランクからドミノのピザ・ボックスをとりだし、その上に黒いマーカーで、「ミリガン――オールド・リヴィングストン五六七三」と書きなぐった。リヴォルヴァーを隠すために、シャツの裾をジーンズから引っ張りだし、パティオに面した四つのドアのひとつにさりげなく歩いていった。ベルを鳴らしたが、応《こた》えはない。また鳴らすと内部で音が聞こえたので、待ちくたびれたような姿勢をとり、片手でピザ・ボックスを持ち、もう一方の手を腰の銃に近いあたりにかけた。

建物の裏側にいるボクサーボームのところから、大型のカラーテレビの前の茶色の安楽椅子に坐っている若い男が見えた。正面ドアの左に、赤い椅子があった。L字型の居間兼食堂がある。ほかには誰も見えない。テレビを見ていた男は椅子から立ちあがり、ベルに応えるために、正面ドアの前にいった。

クレイグはまたドアベルを鳴らし、誰かがドアの横にあるガラス窓からのぞいているのに気づいた。ドアがあき、ハンサムな若い男が彼をじっと見つめた。

「ご注文のピザを持ってきましたよ」

「ピザなんか注文してないよ」

クレイグは男の身体越しにアパートをのぞいた。裏のガラス・ドアのドレープ・カーテンが寄せられていて、その向こうにボクサーボームの姿が見えた。

「この住所なんです。頼んだのはウィリアム・ミリガンだ。あなたがミリガンさん?」

「違う」

「ここの誰かが電話で注文したんです」クレイグは言った。「あなたは誰なんですか」

「ここは、ぼくの友だちのアパートだ」

「で、お友だちはいまどこに?」

「いまはここにいない」男は鈍《にぶ》い、とぎれがちな声で答えた。

「じゃあ、どこにいるんですか。誰かがこのピザを注文した。ウィリアム・ミリガンがね。住所はここなんです」

「さあね。隣の部屋の人たちがぼくの友だちを知ってる。聞けば教えてくれるかもしれない。そこの人たちがピザを注文したのかもしれないな」

「案内してくれますか」

若い男はうなずき、自分のドアから数歩のところにあるドアまでいき、ノックすると、数秒待ち、またノックした。応えはなかった。

クレイグはピザ・ボックスを落とし、銃を引き抜いて、容疑者の後頭部に押しつけた。

「動くな！　おまえがミリガンだ！」言うなり、若い男に手錠をかけた。

若い男は呆然としていた。「なんでこんなことをするんだ。ぼくは何もしてない」

クレイグはミリガンの背中を銃でぐいと突き、手綱《たづな》を絞るように彼の長髪を引っ張った。

「さあ、なかにもどれ」

クレイグがミリガンをアパートに押しこむと、ほかのスワット隊員たちがまわりをどっと取り囲み、銃をかまえた。ボクサーボームとクリーバーグは建物の前面にまわり、彼らと一緒になった。

ニッキ・ミラーはID写真をとりだし、ミリガンの首のほくろを見せた。「彼にはほくろがあるわ。同じ顔よ。この男だわ」

彼らはミリガンを赤い椅子に坐らせた。ミラーは彼が呆然自失の状態で、まっすぐ前を見すえていることに気づいた。デンプシー巡査部長が身体をかがめ、椅子の下をのぞきこんだ。「銃がある」と言い、鉛筆で引きずりだした。「九ミリのマグナムだ。スミス&ウエッソンだな」

スワット隊員のひとりが、テレビの前にある茶色の椅子を逆さにして、銃のマガジンと弾薬入りのポリ袋をとろうとしたが、デンプシーは止めた。「やめろ。逮捕状はあるが、家宅捜索令状はないんだ」ミリガンのほうを向いて尋ねた。「捜索をしてもかまわないかね？」

ミリガンはうつろな目を宙にすえているだけだった。

クリーバーグは、家宅捜索令状がなくても、ほかの部屋に誰かがいるかどうか調べることならできるのを知っていたので、ベッドルームに入り、乱れたままのベッドの上に茶色のジョギング・スーツがあるのを目にとめた。部屋は乱れに乱れ、洗濯物が床一面にちらかっていた。クリーバーグはひらいたままのウォークイン・クロゼットをのぞいた。棚の上に、ドナ・ウェストとキャリー・ドライヤーのクレジット・カードがきちんとおいてあった。女たちからとりあげた紙片まである。ドレッサーの上には、茶色のサングラスと札入れがあった。

クリーバーグは見たものをボクサーボームに話そうと思い、アトリエに改造したダイニングコーナーで彼を見つけた。

「これを見てください」ボクサーボームは大きな絵を指さした。レースの飾りつきのブルーのドレスを着た十八世紀の女王か貴婦人が、ピアノの前に坐り、楽譜を手にしている絵で、細部が驚嘆するほど緻密《ちみつ》に描かれていた。「ミリガン」とサインしてあった。

「へえ、きれいだな」クリーバーグは言い、壁ぎわに並んでいるほかのキャンバスや、絵筆、絵の具のチューブなどに目をやった。

ボクサーボームはぴしゃりと額《ひたい》を叩いた。「犯人の手に染みがついていたとドナ・ウェストが言っていた。これですよ。彼は絵を描いてたんだ」

やはり絵を見たニッキ・ミラーは、まだ椅子に坐ったままの容疑者に近づいた。「あなたはミリガンね、そうでしょ?」

彼はぼうっとしたようにミラーを見あげた。「違う」とつぶやいた。

「あそこにある、あのきれいな絵だけど、あれはあなたが描いたの?」

彼はうなずいた。

「そう」ミラーはにっこりした。「あれには『ミリガン』とサインしてあるわ」

ボクサーボームはミリガンの前にいった。「ビル。おれはオハイオ州立大学警察のエリオット・ボクサーボームだ。おれに話してくれるかい」

答えはなかった。キャリー・ドライヤーが気づいた眼球の動きはなかった。

「誰かこいつに権利を読みあげてやったのか」誰も答えなかったので、ボクサーボームは被疑者の権利を記《しる》したカードをとりだし、読みあげた。念には念を入れたかった。「あんたはキャンパスから若い女性たちを誘拐したと訴えられているんだ、ビル。そのことについて何か話す気があるかい」

ミリガンは愕然《がくぜん》としたようすで顔をあげた。「何が起こったんだ？　ぼくは誰かを傷つけたのかい」

「あんたは彼女たちに、ほかの連中が襲うだろうと話した。ほかの連中って誰なんだ」

「誰も傷つけてないといいんだけど」

警官のひとりがベッドルームに入ろうとすると、ミリガンはそちらを見た。「そこにある箱を蹴っちゃいけない。爆発するぞ」

「爆弾か？」クリーバーグは口早《くちばや》に尋ねた。

「そこに……そこにあるんだ……」

「見せてくれないか」ボクサーボームが頼んだ。

ミリガンはのろのろ立ちあがり、ベッドルームへいった。ドアのところで足をとめ、ドレッサーの横の床にある小さなボール箱のほうに顎をしゃくった。クリーバーグはミリガンのそばを離れず、ボクサーボームが調べるために部屋に入った。ほかの警官たちは、戸口のミリガンの後ろにかたまっていた。ボクサーボームは箱の横に膝をついた。上蓋がひらいているので、なかにコードと時計のようなものが見えた。

ボクサーボームは部屋を出ると、デンプシー巡査部長に言った。「消防署の爆弾処理班を呼んだほうがいい。クリーバーグ署長とおれは署へもどる。ミリガンを連れていく」

クリーバーグが大学警察の車を運転し、スワット隊員のロックウェルが横に坐った。ボクサーボームはミリガンと後部座席に坐った。レイプに関する質問をしても、答えは得られなかった。ミリガンは背中にまわした手首に手錠をかけられているのに、前かがみになるという不自然な姿勢で、とりとめもなくつぶやいていた。「ぼくの兄さんのスチュアートが死んだ……ぼくは誰かを傷つけたのかな」

「あの女たちを知っていたのか」ボクサーボームは尋ねた。「看護婦を知ってたのかね」

「ぼくの母は看護婦だった」ミリガンはつぶやいた。

「何で女を捜しにオハイオ州立大学のキャンパスに出かけたんだね」

「ドイツ人たちがぼくを追いかけてくる……」

「何があったのか話してくれ、ビル。あの看護婦の黒くて長い髪に惹《ひ》かれたのか」

ミリガンはボクサーボームを見た。「あんたって、へんな人だな」それから、また前方に目をすえて言った。「妹が知ったら、ぼくを憎むだろうな」

ボクサーボームは尋問をあきらめた。

中央署に着くと、彼らは被疑者を裏口から三階の手続室へ連れていった。ボクサーボームとクリーバーグはべつのオフィスへいき、捜索令状をとるための宣誓供述書を準備するニッキ・ミラーを手伝った。

十一時半にベッセル巡査はまたミリガンに被疑者の権利を読みあげ、権利放棄証書にサインするかと尋ねた。ミリガンはまじまじと見つめているだけだった。

ニッキ・ミラーの耳に、ベッセル巡査の言葉が聞こえてきた。「いいか、ビル。きみは三人の女性をレイプした。おれたちはそのことについて聞きたいんだ」

「ぼくがやったの？」ミリガンは尋ねた。「ぼくは誰かを傷つけたのかな。もしそうなら、あやまるけど」

それだけ言うと、ミリガンは黙りこくった。

ベッセルはミリガンの指紋と写真をとるために、四階の記録室へ連れていった。

ふたりが入っていくと、制服を着た婦人警官が顔をあげた。ベッセルが指紋をとるためにミリガンの手をつかむと、ミリガンはさわられるのが怖いのか、さっと手を引っこめ、保護を求めるように婦人警官の身体の陰に隠れた。

「何かに怯《おび》えてるんだわ」婦人警官は蒼《あお》い顔をして震えている青年のほうを向くと、子供に話しかけるように、やさしく声をかけた。「あなたの指紋をとらなければならないの。わたしの言ってること、わかる？」

「ぼく……ぼく、その人にさわられたくないんだ」

「いいわ。わたしがやる。それならいい？」

ミリガンはうなずき、彼女に指紋をとらせた。指紋と写真をとると、警官が彼を留置場へ連れていった。

捜索令状を書きあげると、ニッキ・ミラーはウェスト判事に電話した。判事は証拠に関する彼女の話を聞き、緊急事態であることを考慮して、自宅へ来るようにと彼女に言い、夜中の一時二十分に、令状にサインした。ミラーはさらに濃くなった霧をついてチャニングウェイ・アパート群へもどった。

ミラーはそこから機動性のある犯罪現場鑑識班に電話した。二時十五分に彼らがアパートへ到着すると、ミラーは令状を示し、彼らは捜索にとりかかった。そして、被疑者のアパートから押収した品物の目録をつくった。

ドレッサー——現金三百四十三ドル、サングラス、手錠と鍵、札入れ、ウィリアム・シムズとウィリアム・ミリガン名義の身分証明書、ドナ・ウェストの計算書。

クロゼット——ドナ・ウェストとキャリー・ドライヤーのマスターチャージ・カード、ドナ・ウェストの診察券、ポリー・ニュートンの写真、実弾五発入りの二五口径〔タンフォリオ・ジュゼッペ〕A・R・M・I《（ママ）》オートマティック・ピストル。

ドレッシング・テーブル——ポリー・ニュートンの氏名と住所を書いた三・五×十一インチの紙片、彼女の住所録から引き裂いたページ。

ヘッドボード——折畳みナイフ、パウダー二箱。

箪笥《たんす》――ミリガンあての電話代請求書、スミス&ウェッソンのホルスター。
赤い椅子の下――九ミリのスミス&ウェッソン、実弾六発。
茶色の椅子のシートの下――十五発入りのマガジンと十五発入りのポリ袋。

中央署へもどると、ニッキ・ミラーは証拠品を記録係のところへ持っていき、そこで記録すると、証拠品保管室へしまった。

「裁判にはこれで充分だわ」と彼女は言った。


ミリガンは小さな房《ぼう》の隅に縮《ちぢ》こまり、身体を激しく震わせていた。突然、喉《のど》が詰まったような小さな声をあげて、気を失った。一分後、目をあけ、愕然とした表情で壁やトイレや寝台を見つめた。

「なんてことだ!」彼は大声をあげた。「またか!」

床に坐りこみ、ぼんやり宙を見すえた。やがて隅にいるゴキブリを見つけると、表情が消え、変化した。あぐらをかき、身体をまるめ、両手で顎を支え、子供っぽい微笑を浮かべて、ぐるぐる走りまわるゴキブリをじっと眺めた。

2

数時間後、彼を拘置所へ移すために警官たちがやってくると、ミリガンは目覚めた。ミリガンは被疑者たちの列にいた大男の黒人と手錠でつながれた。彼らはロビーの外に出て、階段を降り、裏口のドアから駐車場へ連れていかれた。そこにフランクリン郡拘置所行きのヴァンが待っていた。

ヴァンはコロンバスの商店街を走り、市の中心部にある未来派の建築に似た堅牢《けんろう》な建物へ向かった。二階の高さがある、頑丈《がんじょう》でのっぺりしたコンクリートの壁が内側に傾斜し、その上に、現代風のオフィス・ビルに似た建物がそびえていた。フランクリン郡拘置所の中庭には、ベンジャミン・フランクリンの像が立っていた。

ヴァンは拘置所の裏の狭い通路に入り、波型スティール製のガレージ・ドアの前で停止した。そこから見ると、拘置所はそれが付属している高い建物――フランクリン郡裁判所――の影のなかにあった。

スティールのドアが上にあがった。ヴァンはなかに入り、後ろでドアが閉まった。手錠をかけられた被疑者たちは、拘置所の横にあるスティール製のふたつの落とし戸にはさまれた場所でヴァンから降りた――ただし、ひとりだけ例外がいた。手錠をはずしたミリガンが、ヴァンのなかに残っていた。

「そこから出てこい、ミリガン！」警官がどなった。「くそったれの強姦魔め。いったい何をやってるんだ」

ミリガンと手錠でつながれていた黒人が言った。「おれは関係ないぜ。あいつは手錠をあっさりはずしちまったんだ」

拘置所のドアがきしみながらひらき、六人の被疑者は外側のドアから、前方の鉄格子がはまった場所へと通路を追いたてられた。鉄格子のすきまから管理センターが見えた。監視用のテレビ、コンピュータの端末機、黒いシャツを着て灰色のズボンないしスカートをはいた数十人の職員がいる。背後で外側のドアが閉まると、内側の鉄格子の戸がひらき、彼らは内部へ導かれた。

ロビーは黒いシャツを着た人々が動きまわり、コンピュータ端末機のキーを叩く音がした。入口で女性職員がマニラ封筒を差しだした。「貴重品を入れてください。指輪や、時計や、宝飾品や、札入れを入れて」ミリガンがポケットの中身をとりだすと、彼女はミリガンのジャケットをとり、裏地をさぐり、所持品保管室の係官にわたした。

ミリガンはまたもや若い職員に、もっとていねいに身体検査され、ほかの被疑者たちと留置室へ入れられ、そこで名簿に記入され、登録がすむのを待つことになった。四角い小窓から目がのぞきこんだ。来るとき手錠でつながれた黒人がミリガンをこづいて言った。

「あんたは例の有名なやつなんだな。あんたは手錠から抜けだした。おれたちをここから出せるかどうか見ようじゃないか」

ミリガンはぼんやりと黒人を見た。

「サツの連中とごたごたしてみな」黒人は言った。「死ぬまでぶちのめされるぜ。ほんとだぜ、おれは何度もムショに入ったから知ってるんだ。あんた、ぶちこまれたことあるかい」

ミリガンはうなずいた。「だから嫌いなんだ。だから出ていきたいんだ」

3

拘置所から一ブロック離れた公選弁護人事務所の電話が鳴ったとき、長身でひげを生やした三十三歳になる弁護士で事務所の責任者、ゲイリー・シュワイカートは、パイプに火をつけようとしていた。電話は、事務所の弁護士のひとり、ロン・レドモンドからだった。

「都市裁判所で聞いたんだが」レドモンドは言った。「警察はゆうべキャンパス強姦魔を逮捕して、フランクリン郡拘置所へ移したそうだ。保釈金を五十万ドルにして、被疑者を抑えている。誰かをそっちにやって、緊急の助言をしたほうがいい」

「ここにはいま誰もいないんだ、ロン。わたしひとりで留守をまもってるところだ」

「そうか。情報がもれたから、《シティズン＝ジャーナル》と《ディスパッチ》のリポーターがいたるところをうろつくだろう。どうも、警察は被疑者にプレッシャーをかけるつもりらしいな」

重罪事件で、警察が逮捕後も捜査をつづける気配《けはい》がある場合、ゲイリー・シュワイカートはいつも適当に弁護士を選び、郡拘置所へいかせる。キャンパス強姦魔はマスコミの注目をあつめているから、コロンバス市警察はこの事件を解決できれば大手柄《おおてがら》になる。きっと、自白をとろうとして、被疑者を追いつめようとするだろう、とシュワイカートは思った。被疑者の権利をまもるには、たいへんな努力が必要になりそうだ。

シュワイカートはフランクリン郡拘置所へ出向こうと決心した。被疑者に面会して公選弁護人だと自己紹介し、自分の弁護士以外の者とは話をしないように警告するのだ。

シュワイカートが郡拘置所に入ると、ちょうどふたりの警官がミリガンを裏口から連れてきて、担当の巡査部長に引きわたすところだった。シュワイカートは、被疑者とちょっと話がしたいと巡査部長に頼んだ。

「みんなが言ってるようなことをした憶えはないよ」ミリガンは泣きついた。「憶えてない。警察が入ってきて……」

「いいかい、わたしは自己紹介したいと思っただけだ」シュワイカートは言った。「人が大勢いる廊下じゃ、この件について聞くには都合が悪い。明日か明後日にふたりだけで相談しよう」

「だけど、ぼくは憶えてない。警察はぼくのアパートでいろんなものを見つけたけど……」

「おい、そんなことをしゃべってはいけない。壁に耳ありだ。階上に連れていかれたら、用心したまえ。警察はいろんな手を使う。誰にも話してはいけない。ほかの被疑者にもだ。なかにはおとりも混じってる。誰かに売るつもりで情報をつかもうとしているやつが必ずいるんだ。公平な裁判を望むのなら、口を閉じていることだ」

ミリガンは首を振り、頬をこすりながら、事件について語ろうとした。やがて、こうつぶやいた。「無罪を主張してください。ぼくは気が狂いそうだ」

「考えておこう」シュワイカートは言った。「だが、いまここで相談するわけにはいかない」

「ぼくの事件を扱える女性の弁護士はいますか」

「うちの事務所には女性弁護士がいる。できるだけのことをしよう」

シュワイカートは警官がミリガンを、郡拘置所の重罪犯用の青のジャンプスーツに着替えさせるために連れていくのを見まもった。この青年のように、パニックを起こしかけ、神経を尖《とが》らせている被疑者の弁護をするのはむずかしそうだった。被疑者は犯罪を否定しているわけではない。彼が繰り返し言っているのは、憶えていないということだけだ。異常だ。キャンパス強姦魔が精神異常の申立てをしたらどうだろう。それを聞きつけたら新聞が有頂天になることは想像できた。

フランクリン郡拘置所の外で、シュワイカートは《コロンバス・ディスパッチ》を買い、一面の大見出しを見た。

警察はキャンパス強姦事件の容疑者を逮捕

その記事は被害者のひとり、約二週間前にレイプされた二十六歳になる大学院生が、警察で被疑者の面通しをすることになると伝えていた。記事のいちばん上には、顔写真が載っていて、「ミリガン」と記されていた。

公選弁護人事務所にもどると、シュワイカートはその地域のほかの新聞社に電話して、写真を載せないように求めた。月曜日の面通しを前に、証人が先入観を持つ恐れがあるからだ。だが、断られた。写真が手に入れば載せる、と彼らは答えた。シュワイカートはパイプの吸い口でひげを掻《か》き、妻に電話して夕食に遅れると告げた。

「あらまあ」オフィスのドアのところで声がした。「鼻づらを蜂の巣に突っこんでつかまった熊みたいな顔をしてるじゃないの」

顔をあげると、ジュディ・スティーヴンスンのにこやかな顔が目に入った。

「おや、そうかな」シュワイカートはうなるような声を出し、受話器をおくと、微笑みかえした。「誰がきみを指名したか、あててごらん」

彼女が長いブルネットの髪を顔からかきあげると、左の頰にほくろが見えた。彼女ははしばみ色の目で問いかけた。

シュワイカートは新聞を彼女のほうに押しやり、写真と大見出しを指さした。彼の深みのある笑い声が狭いオフィスに響きわたった。「面通しは月曜日の朝だ。ミリガンは女性弁護士を求めた。きみの依頼人はキャンパス強姦魔だよ」

4

ジュディ・スティーヴンスンは十月三十一日月曜日の朝十時十五分前に、警察の面通し用の部屋に到着し、連れてこられたミリガンが、怯《おび》え、絶望的になっているのに気づいた。「わたしは公選弁護人事務所から来ました」彼女は言った。「ゲイリー・シュワイカートが、あなたは女性の弁護士を求めていると言ってたわ。だから、彼とわたしは一緒に仕事をすることになるでしょう。さあ、落ち着いてね。いまにも粉々《こなごな》に砕《くだ》けてしまいそうに見えますよ」

ミリガンは彼女に折り畳んだ書類をわたした。「ぼくの仮釈放中の保護観察官が金曜日にこれを持ってきました」

彼女はそれをひらいた。成人仮釈放機関からの勾留《こうりゅう》命令で、ミリガンを拘束し、仮釈放遵守条件違反の予備審問がフランクリン郡拘置所で行なわれるという通知だった。ジュディ・スティーヴンスンは思った。警察が逮捕の際にミリガンのアパートで銃を発見しているので、仮釈放は取り消され、ただちにシンシナティに近いレバノン刑務所へ送りかえされ、そこで裁判を待つことになるのかもしれない。

「予備審問は来週の水曜日よ。あなたをここにおいておくために、できるだけのことをします。あなたにコロンバスにいてもらったほうがいいわ、そうすれば相談しやすいから」

「レバノンにもどりたくない」

「さあ、心配しないで」

「警察がぼくがやったと言ってることは、何ひとつ憶えてないんだ」

「あとで相談しましょう。いまはあの壇の上に立つのよ。うまくやれる？」

「やれると思う」

「顔がはっきり見えるように、髪をかきあげておきなさいね」

警官がミリガンを導いて壇の上に並んでいる人々のあいだに入れた。二番めだった。

面通しをするために来ているのは四人だった。顔写真でミリガンを認めた看護婦、ドナ

・ウェストは、面通しをする必要はないと言われ、フィアンセとクリーヴランドへ出かけていた。小切手の一枚を現金化したクローガー・スーパーマーケットの店員、シンシア・メンドーザはミリガンがわからなかった。彼女は三番めの男を選んだ。八月にまったく異《こと》なる状況で性的な暴行を受けた女性は、二番めの男かもしれないと思ったが、確信がなかった。キャリー・ドライヤーは、ひげがないので自信はないが、二番めの男に見憶えがあると言った。ポリー・ニュートンはミリガンを確認した。

十一月三日、大陪審は三件の誘拐、三件の持凶器強盗、四件のレイプについて、起訴状を確認した。いずれも第一級の重罪であり、それぞれ四年から二十五年の実刑を受ける可能性がある。

検察局は、担当検察官の任命に――大きな殺人事件の場合でも――めったにかかわることはない。通常は重罪部の部長が二、三週間前に、適当に上級検察官を任命する。だが、郡検事のジョージ・スミスは、最も優秀な上級検察官二名を呼び、キャンパス強姦魔の事件をマスコミが大きくとりあげ、一般大衆の怒りをかきたてたと語った。きみたちふたりがこの事件を担当し、精力的に任務を遂行することを望む、と彼は続けた。

三十二歳で黒い縮れ毛、衛兵風のいかめしいひげを生やしたテリー・シャーマンは、性的暴行犯にはきびしい態度で臨《のぞ》むという評判であり、レイプ事件では陪審の票を失ったことがないと豪語していた。ファイルを見ると、彼は笑いだした。「結果は最初からきまっている。令状はきちんとしている。この犯人の首根っこをおさえたようなものだ。公選弁護人に有利な条件は何もないな」

刑事裁判専門の三十五歳になる検察官、バーナード・ザリグ・ヤヴィッチはジュディ・スティーヴンスンとゲイリー・シュワイカートとは同じロー・スクールで、二年先輩にあたり、ふたりのことはよく知っていた。ゲイリーはヤヴィッチの下で弁護士補助職についていたことがある。ヤヴィッチは検察局に移る前に、四年のあいだ公選弁護人だった。彼もシャーマンに同意し、これは検察側になかなか有利な事件だと言った。

「なかなか有利だって?」シャーマンは問い返した。「物的証拠も、指紋も、被害者による被疑者の確認も、すべてそろってるんだ。弁護側には何もないんだぞ」

数日後、シャーマンはジュディに会い、彼女にはっきり話すことにした。「ミリガンの件では答弁取引はなしだ。あの男はがっちりつかまえたから、有罪に持ちこみ、最高の量刑を科《か》すようにするつもりだ。きみたちには有利な材料は何もない」

だが、バーナード・ヤヴィッチは考えこんだ。公選弁護人としての経験があるので、自分がジュディとゲイリーの立場にいたら何をするか見当がついた。「ひとつだけ、彼らに残されている手がある――精神異常の申立てだ」

シャーマンは笑った。

翌日、ウィリアム・ミリガンは房の壁に頭をぶつけて自殺をはかった。

「彼は裁判が始まるまで生きていないかもしれないな」その知らせを聞くと、ゲイリー・シュワイカートはジュディ・スティーヴンスンに言った。

「彼は裁判に出る能力がないと思うわ」ジュディは言った。「彼は自分自身の弁護に協力することができないのよ。わたしたちがそう思っていることを、判事に言ったほうがいいわ」

「彼を精神科医に調べさせたいのかい?」

「必要なのよ」

「やれやれ」ゲイリーは言った。「いまから大見出しが目に見えるよ」

「大見出しなんかどうでもいいわ。あの青年はどこかおかしいの。何だかわからないけれど、ときどき、すごく違って見えることがあるでしょ。レイプを憶えていないと言ってるのが信じられるの。検査を受けさせるべきよ」

「費用は誰が負担するんだ?」

「基金があるわ」ジュディは言った。

「そうとも。何百万もね」

「まあ、皮肉を言わないで。精神科医の診察を受けさせる費用くらいなんとかなるわ」

「それを判事に言ってくれ」ゲイリーはこぼした。

ウィリアム・ミリガンが精神科医の診察を受けられるように、裁判の延期を申請し、裁判所に認められると、ゲイリー・シュワイカートは水曜日の朝八時半に予定されている、成人仮釈放機関による拘置所での予備審問について対策を講じることにした。

「ぼくはレバノンに送りかえされてしまう」ミリガンは言った。

「なんとかなるかもしれない」ゲイリーは言った。

「ぼくのアパートから銃が見つかったんだ。仮釈放の条件のひとつがそのことだった。『危険な武器ないし火器を購入、所有、携帯、もしくは使用しないこと』とあるんです」

「そうかもしれない」ゲイリーは言った。「だけど、きみの弁護をするわれわれとしては、きみにこのコロンバスにいてほしいんだ。ここならきみと協力しあえるが、レバノン刑務所では駄目だ」

「どうするつもりなんですか」

「わたしにまかせてくれ」

ミリガンは笑みを浮かべた。ゲイリーはミリガンの目に、これまで見たことのない興奮を見てとった。ミリガンはくつろぎ、のんびりして、屈託《くったく》のないようすで冗談を言った。最初に会ったときの、神経のぴりぴりした青年とは別人のようだった。思っていたよりも、弁護が楽かもしれない、とゲイリーは考えた。

「それでいい」ゲイリーはミリガンに言った。「冷静でいるんだ」

ゲイリーはミリガンを連れて会議室に入った。すでに成人仮釈放機関のメンバーたちが、ミリガンの保護観察官の報告書と、デンプシー巡査部長の証言のコピーを回し読みしていた。巡査部長はミリガンの逮捕時に、九ミリのスミス＆ウェッソンとマガジンに五発の弾丸が入っている二五口径のセミ・オートマティックを発見したと証言していた。

「うかがいますが、みなさん」シュワイカートは指の関節でひげをこすりながら言った。「その銃は試射してあるのですか」

「いや」と議長が答えた。「だが、ほんものの銃で、マガジンもある」

「じっさいに発射が可能であることが示されないのに、なぜほんものの銃ということになるのですか」

「試射をするのは来週になる」

ゲイリーは平手でテーブルを叩いた。「だが、ミリガンの仮釈放の取消しに関する決定はきょう下すか、さもなければ、裁判のあとまで待っていただきたい。さて、これは銃なのか、それともおもちゃなのか。あなたがたはこれが銃であると証明していませんよ」ゲイリーは出席者の顔をひとりずつ見ていった。

議長はうなずいた。「みなさん、われわれとしては、これが銃であるかどうか判断が下されるまで、仮釈放の取消しを延期せざるを得ないようですな」

翌朝十時五十分に、ミリガンの保護観察官は、仮釈放の取消しに関する審理が一九七七年十二月十二日に、レバノン刑務所で行なわれるという通知を送ってきた。ミリガンの出席は求められていなかった。

ジュディは犯罪現場鑑識班がミリガンのアパートで見つけた証拠品について尋ねるために、彼に会いにいった。

ミリガンは目に絶望の表情を浮かべて彼女に言った。「ぼくがやったと信じてるんですね、そうでしょう？」

「わたしが何を考えようと、そんなことはどうでもいいのよ、ビリー。証拠品が問題なの。あれをみんな持っていたのはなぜか、あなたの説明を検討しなければならないの」

ジュディは彼がどんよりした目で宙を見すえているのに気づいた。ミリガンは彼女から離れ、自分の心のなかへ引っこんでしまったようだった。

「もういい」とミリガンは言った。「もうどうだっていいんだ」

翌日、彼女は罫線のある黄色い法律用箋《ようせん》に書かれた手紙を受けとった。

親愛なるミス・ジュディ

この手紙を書いているのは、ときどき自分がどう感じているのか口では言えないけれど、あなたにどうしてもわかってもらいたいからです。

まず、ぼくのためにいろいろとしてくれたことを感謝します。あなたはやさしく親切で、最善をつくしてくれました。それ以上のことは誰だって望みようがありません。もうぼくのことは、良心がとがめることなく忘れてしまえるでしょう。あなたの法律事務所に、ぼくがもう弁護士を望んでいないと伝えてください。もう必要ないのです。

あなたがぼくの有罪を信じているのだから、ぼくは有罪に違いありません。ぼくがずっと知りたかったことが、確実になりました。ぼくがこれまでの人生にしたことは、ぼくが愛する人に苦しみと悲しみをもたらしました。ひどいことに、ぼくにはそれをやめることができないのです。刑務所にぼくを閉じこめても、悪くなるばかりです、この前もそうでした。精神科の先生にもなおせません。何が悪いのかわからないからです。

ぼくが自分で自分をとめなければならないでしょう。ぼくはあきらめました。もうどうなってもいいんです。最後にひとつだけお願いがあります。母かキャシーに電話して、もうここへ来ないように言ってください。もう誰にも会いたくないので、ガソリンを無駄にすることはありません。でも母とキャシーを愛してますし、すまないと思ってます。あなたは最高の弁護士です。あなたが親切にしてくれたことは忘れません。さよなら。

ビリー

その夜、当直の巡査部長がシュワイカートの自宅に電話してきた。「おたくの依頼人がまた自殺しようとしましたよ」

「なんだって！　どういうふうにやったんだね」

「信じられないかもしれませんが、郡の器物を破損したことで、あいつを訴えなきゃなりませんね。房の便器を割って、鋭い陶器の破片で手首を切ったんです」

「なんてことだ！」

「ほかにもあるんです。おたくの依頼人にはどうも妙なところがありますね。あいつはこぶしで便器を叩き割ったんです」

5

シュワイカートとスティーヴンスンは、彼らを馘《くび》にしたミリガンの手紙を無視して、拘置所のミリガンを毎日訪れた。公選弁護人事務所は、心理学的評価のために基金の利用を認め、一九七八年一月八日と十三日に、臨床心理士のドクター・ウィリス・C・ドリスコルが、一連の検査を行なった。

知能検査の結果は、ミリガンの知能指数が六十八であることを示していたが、ドリスコルはミリガンが鬱《うつ》状態であるために数値が低くなったと述べた。ドリスコルの報告書は急性精神分裂病という診断を下している。

ミリガン氏は自我同一性を喪失し、その結果、自我境界はきわめて曖昧《あいまい》である。精神分裂病的な距離の喪失を経験し、自己と外界を識別する能力がきわめて限られている……。何かをしろと命じる声が聞こえ、応じないとその声は彼に向かってわめき、叫びたてる。ミリガン氏はその声が、彼を苦しめるために地獄からやってきた人々の声だと信じている。また、定期的に彼の身体に侵入して、悪い人間たちと戦う良い人間たちのことについても語っている……。私見《しけん》では、ミリガン氏は現在のところ、自分の利益を考えられる状態ではない。現実を充分に把握する力がなく、したがっていま起こっている出来事を理解するのは無理だろう。ミリガン氏を入院させてさらに検査し、可能な治療をほどこすよう強くすすめる。

法律上の最初の小ぜり合いがあったのは、一月十九日だった。この日、スティーヴンスンとシュワイカートは、依頼人が自分の弁護に協力できない証拠として、この報告書をジェイ・C・フラワーズ判事に提出した。判事は、コロンバスのサウスウェスト・コミュニティ精神衛生センターに命じて、そこの司法精神医学科で被告人の鑑定をさせると言った。ゲイリーとジュディは不安を感じた。サウスウェストはいつも検察側につくからだ。

ゲイリーは、サウスウェストの鑑定結果は秘匿特権付《ひとくとっけん》情報として扱われるべきであり、いかなる状況でもそれが自分たちの依頼人に不利になるように使われてはならないと主張した。シャーマンとヤヴィッチは反対した。ゲイリーとジュディは、ミリガンにサウスウェストの心理学者や精神科医と口をきかないように指示を与えると脅《おど》しをかけた。フラワーズ判事は、もうすこしで彼らを法廷侮辱罪に問うところだった。

検察官たちは一歩譲り、裁判所が任命した心理学者にたいして、ミリガンが自分に不利になる発言をしたとしても、それについて質問するのは、ミリガンが証人席についた場合に限るという条件を認めた。こうして妥協が成立した。部分的な勝利であっても、何も得られないよりましだった。ゲイリーとジュディは思いきって賭けてみる決心をかため、その条件のもとで、サウスウェストの司法精神医学科がウィリアム・ミリガンに面接することを許した。

「よくやった」シャーマンは、一同がフラワーズ判事の部屋を出ると、笑いながら言った。「きみたちがやけになっているのがよくわかるよ。だが、無駄だな。いまでも、この件の結果は目に見えていると思うね」

これ以上の自殺未遂を避けるために、郡保安官事務所はミリガンを病棟の独居房に移し、拘束衣を着せた。その日の午後、医者のラス・ヒルはミリガンのようすをチェックしにいき、わが目を疑うようなものを見た。三時から十一時までの勤務時間の責任者、ウィリス巡査部長を呼び、鉄格子のあいだからミリガンを指さした。ウィリスはあんぐり口をあけた。ミリガンは拘束衣から抜けだし、それを枕にして、ぐっすり眠っていた。

第二章

1

サウスウェストによる最初の検査は、一九七八年一月三十一日に予定されていた。サウスウェストの心理学者ドロシー・ターナーは、内気そうで、なかば怯《おび》えているような表情を浮かべ、どことなく母親めいた雰囲気があるやせた女性だった。ウィリス巡査部長に連れられて、ミリガンが面会室に入ると、彼女は顔をあげた。

ドロシーが見たのは、青いジャンプスーツを着た、六フィートのハンサムな青年だった。堂々としたひげを生やし、もみあげも長かったが、目に子供っぽい恐怖が浮かんでいた。ドロシーを見て驚いたようすだったものの、向かい側の椅子に腰を下ろすと、にこにこして、両手を組んで膝にのせた。

「ミリガンさん」ドロシーは言った。「わたしはサウスウェスト・コミュニティ精神衛生センターのドロシー・ターナーです。あなたにいくつか質問をするために来ました。あなたはいまどこに住んでいるのですか」

ミリガンはまわりを見まわした。「ここだよ」

「あなたの社会保障番号は？」

ミリガンは顔をしかめ、床や黄色いシンダーブロックの壁やテーブルの上の煙草の吸殻を入れるブリキ缶を眺めて、長いあいだ考えていた。爪を嚙み、あま皮を見つめた。

「ミリガンさん」彼女は言った。「協力してくれなくては、あなたの助けになれません。どういう状況なのかわたしにもわかるように、質問に答えてください。さて、あなたの社会保障番号は？」

ミリガンは肩をすくめた。「わかんない」

ドロシーはメモを見て、番号を読みあげた。

ミリガンは首を振った。「それはぼくの番号じゃない。きっとビリーのだよ」

ドロシーははっと目をあげた。「だって、あなたがビリーじゃないの？」

「違う」彼は言った。「ぼくはビリーじゃない」

彼女は眉をひそめた。「ちょっと待って。ビリーじゃないんなら、あなたは誰？」

「ぼくはデイヴィッドだ」

「じゃあ、ビリーはどこにいるの？」

「ビリーは眠ってる」

「どこで？」

　ミリガンは自分の胸を指さした。「ここで。ここで眠ってるんだ」

　ドロシー・ターナーはため息をつき、気持ちを引き締めると、辛抱強くうなずいた。

「ビリーと話をしなければ」

「でも、アーサーが許さないよ。ビリーは眠ってる。アーサーは彼を起こさないんだ。もし起こしたら、ビリーは自殺するからね」

　ドロシーは長いあいだ青年をしげしげと見つめ、どうつづければいいのかわからなかった。彼の声も、話すときの表情も子供っぽかった。「ねえ、ちょっと待って。説明してほしいんだけど」

「できないよ。ぼく、間違ったことをしちゃったんだ。話しちゃいけなかったんだよ」

「どうして？」

「ほかのみんなともめちゃうんだ」子供っぽい声にパニックが感じられた。

「で、あなたの名前は〈デイヴィッド〉なのね」

　彼はうなずいた。

「ほかのみんなは？」

「教えられない」

　ドロシーはテーブルをこつこつ叩いた。「ねえ、デイヴィッド、話してくれなくちゃ、あなたを助けてあげられないわ」

「駄目なんだ。みんなかんかんになって、もうスポットに立たせてくれないよ」

「でも、誰かに話さなければいけないわ。だって、あなたはとても怖がってるじゃないの。そうでしょ？」

「うん」彼の目に涙が浮かんだ。

「わたしを信じて、デイヴィッド、大事なことよ。あなたを助けてあげられるように、わたしに話してちょうだい」

彼は長いあいだ真剣に考えていたが、ようやく肩をすくめて言った。「わかった。でも、条件がある。誰にも秘密を話さないって約束してくれなきゃ駄目だ。誰にもだよ。ぜったいに、ぜったいに話さないって」

「いいわ、約束するわ」

「一生ずっとだよ？」

ドロシーはうなずいた。

「約束するって言って」

「約束するわ」

「わかった」彼は言った。「教えてあげる。ぼくもぜんぶ知ってるわけじゃないんだ。ぜんぶ知ってるのはアーサーだけだ。先生がさっき言ったように、ぼくは怖いんだ。だって、たいていのとき、何が起こってるのかわからないんだもの」

「あなたはいくつなの、デイヴィッド？」

「八つ。もうじき九つになる」

「なんであなたがわたしと話しにきたの」

「スポットに出るなんて、ぼくも知らなかったんだ。誰かが牢屋で怪我《けが》をした。だから、ぼくが痛みを引き受けにきたんだよ」

「そのこと、説明してくれる？」

「アーサーが、ぼくは苦痛の管理人だって言うんだ。怪我をすると、ぼくがスポットに出て、苦痛を感じるんだ」

「苦しいでしょうね」

涙を浮かべて、彼はうなずいた。「不公平だよ」

「『スポット』って何なの、デイヴィッド？」

「アーサーがそう呼んでいるんだ。誰かが出ていくとき、どういうふうにやるのか、ぼくたちに説明してくれた。大きな白いスポットライトがあたってるんだ。みんなそのまわりにいる。見まもってるか、ベッドで寝てる。誰でもそのスポットに出ると、外の世界に出ていくんだ。アーサーが言ってる、『スポットに出た者が意識を持つんだ』って」

「ほかのみんなって？」

「大勢いる。ぼくが知らない人もいる。いまは何人か知ってるけど、全員じゃない。あっ、いけない」彼はあえいだ。

「どうしたの」

「先生にアーサーの名前を言っちゃった。秘密を話したから、きっと叱《しか》られる」

「だいじょうぶよ、デイヴィッド。誰にも話さないと約束するわ」

彼は椅子に坐ったまま、身体をすくめた。「もうこれ以上、話せない。ぼく、怖いんだ」

「いいわ、デイヴィッド。きょうはもう充分よ。でもあしたまた来るから、もっと話しましょう」

フランクリン郡拘置所の外に出ると、ドロシーは足をとめ、冷たい風に吹かれてコートを身体に引き寄せた。ここへ来るときは、訴追を避けるために精神異常をよそおっているかもしれない若い重罪犯人と対決する覚悟だった。このような状況になるとは予想だにしなかった。

2

翌日、ミリガンが面会室に入ってきたとき、ドロシー・ターナーは彼の表情がどこか違っていることに気づいた。ミリガンは彼女の目を避け、椅子に坐って膝をあげ、靴をいじった。気分はどう、とドロシーは尋ねた。

最初ミリガンは答えず、まわりを見まわし、ときどきドロシーに目を向けたが、彼女だと認めた気配はなかった。やがて首を振って、コックニー訛《なま》りの少年めいた声で話しはじめた。「何もかもうるせえんだ」ミリガンは言った。「あんたも。音もみんな。おいら、何が起こってんのか知らねえよ」

「しゃべりかたがおかしいわ、デイヴィッド。それはどこかの訛りなの?」

彼はいたずらっぽくドロシーの顔を見あげた。「おいら、デイヴィッドじゃねえよ。おいらはクリストファーだ」

「じゃあ、デイヴィッドはどこ?」

「デイヴィッドは悪い子だった」

「どういうこと」

「ほかのやつらは、あいつがしゃべったもんで、猛烈に腹をたててる」

「説明してちょうだい」

「できねえよ。おいら、デイヴィッドみてえにトラブルにまきこまれたくねえんだ」

「でも、どうしてデイヴィッドはトラブルにまきこまれたの」ドロシーは眉をひそめて尋ねた。

「しゃべったからさ」

「何を？」

「あんた、知ってるはずだぜ。あいつは秘密をしゃべったんだ」

「そう、じゃあ、あなたのことを何か話してね、クリストファー。あなたはいくつ？」

「十三」

「好きなことは？」

「おいら、ドラムをすこし叩くんだ。だけど、ハモニカのほうがうまい」

「どこから来たの？」

「イギリスだよ」

「兄弟か姉妹は？」

「妹のクリスティーンだけだ。三つだよ」

彼がきびきびしたコックニー訛りで話すあいだ、ドロシーは彼の顔をじっと見つめた。あけっぴろげで、熱心で、しあわせそうな顔をして、きのう彼女が話をした人物とはまったく違っていた。ミリガンは信じられないくらいうまい俳優に相違ない。

3

二月四日、三度めの訪問をしたドロシー・ターナーは、面会室に入ってきた青年の態度が、前二回とは違うことに気づいた。彼は無造作に腰をおろし、椅子の背にもたれ、尊大なようすで彼女をじろじろ見た。

「きょうはどう?」ドロシーは尋ね、どんな答えがかえってくるのか怖かった。

彼は肩をすくめた。「いいよ」

「デイヴィッドとクリストファーはどうしてるの」

彼は顔をしかめ、ドロシーをにらみつけた。「おい、ぼくはあんたのこと、知らないんだぜ」

「わたしはあなたを助けにここへ来ているの。何が起こってるのか、話しあいましょう」

「くそっ。こっちだって何が起こってるのか知らないんだ」

「この前わたしと話したのを憶えてないの?」

「知らないね。あんたに会ったことなんかないよ」

「名前を教えてもらえる?」

「トミーだ」

「トミー何というの?」

「ただトミーだけだよ」

「年齢は？」

「十六」

「あなたのこと、もうすこし話してくれない？」

「知らないやつとは話をしない。だからほっといてくれないか」

次の十五分間、ドロシーは彼に話をさせようとしたが、〈トミー〉はむっつりしたままだった。フランクリン郡拘置所を出たとき、ドロシー・ターナーはしばらくフロント・ストリートに立って、呆然《ぼうぜん》としながら、〈クリストファー〉のことや、〈デイヴィッド〉と交《か》わした誰にも話さないという約束のことを考えていた。いま、ドロシーは自分の約束と、発見したことについてミリガンの弁護士たちに話すべきだという思いとに引き裂かれていた。しばらくしてから、ドロシーは公選弁護人事務所に電話して、ジュディ・スティーヴンスンを呼びだしてもらった。

「いますぐは話せないんだけど」ジュディが電話に出ると、ドロシーは言った。「『失《シ》われた私《ビル》』という本を読んでなかったら、買って、読んでください」

ジュディ・スティーヴンスンはターナーからの電話にびっくりし、その夜、ペーパーバック版の『失われた私』を買って、読みはじめた。どういう内容なのかがわかると、彼女はベッドにあお向けになり、天井を見ながら考えた。あらまあ！　多重人格者ですって？　ドロシー・ターナーはそのことが言いたいの？　ジュディは面通《めんとお》しでひどく震えていたミリガンを思い浮かべようとした。ほかのときのミリガンはおしゃべりで、言い逃れをして、冗談口をたたき、頭の回転が早かった。これまで、ミリガンの態度が変化したのは、鬱状態にあるせいだと考えてきた。だが、ウィリス巡査部長はミリガンが拘束衣から抜けだすと言っていたし、医者のラス・ヒルからは、ミリガンがときおり超人的な力を発揮すると聞いている。ミリガンの言葉が脳裏《のうり》にこだました。「ぼくがやったと警察に言われても、ぜんぜん憶えてないんだ。ぼくは何も知らない」

夫のアルを起こして、そのことを話したかったが、アルが何と言うかわかっていた。いま自分が考えていることを誰かに話したら、相手が何と言うかわかっている。公選弁護人事務所に三年以上いるが、これまでミリガンみたいな依頼人に出会ったことはなかった。ゲイリーにも何も言わないことにした。まず自分でたしかめてみなければならない。

翌朝、彼女はドロシー・ターナーに電話した。「ねえ、聞いてください」彼女は言った。「この数週間、ミリガンに会って話をしたけれど、彼はときどき妙な態度をとったんです。気分の変化がありました。気まぐれなんです。だけど、シビルのケースと同じだという結論を出すほどの、大きな相違はありませんでした」

「わたしは何日も迷っているんです」ドロシー・ターナーは言った。「誰にも話さないと約束したので、それに縛《しば》られてしまって。だからあなたにはあの本を読むようにすすめただけだったの。でも、あなたに秘密を話させてくれと彼を説得してみます」

ドロシー・ターナーはサウスウェストの、したがって検察側の心理学者だと自分に言い聞かせながら、ジュディは言った。「やってみてください。わたしは何をすればいいのか、教えてくださいね」


ドロシー・ターナーがミリガンとの四回めの面接に出かけていくと、最初の日に会った、怯えた少年がいた。

「誰にも秘密を話さないと、約束したわね」ドロシーは言った。「でも、ジュディ・スティーヴンスンには話さなければならないの」

「駄目だ!」デイヴィッドは叫び、飛びあがった。「約束したじゃないか! 先生が話したら、ミス・ジュディはぼくのこと、好きになってくれないよ」

「いいえ、彼女はあなたが好きになるわ。彼女はあなたの弁護士だし、あなたを助けるためには知る必要があるのよ」

「約束したじゃないか。約束を破ったら、嘘をつくのとおんなじだ。話しちゃいけない。ぼくはひどい目にあうんだ。アーサーとレイゲンは、ぼくが秘密をもらしたもんで、かんかんなんだ、それに……」

「レイゲンて誰？」

「約束したじゃないか。約束って、この世でいちばん大事なことなんだよ」

「ねえ、わかってちょうだい、ディヴィッド。ジュディに話さなかったら、彼女はあなたを助けられないのよ。長いあいだ刑務所に入ることになるかもしれないわ」

「かまわないよ。先生は約束したんだ」

「でも……」

彼の目がどんよりして、自分に話しかけているように口が動いた。やがて彼は背筋を伸ばして坐り、指先をそろえ、彼女をにらみつけた。

「先生、あなたには、あの子との約束を破る権利などありませんよ」彼は歯切れのいい、イギリス上流階級のアクセントで、ほとんど顎を動かさずに言った。

「あなたにお会いするのははじめてね」彼女は椅子の腕を握りしめ、懸命に驚きを隠そうとした。

「あの子がわたしのことをお話ししました」

「あなたがアーサーなの？」

彼はそっけなくうなずいた。

ドロシー・ターナーは深呼吸をした。「いいこと、アーサー。弁護士たちに、何が起こっているのか話さなければならないわ。重要なことよ」

「駄目です」彼は答えた。「彼らは信じませんよ」

「やってみればいいわ。ジュディ・スティーヴンスンをあなたに会わせに連れてくるから、そしたら……」

「駄目です」

「刑務所にいかなくてすむかもしれないのよ。わたしはどうしても……」

彼は身を乗りだし、軽蔑したように彼女をにらんだ。「はっきり申し上げておきます、ターナー先生。誰かを連れてきたら、みんな黙りこみますから、先生は間抜けみたいに見えるだけです」

十五分ほどアーサーと押し問答をつづけ、ドロシー・ターナーは彼の目がどんよりしたのに気づいた。アーサーは椅子の背にもたれた。また身を乗りだしたとき、声が変わり、屈託《くったく》のない、愛想のいい表情を浮かべていた。

「話してはいけないよ」彼は言った。「先生は約束したんだ。約束は神聖です」

「あなたは誰なの」ドロシーはささやき声で訊いた。

「アレンです。ジュディやゲイリーと話をするのは、たいていぼくです」

「でも、あのふたりはビリー・ミリガンのことを知ってるだけよ」

「ぼくたちはみんなビリーの名前を使うんです。だから秘密はもれない。だけど、ビリーは眠ってます。ずっと前から眠りつづけてるんです。ねえ、ターナー先生――ドロシーと呼んでもいいですか。ビリーの母親の名前はドロシーなんです」

「ジュディやゲイリーと話をするのはたいていあなただと言ったわね。ほかに誰があのふたりに会ったの？」

「ふたりは気づいていませんよ。トミーはぼくと同じような話しかたをするから。トミーに会いましたね。あいつは拘束衣から抜けだすし、手錠をはずすんです。ぼくたちはよく似てるけれど、しゃべるのはだいたいぼくです。トミーは辛辣《しんらつ》でいやみを言ったりする。ぼくみたいに、ほかのひととうまくやれないんです」

「ふたりはほかに誰と会ってるの」

アレンは肩をすくめた。「警察がぼくたちの調書をとったとき、ゲイリーが最初に会ったのはダニーです。ダニーは怯えて、頭が混乱してた。何があったのか、よく知らなかったんです。ダニーはまだ十四歳ですからね」

「あなたはいくつ？」

「十八です」

ドロシーはため息をつき、首を振った。「いいわ……アレン。あなたは頭のいい青年らしいわ。わたしが約束から解放される必要があることはわかるでしょ。ジュディとゲイリーに話さなければ、ふたりともちゃんとした弁護ができないわ」

「アーサーとレイゲンが反対してるんです。みんなにぼくたちは狂ってるって思われちゃうと言ってます」

「でも、刑務所にもどらなくてすむなら、やってみるだけのことはあるんじゃない？」

アレンはかぶりを振った。「ぼくがきめることじゃない。ぼくたちはこの秘密をまもりつづけてきたんです」

「誰がきめることなの」

「そうだな、みんなです。アーサーが責任者だけど、秘密はぼくたち全員のものだ。デイヴィッドが先生に話しちゃったけど、そこから先に伝わっては困ります」

心理学者として、こういうことは弁護士に知らせる義務があるとドロシーは説明したが、アレンは話しても役に立つという保証はないと指摘し、新聞の大見出しになりマスコミに騒ぎたてられたら、刑務所での生活が耐えがたくなると言った。

デイヴィッドがあらわれた。子供っぽい態度で誰だかわかったが、デイヴィッドも約束をまもって、と訴えた。

ドロシーがアーサーと話したいと言うと、彼は顔をしかめながら出てきた。「しつこいですね」とアーサーは言った。

ドロシーはアーサーを説得しようとつとめ、ようやく彼が譲歩しかけているのを感じた。

「女性と口げんかしたくないんです」アーサーはため息をついて椅子の背にもたれた。

「先生がぜったいに必要だとお考えなら、そしてほかの者が同意したら、許可することにします。だけど、ひとりひとりから同意をとりつけなければなりませんよ」

何時間もかけ、ドロシーは出てきたひとりひとりに状況を説明し、変身が起こるたびに驚嘆した。五日めに彼女はトミーと対面した。鼻をほじっているトミーにドロシーは言った。「じゃあ、ミス・ジュディに話さなければならないことを、わかってくれたわね」

「あんたが何をしようと、こっちの知ったことじゃないんだ。ほっといてくれないか」

アレンは言った。「ジュディ以外の誰にも話さないと約束してください。ジュディにも、誰にも話さないと約束させてください」

「いいわ」ドロシーは言った。「あなたもこれでよかったと思うわよ」

その日の午後、ドロシー・ターナーは拘置所を出ると、その足で通りの先にある公選弁護人事務所へいき、ジュディ・スティーヴンスンに会った。そして、ミリガンの条件を説明した。

「じゃあ、ゲイリー・シュワイカートにも話せないんですか」

「約束しなければならなかったんです。あなたに打ち明けることを認めさせられただけで運がよかったんですよ」

「わたしには信じられません」ジュディは言った。

ドロシーはうなずいた。「けっこう。わたしもそうでした。でも言っておきますが、依頼人に会ったら、きっとびっくりなさるわ」

4

ウィリス巡査部長に連れられて会議室に入ってきたミリガンを見て、ジュディ・スティーヴンスンは、依頼人が内気な十代の少年のようにおずおずしていることに気づいた。ミリガンはまるでウィリス巡査部長を知らないように、怯《おび》えたようすで彼からさっと離れ、すばやくテーブルに走り寄るとドロシー・ターナーの横に坐った。ウィリスが出ていくまで、口をきかず、たえず手首をこすっていた。

ドロシーは言った。「ジュディ・スティーヴンスンに、あなたが誰だか教えてあげて」

彼は椅子に身体を縮《ちぢ》め、かぶりを振り、巡査部長が立ち去ったことをたしかめるようにドアのほうを見ていた。

「ジュディ」ドロシーはとうとう言った。「ダニーよ。わたしはダニーのことがよくわかるようになったの」

「ハイ、ダニー」ジュディはミリガンの声も顔の表情も違っているのにまごつき、当惑を隠そうとつとめた。

彼はドロシーを見あげてささやきかけた。「ほらね。ぼくのこと、気が狂ってるって考えてるみたいだろ」

「いいえ、そうじゃないの」ジュディは言った。「わたしはまごついてるだけよ。とっても珍しい状況ですもの。あなたはいくつなの、ダニー？」

彼は手首をしきりにこすった。縛られていたのをようやくほどいてもらい、血行をよくしようとしているように見えた。ジュディの問いには答えなかった。

「ダニーは十四歳よ」ドロシーは言った。「画家なの」

「どういう絵を描くの？」ジュディは尋ねた。

「たいていは静物画だよ」ダニーは答えた。

「警察があなたのアパートで発見したような風景画も描くの？」

「風景画は描かない。地面が嫌いなんだ」

「どうして」

「話せないよ。話したら殺されちゃう」

「誰に殺されるの」ジュディは自分が彼に質問していることに驚きを感じた。こんなことは何ひとつ信じるつもりはなかったし、インチキに騙《だま》されはしないと決心していたが、みごとな演技――と思えた――に驚嘆した。

彼は目を閉じた。涙が頬を流れ落ちた。

目の前で起こっていることにますます困惑し、ジュディは自分の内にこもろうとしているらしい彼をじっと見つめた。唇が音もなく動き、目が生気を失い、横にそれた。まわりを見まわし、ぎくりとしたようすだったが、やがてふたりの女性を認め、自分がどこにいるのかわかったようだった。椅子の背にもたれ、脚を組み、右のソックスから煙草の箱を動かさずに一本だけ抜きとった。

「誰かライターを持ってますか」

ジュディは彼の煙草に火をつけた。彼は深々と吸いこむと、煙を上に向かって吐きだした。「で、どうすればいいんですか」彼は訊いた。

「ジュディ・スティーヴンスンに、あなたが誰だか教えてあげて」

彼はうなずき、煙の輪を吐きだした。「ぼくはアレンです」

「わたしたち、会ったことあるかしら」ジュディは声の震えに気づかれなければいいと思いながら訊いた。

「あなたかゲイリーが事件のことで話しにきたとき、ぼくは何回かここにいました」

「でも、わたしたちはあなたのことをビリー・ミリガンだと思って話していたけど」

アレンは肩をすくめた。「ぼくたちはビリーの名前を呼ばれると答えます。説明をはぶけますからね。でも、ぼくはビリーだと名乗ったことはないですよ。あなたが勝手に思い込んだだけだし、ほんとうのことを話しても仕方がないと思ったんです」

「ビリーと話せるかしら」ジュディは訊いた。

「とんでもない。みんなで彼を眠らせてるんです。スポットに出したら、ビリーは自殺しちゃいます」

「どうして」

「傷つくのをいまでも怖れてるから。それにビリーはぼくたちのことを知らない。わかってるのは、時間を失ってるってことだけです」

「どういうことなの、『時間を失ってる』って？」ジュディは尋ねた。

「ぼくたちみんなに起こることなんです。どこかで何かしてるとしますね。ところが、はっと気がつくと、別の場所にいて、時間がたったってことはわかるけど、何が起こったのかわからないんです」

ジュディは頭を振った。「それは恐ろしいわね」

「いつまでたっても慣れませんよ」アレンは言った。

ウィリス巡査部長が房へ連れもどしに来ると、アレンは顔をあげ、微笑みかけた。「ウィリス巡査部長だ」アレンはふたりの女性に言った。「あの人は好きだな」

ジュディ・スティーヴンスンはドロシーと一緒にフランクリン郡拘置所を出た。

「なぜあなたを呼んだのか、これでわかったでしょ」ドロシーは言った。

ジュディはため息をついた。「ここへ来るときは、インチキを見破ってやろうと思ってたのよ。でも、いまはふたりの違う人間と話をしたんだって確信してるわ。なぜ彼がときどきまったく違ったように見えたのか、ようやくわかったわ。気分が変わるからだと思っていたのよ。ゲイリーに話さなければ」

「あなたに話す許可をとるだけでたいへんだったのよ。ミリガンがそんなことを許すとは思えないけど」

「でも必要なの」ジュディは言った。「わたしひとりでは荷が勝ちすぎるわ」

拘置所を出たとき、ジュディ・スティーヴンスンは動転し、畏怖《いふ》を感じ、怒り、混乱していた。何もかも信じられなかった。ありえないことだ。だが、心の奥のどこかで信じはじめていることがわかっていた。

その日遅く、自宅にいる彼女のところへゲイリーから電話があり、保安官事務所から、ミリガンが房の壁に頭をぶつけて、また自殺をはかったという連絡があったことを伝えてきた。

「おかしいんだがね」ゲイリーは言った。「彼の記録を調べて、きょうは二月の十四日で、彼の二十三歳の誕生日だと気づいた。それに、知ってるかい……ヴァレンタイン・デーなんだ」

翌日、ドロシーとジュディはゲイリー・シュワイカートにも秘密を知らせるべきだとアレンに言った。

「とんでもない」

「でも、そうしなければ」ジュディは言った。「あなたを刑務所から救うためには、ほかの人たちにも知ってもらわなければならないのよ」

「約束したじゃないですか。同意したはずです」

「わかってるわ」ジュディは言った。「でも、大事なことよ」

「アーサーが駄目だと言ってる」

「アーサーと話をさせて」ドロシーが言った。

アーサーが出てきて、ふたりをにらんだ。「いいかげんにしてください。考えることがいっぱいあるし、勉強もしなければならない。こんなふうにしつこく悩まされるのはうんざりです」

「ゲイリーに話す許可が欲しいの」ジュディは言った。

「ぜったいに駄目です。あなたたちふたりに知られているだけでも、まずいんだ」

「あなたを助けるためには必要なのよ」ドロシーが言った。

「助けはいりません。ダニーとデイヴィッドは助けを必要としているかもしれないが、わたしの知ったことじゃないんです」

「ビリーを生かしておくことは大事なんでしょう?」アーサーの尊大な態度にかっとなって、ジュディは尋ねた。

「ええ」アーサーは言った。「でも、その代償はどれだけ高いものになるか。わたしたちは狂ってるとみんなに言われるでしょう。もう手に負えなくなりかけてるんです。ビリーが学校の屋上から飛び降りようとしたときから、わたしたちはビリーを生かしてるんです」

「どういうことなの?」ドロシーは尋ねた。「どうやってビリーを生かしてるの」

「いつも眠らせておくんです」

「これが審理にどれだけ影響するか、わからないの?」ジュディは訊いた。「刑務所か自由かがきまるのよ。刑務所の塀の外で、考えたり勉強したりする時間や自由が欲しいんじゃない? それともレバノン刑務所へもどりたいの?」

アーサーは脚を組み、ジュディからドロシーへ、またジュディへと視線を移した。「女性と口げんかしたくありません。この前と同じ条件で認めましょう――つまり、ほかのみんなの同意が必要だってことです」

三日後、ジュディ・スティーヴンスンはゲイリー・シュワイカートに話す許可を得た。

ジュディは冷えびえする二月の朝、フランクリン郡拘置所から公選弁護人事務所まで歩いた。カップにコーヒーを注ぎ、ゲイリーのちらかったオフィスへまっすぐいって、腰をおろすと、気持ちを引き締めた。

「電話をつながないように言ってね」彼女は言った。「ビリーのことで話があるの」

ドロシー・ターナーとミリガンに会ったときのもようを話し終わると、ゲイリーは気でも狂ったのかという目で彼女を見た。

「この目で見たのよ」ジュディは執拗《しつよう》に言った。「彼らと話をしたわ」

ゲイリーは立ちあがると、デスクの後ろを重々しい足取りで行きつもどりつした。梳《と》かしてない髪がカラーの外に垂れ、だぶだぶのシャツがベルトからはみだしていた。「いいかげんにしてくれ」ゲイリーは文句をつけた。「無理だね。彼が精神的に動揺しているのはわかってるし、わたしはきみの味方だ。だが、その手はきかないよ」

「自分の目で見て。あなたは知らないだけよ……わたしは完全に信じてるわ」

「わかった。だが言っておくぞ……わたしは信じないからな。検察官も信じやしない。判事だって信じやしない。わたしはきみを信頼している、ジュディ。立派な法律家だし、人を見る目もしっかりしている。だが、これはインチキだ。きみは一杯食わされたんだ」

翌日の午後三時に、ゲイリーは彼女とフランクリン郡拘置所へいった。三十分で引きあげるつもりだった。ジュディに聞いた話は頭から信じなかった。そんなことはありえないからだ。だが、懐疑的な態度は、さまざまな人格とひとりずつ会ううちに、好奇心へと変わった。怯《おび》えたデイヴィッドがおずおずしたダニーに変わるのを見た。ダニーは逮捕され取り調べを受けて怖かった最初の日に、ゲイリーに会ったことを憶えていた。

「警察がアパートに押しこんできてぼくを逮捕したときは、何が起こっているのかわからなかったんだ」ダニーは言った。

「爆弾があるなんて、どうして言ったんだね」

「爆弾があるなんて言わなかった」

「警官に言っただろう、『爆発するぞ』と」

「だって、トミーはいつも言うんだ。『ぼくのものにさわるな、さもないと爆発するぞ』って」

「なぜトミーはそんなことを言うんだね」

「トミーに訊くといいよ。エレクトロニクスの専門家なんだ。いつもコードやなんかをいじってる。そういうことが得意なんだ」

シュワイカートは数回ひげを引っぱった。「縄抜けの名人で、しかもエレクトロニクスの専門家か。わかった、トミーと話ができるかな」

「さあ。トミーは気の向く相手としか話をしないんだ」

「トミーを出してくれない？」ジュディは頼んだ。

「そう簡単にはいかないんだ。トミーのほうから出てこなきゃならない。あなたと話をするようにトミーに頼んでみるけど」

「やってくれ」シュワイカートは微笑を抑えて言った。「できるだけ、やってみてくれないか」

ミリガンは身体を縮《ちぢ》めたように見えた。顔が蒼《あお》ざめ、目が内面に向けられたように生気を失った。自分に語りかけているのか、唇が動いている。狭い室内に、強烈な緊張感がみなぎった。シュワイカートは息をとめ、笑みを消した。ミリガンの目が左右に動いた。深い眠りから目覚めたかのようにあたりを見まわし、現実のものかどうかたしかめるように手を右頰にあてた。それから、尊大な態度で椅子の背にもたれ、ふたりの弁護士をじろりと見た。

ゲイリーは息を吐きだした。感銘を受けていた。「きみはトミーかい」

「あんたは誰だ」

「きみの弁護士だよ」

「ぼくの弁護士じゃないね」

「わたしはジュディ・スティーヴンスンを助けて、きみがいまいる身体を刑務所に入れないようにするつもりでいる。きみが誰であるにしろ」

「くそっ。ぼくは誰にも助けてもらわなくていいんだ。どこの刑務所だって、ぼくを閉じこめておけないさ。好きなときに出ていけるんだ」

ゲイリーはじっとトミーを見つめた。「じゃあ、拘束衣から抜けだしたのはきみなんだな。きみはトミーだね」

トミーは退屈そうな顔をした。

「警察がアパートで発見したという電気関係の道具が入った箱のことを、ダニーが話してくれた。きみのだと言ってたよ」「そうさ……そうとも」

「あいつはいつだっておしゃべりなんだ」

「なぜにせものの爆弾なんかつくったんだね」

「くそっ。あれはにせものの爆弾なんかじゃない。おまわりたちは間抜けぞろいで、ブラック・ボックスを見てもわからないんだ。ぼくの責任じゃないね」

「どういうことだい」

「いま言ったとおりさ。あれは電話会社のシステムの上をいくブラック・ボックスなんだ。車用の新しい電話を実験しているところだ。シリンダーに赤いテープを巻いたので、間抜けのおまわりどもは爆弾だと思ったんだ」

「きみはダニーに、爆発するかもしれないと言ったんだろう」

「まいったな！　ぼくはいつもちびどもに、そう言うんだ。あいつらがぼくのものにさわらないようにするためさ」

「どこで電子工学を学んだの、トミー」ジュディが尋ねた。

トミーは肩をすくめた。「独学さ。本からだ。ぼくはものごころついていらい、ものがどういうふうに働くのか知りたかったんだ」

「それに縄抜けの技は？」ジュディは尋ねた。

「アーサーがすすめてくれた。ぼくたちのひとりが納屋《なや》で縛られたら、誰かが縄抜けする必要があった。ぼくは手の筋肉と骨を自由に操る方法を学んだ。それから、いろんな錠やかんぬきに興味を持ったんだ」

シュワイカートはすこし考えた。「銃もきみのものなのか」

トミーは首を振った。「銃を扱うのを許されているのはレイゲンだけだ」

「許されている？　誰が許すの？」ジュディが訊いた。

「それは、ぼくたちがどこにいるかによるな……なあ、ぼくは情報を絞りとられるのにはうんざりだ。そいつはアーサーの役目だ、でなきゃ、アレンのだ。どっちかに訊いてくれ、いいな？　ぼくはいくよ」

「待って……」

だが、ジュディは遅すぎた。目がうつろになり、トミーは身体の位置を変えた。指先を合わせ、両手でピラミッドの形をつくった。顎があがり、顔がジュディにもアーサーだとわかる表情を浮かべた。ジュディは彼をゲイリーに紹介した。

「トミーを許してやってください」アーサーは冷ややかに言った。「彼は反社会的な若者なんです。電気関係の器具や錠前を扱うのがあれほどうまくなければ、とっくに追放していたところです。でも、トミーはなかなか役に立つ能力を持っています」

「きみの能力は？」ゲイリーは尋ねた。

アーサーは言い訳するように手を振った。「わたしはただの素人《しろうと》です。生物学と医学をかじっただけです」

「ゲイリーは銃のことをトミーに尋ねたのよ」ジュディは言った。「銃の所持は仮釈放の条件違反よ、あなたも知ってるわね」

アーサーはうなずいた。「銃の扱いを許されているのはレイゲンだけです。レイゲンは憎悪を管理しています。それが専門なんです。でも、銃を使うのは身をまもり、生き残るためなんです。レイゲンがすごい力を使うのも、われわれみんなのためで、ほかの人たちを傷つけるためじゃありません。レイゲンはアドレナリンをコントロールし、集中させる能力を持っているんです」

「彼は四人の女性を誘拐し、レイプしたときに銃を使ったんだぞ」ゲイリーは言った。

アーサーは氷のように冷ややかな声で冷静に答えた。「レイゲンは誰もレイプしてません。この件について彼と話しました。レイゲンは請求書の支払いが心配になり、強盗を働こうとしました。十月に三人の女性から金を奪ったことは認めましたが、八月に女性を襲ったことは否定し、いかなる性的な犯罪も犯したことはないと断言しました」

ゲイリーは身を乗りだして、アーサーの顔をじっと見つめ、自分の懐疑的な態度が消えかけているのに気づいた。「だが、証拠は……」

「証拠なんかくそくらえだ！　レイゲンがしてないと言ったら、それ以上質問しても無駄です。レイゲンは嘘をつきません。レイゲンは泥棒だが、女性をレイプするような人間じゃありません」

「レイゲンと話をしたと言ったわね」ジュディが言った。「どういうふうにやるの？　声に出して話をするの、それとも頭のなかで話すの？　声が外に出るの？　それとも考えるだけ？」

アーサーは手を握り合わせた。「両方ですね。ときには頭のなかだけだから、会話をしているのはたぶん、ほかの人にはわからないでしょう。ときには、それもたいていわたしたちだけでほかに誰もいないときですが、声に出してしゃべります。誰かがわたしたちを見ていたら、きっと気が狂ってると思うでしょうね」

ゲイリーは乗りだしていた身体をもどし、ハンカチをとりだして、額《ひたい》の汗をぬぐった。

「こんなことを誰が信じるかな」

アーサーはつつましく微笑した。「いま言ったように、レイゲンは嘘をつきません。わたしたちはみんな嘘をつかないんです。これまで、まわりの人々はわたしたちを嘘つきだと責めました。わたしたちは、名誉にかけて嘘をつかないことにしています。だから、誰が信じようが、ちっともかまいません」

「でも真実をすすんで語ることもないのね」ジュディが言った。

「それは不作為による嘘とも言えるな」ゲイリーが言い足した。

「やれやれ」アーサーは軽蔑を隠そうともしなかった。「弁護士として、あなたはよくご存知のはずだ。証人は求められもしない情報を自分からすすんで提供する義務はないんですよ。あなたはまっさきに依頼人に言うでしょう、答えはイエスかノーにとどめ、自分の利益にならないかぎり、詳しく話さないように、と。あなたがわたしたちのひとりに率直に質問すれば、真実の答えか沈黙が返ってくるはずです。むろん、真実がいく通りにも解釈できることはありますがね。英語はもともと曖昧《あいまい》な言語ですから」

ゲイリーは考え深げにうなずいた。「憶えておこう。だが、脇道にそれたようだ。銃のことだが……」

「三件の犯罪があった朝、ほんとうは何が起こったのか、ほかの誰よりもレイゲンがよく知ってます。彼に尋ねたらどうですか」

「いまはやめておこう」ゲイリーは言った。「まだだ」

「レイゲンに会うのを怖れているみたいですね」

ゲイリーははっと目をあげた。「それがきみの狙いだろう？　レイゲンが悪いやつで危険だと話すのは、われわれを怖がらせようというのが理由の一部じゃないのか」

「レイゲンが悪いやつだなんて言ってませんよ」

「そう匂わせた」ゲイリーは言った。

「あなたがレイゲンと会うのは大事なことです」アーサーは言った。「あなたはパンドラの箱をあけた。蓋をぜんぶとるべきです。だけど、あなたが望まなければ、彼は出てきません」

「レイゲンはわたしたちと話したがるかしら」ジュディが訊いた。

「問題は、あなたがたが彼と話したいのかってことです」

ゲイリーは、レイゲンが出てくると思って、自分が怯えているのに気づいた。

「話したほうがいいと思うわ」ジュディはゲイリーを見ながら言った。

「レイゲンはあなたがたを傷つけやしませんよ」アーサーは唇を固く結んで微笑した。

「あなたがたがここへ来たのは、ビリーを助けるためだと知っています。わたしたちはそのことを話しあったんです。もう秘密が漏れてしまったからには、隠しごとはするべきじゃないとふたりとも気づきました。ミセス・スティーヴンスンが力をこめて言ったように、わたしたちを刑務所から救う望みはそれしかないですから」

ゲイリーはため息をつき、頭を起こした。「わかった、アーサー。レイゲンに会おう」

アーサーは狭い会議室の遠い隅に椅子を持っていき、ふたりの弁護士とのあいだにできるだけ距離をあけた。また腰をおろすと、やがて内面をのぞいているように目がぼんやりした。唇が動き、手がぐいとあがって頬にさわった。顎が強《こわ》ばった。やがて身体の位置をずらし、背をぴんと伸ばした姿勢から、油断のない闘士さながら、いまにも飛びかかれるように身体をかがめた。「いいことじゃない。秘密を暴露《ばくろ》するのはよくないぜ」

力がこもり敵意がみなぎる低く険《けわ》しい声を聞いて、ふたりの弁護士は仰天した。深みのある、強いスラヴ訛りの声が、狭い会議室にとどろいた。

「言っておくがな」レイゲンはふたりをにらみつけた。顔の筋肉が張りつめているので、容貌が変わり、目が刺すように鋭く、額が突きでた。「デイヴィッドがうっかり秘密をバラしたあとでさえ、おれは反対したんだ」

スラヴ風の訛りを真似しているようには聞こえなかった。声には東ヨーロッパで育った人間に特有のごく自然な歯擦音《しさつおん》に似た響きがあり、英語の話しかたを学んだのに、訛りが残っているように聞こえた。

「なぜ真実を知らせることに反対なの」ジュディは尋ねた。

「誰が信じる?」レイゲンはこぶしを握りしめた。「みんなおれたちが狂ってると言うさ。何の役にも立たんよ」

「だが、刑務所に入らずにすむかもしれない」ゲイリーが言った。

「どうやって?」レイゲンはそっけなく問い返した。「おれは阿呆じゃないぜ、ミスター・シュワイカート。警察はおれが強盗をした証拠を握ってる。おれは大学の近くで三件の強盗を働いたことを認めた。三件だけだ。ほかにもおれの仕業《しわざ》だとやつらが言ってることは嘘だ。おれはレイプなんかしちゃいない。おれは裁判所へいって、強盗は認めるよ。だけど、おれたちが刑務所へいくことになったら、おれは子供たちを殺す。安楽死だ。刑務所はちびっ子たちのいくところじゃない」

「だけど、ちびさんたちを……殺したら……あなた自身も死ぬことになるんじゃないの」ジュディは尋ねた。

「そうとはかぎらない」レイゲンは言った。「おれたちはみんな別々の人間だからな」

ゲイリーはいらだたしげに指を髪に突っこんだ。「なあ、先週ビリーが――ほかの誰かもしれないが――房《ぼう》の壁に頭をぶつけたとき、あんたのその頭蓋はダメージを受けたんじゃないのかい」

レイゲンは額にさわった。「たしかにそうだ。だけど、苦痛を感じるのはおれじゃない」

「誰が感じるの?」ジュディが尋ねた。

「デイヴィッドが苦痛を管理する。苦しいことはぜんぶ引き受ける。デイヴィッドは感情移入するんだ」

ゲイリーは椅子から立ちあがって歩きまわろうとしたが、レイゲンが身体を強ばらせるのを見て思い返し、また腰をおろした。「頭をぶつけて砕こうとしたのはデイヴィッドかね？」

レイゲンは首を振った。「あれはビリーだった」

「ほう」ゲイリーは言った。「ビリーはずっと眠りつづけていると思ったが」

「そうだ。だけど、あれはビリーの誕生日だった。小さなクリスティーンがバースデー・カードをつくって、ビリーにあげたいと言った。アーサーはビリーが誕生日に目覚めて、スポットに立つことを許したんだ。おれは反対した。おれは保護者だ。おれの責任なんだ。たしかにアーサーはおれより頭がいいかもしれないが、アーサーだって人間だ。間違いをおかす」

「ビリーが目覚めたとき、何があったんだね」ゲイリーは尋ねた。

「まわりを見た。自分が独居房にいるのがわかった。何かひどいことをやらかしたと思った。それで、壁に頭をぶつけたんだ」

ジュディは顔をしかめた。

「いいかい、ビリーはおれたちのことを何も知らないんだ」レイゲンは言った。「ビリーは……ええと、なんて言ったっけ――記憶喪失なんだ。こういう風に言えばいいかな、ビリーは学校にいってるとき、あんまり時間が失われるので、屋上へあがっていった。飛び降りようとした。おれはやめさせるために、ビリーをスポットから移した。あの日いらい、ビリーは眠りつづけてる。アーサーとおれは、ビリーをまもるために眠らせてる」

「それはいつのことだったの」

「十六歳の誕生日のすぐあとだ。ビリーは誕生日なのに親父に働かされて、がっくりしてたな」

「なんてことだ」ゲイリーはささやき声で言った。「七年も眠りつづけているのか」

「いまでも眠ってる。ほんの数分だけ起こしておくはずだった。うっかりスポットに出させてしまったんだ」

「誰がビリーの代わりをしているんだね」ゲイリーは尋ねた。「仕事は？ まわりの人たちと話をするのは？ わたしたちが聞いた範囲では、誰もイギリス訛りやロシア訛りのことは言ってなかった」

「ロシア訛りではないよ、ミスター・シュワイカート。ユーゴスラヴィア訛りだ」

「失礼した」

「いや、いいんだ。はっきりさせておきたかっただけさ。質問に答えよう。ほかの人たちと話をするときは、たいていアレンとトミーがスポットに出る」

「好きなように出たり入ったりできるの？」ジュディが尋ねた。

「こう言えばいいかな。状況に応じて、おれかアーサーがスポットを管理する。刑務所や拘置所ではおれがスポットを管理する――誰が出ていくか、誰がとどまるかをきめる――刑務所や拘置所は危険な場所だからだ。おれは保護者として、完全な力と権限を持ってる。

危険がなくて、知性と論理が重要な状況では、アーサーがスポットの管理をするんだ」

「いまは誰がスポットの管理をしている？」ゲイリーは尋ねた。自分がプロらしく客観的になるどころか、大いに好奇心をそそられ、この信じがたい現象にすっかり心を奪われていることに気づいていた。

レイゲンは肩をすくめ、まわりを見まわした。「ここは拘置所だ」

会議室のドアがふいにひらいた。レイゲンは猫のように飛びあがり、油断なく身がまえ、手をカラテをするときのようにかまえた。ひとりの弁護士が部屋がふさがっているかどうかたしかめるためにのぞいたのだとわかると、レイゲンはまた椅子に腰をおろした。

ゲイリーはそこを訪れる前は、いつもと同じように依頼人と十五分から三十分話して、まったくのインチキを暴《あば》くつもりでいたが、じっさいにその部屋を出たのは五時間後であり、そのときはビリー・ミリガンが多重人格者であることを確信していた。ジュディと冷えこむ夜のなかへ出ていくとき、ゲイリーの心のなかには、アーサーかレイゲンが暮らしていた記録を探しに、イギリスかユーゴスラヴィアへ旅行しようなどという馬鹿げた考えが駆けめぐっていた。生まれ変わりとか、悪魔憑《つ》きなどを信じたわけではないが、呆然として歩きながら、きょうあの小さな会議室で、異なる人々に会ったことは認めざるを得なかった。

ちらりとジュディを見ると、彼女も呆然として、黙りこくって歩いていた。「やれやれ」ゲイリーは言った。「わたしは知的にも感情的にもショック状態にあることを認める。信じるよ。家にもどって、なぜまた夕食をすっぽかしたのかとジョー・アンに訊かれたら、うまく説明して、なんとかわかってもらえるだろう。だが、どうやって検察官と判事を納得させればいいんだ?」

6

二月二十一日、サウスウェスト・コミュニティ精神衛生センターの精神科医でドクター・ターナーの同僚、ドクター・ステラ・キャロリンは、ケンタッキーからドクター・コーネリア・ウィルバーを呼び、三月十日にミリガンの診察をしてもらうことになったと、弁護士たちに伝えた。ドクター・コーネリア・ウィルバーは十六の人格を持つシビルを治療して、世界的に有名になった医者である。

ドクター・ウィルバーの訪問の準備をしながら、ドロシー・ターナーとジュディ・スティーヴンスンは、アーサーやレイゲンやそのほかの人格に、また別の人間に秘密を話す必要があることを納得させようとした。またしてもふたりは、ひとりずつの人格と会い、何時間もかけて説得した。これまでに九つの名前を教えられていた。アーサー、アレン、トミー、レイゲン、デイヴィッド、ダニー、クリストファーの七人には会っていたが、クリストファーの三歳の妹、クリスティーンには会ってなかった。そればかりか、ほかの人々が眠らせている基本の人格で、核になるビリーにも会うどころではなかった。ほかの人々に秘密を知らせる許可をようやくもらうと、ふたりは、検察官を含めた数人のグループが、フランクリン郡拘置所でドクター・ウィルバーとミリガンの面接に立ち会えるように手配した。

ジュディとゲイリーはミリガンの母親のドロシーと妹のキャシー、兄のジムと面会した。誰ひとり、ビリーが虐待されるのを直接見聞きしていなかったが、母親はチャーマー・ミリガンに殴られたという自分の経験について語った。教師や友人や親戚は、ビリー・ミリガンの奇妙なふるまいや、自殺未遂、彼がトランス状態で宙を見つめていることなどについて語った。

ジュディとゲイリーは被告人について説得力のある証拠があつまっていると確信した。オハイオ州の法律では、この被告人に裁判を受けさせるのは無理だった。だが、別の障害があった。フラワーズ判事がサウスウェストからの報告書を受け入れれば、ビリー・ミリガンは鑑定と治療のために精神病院へ送られる。ジュディもゲイリーも、彼を精神異常の犯罪者として、州立ライマ病院へ送りたくなかった。以前の依頼人の多くから、その病院の噂を聞いていたので、ビリー・ミリガンが耐えぬけるとは思えなかった。

ドクター・ウィルバーは金曜日にミリガンに会う手筈《てはず》になっていたが、個人的な都合で計画が変わり、ジュディはそれを告げるため、自宅からゲイリーに電話した。

「きょうの午後はオフィスに来るかい」ゲイリーはジュディに訊いた。

「そのつもりはないけれど」彼女は答えた。

「この件をなんとかしなければならない」ゲイリーは言った。「サウスウェストは彼をライマへ送るしかないと言ってる。だが、頭の奥で、それに代わる方法が何かあるような気がするんだ」

「ねえ、サーモスタットを下げてあるので、オフィスはひどく寒いわ。アルは留守だし、ここには暖炉があるから、こちらへいらして。アイリッシュ・コーヒーをいれてあげる。それから検討しましょうよ」

ゲイリーは笑った。「わたしにノーと言わせないつもりだね」

三十分後、ふたりは暖炉の前に坐っていた。

ゲイリーは湯気のあがるマグをかかえこんで手を温めた。「ほんとのことを言うと、レイゲンが出てきたときは啞然《あぜん》としたんだ。彼があんなに好ましい男だとは驚きだな」

「同感よ」ジュディは言った。

「アーサーは彼を『憎悪の管理者』と呼んでいた。だから、ぎすぎすしたやつかと思ってた。ところが、いざ会ってみると、魅力的で興味深い。八月にネイションワイド・プラザで襲われたという女性のレイプを否定したときは、彼の言葉をまるごと信じた。いまは、ほかの三人をレイプしていないと彼が言うのを聞いて、そうかなと思ってるところだ」

「最初の件は彼じゃないと思うわ。あとの三件があったので、彼に濡《ぬ》れ衣《ぎぬ》を着せたのよ。手口がぜんぜん違うもの。だけど、ほかの三人はたしかに誘拐されたんだし、お金を奪われ、レイプされてる」ジュディは言った。

「われわれにわかるのは、犯罪について彼が記憶してる断片だけだ。すごく奇妙だが、レイゲンはふたりめの被害者を知ってると言ってた。人格のひとりが、それまでに彼女に会ってると確信していた。いまはトミーが、ウェンディーズのドライヴインでスポットに出て、三人めの被害者とハンバーガーを食べたことを思い出してる。トミーはほかの誰かが彼女とデイトしてたんだと考えた」

「ポリー・ニュートンは、バーガー・ショップへ寄ったと証言してるわ。彼が妙な顔をして、二、三分でセックスをやめ、自分にはやれないと言っていたとも証言してる。彼はひとりごとを言ってたらしいわ。『ビル、どうかしたのか？　しっかりしろ』とね。それから頭を冷やすために冷水のシャワーを浴びたいと言ったそうよ」

「だが、〈ウェザーマン〉の一員だとか、マセラティを乗りまわしているとかいうおかしな話がある」

「彼らのひとりが自慢したのよ」

「そうだな。何が起こったのか、われわれにはわからないのだと認めよう。それにわれわれが知っている人格がかかわっていないことも」

「レイゲンは強盗を認めているわよ」ジュディは言った。

「そうだ、だが、レイプは否定している。ぜんたいが妙なんだ。想像できるかい、二週間に三度、レイゲンは酒を飲み、アンフェタミンを服《の》んで、それから朝早く街を通ってオハイオ州立大学のキャンパスまで十一マイルのジョギングをしているんだ。そして、獲物を選ぶと、何もかもわからなくなり……」

「スポットを離れたのよ」ジュディは言い直した。

「そういうことだ」ゲイリーはお代わりを求めてマグを差しだした。「どの場合にも彼はスポットを離れている。次に気がついたときはコロンバスのダウンタウンにいて、ポケットに金が入っているので、予定していた強盗を働いたのだと見当をつけている。だが、強盗をした記憶はない。三件ともだ。彼が言うには、誰かがそのあいだに時間を盗んだんだ」

「そうね、欠けている部分があるわ」ジュディは言った。「誰かが池に瓶を投げて、射撃の練習をしたのよ」

ゲイリーはうなずいた。「それでレイゲンでなかったことが証明される。被害者の話では、彼は数秒のあいだ、銃をうまく扱えなかった。安全装置をはずさなかったので、撃てなかったんだ。それに、はずしてからも瓶を二回撃ちそこなっている。レイゲンみたいに腕がよければ撃ちそこなうはずがない」

「でも、アーサーの話では、ほかの人たちはレイゲンの銃をいじるのは禁じられているそうよ」

「それをフラワーズ判事に説明している図が目に見えるよ」

「説明するの？」

「さあね。多重人格となると、精神異常を申し立てて弁護するわけにはいかないな。多重人格は精神病じゃなくて、神経症に分類されている。つまり、精神科医たちが、多重人格は狂気ではないと言ってるんだ」

「わかったわ」ジュディは言った。「精神異常と言わないで、ただ無罪を主張するのはどう？　計画的な犯行だという主張を攻撃すればいいわ、カリフォルニアでの多重人格のケースみたいに」

「あれは軽罪だった」ゲイリーは答えた。「われわれが今回担当しているような、重大なケースでは、多重人格を打ちだした弁護は無理だ。それが現実ってものさ」

ジュディはため息をつき、暖炉の火を見つめた。

「ほかにもある」ゲイリーはひげをしごいた。「たとえフラワーズ判事が、われわれと同じ見かたをしても、彼をライマへ送るだろう。ビリーは刑務所にいるとき、ライマがどんな場所か聞いている。レイゲンが安楽死について言ってたことを憶えているだろう？　あそこへ送られたら、子供たちを殺すと言ってた。彼なら実行すると思うね」

「じゃあ、どこかほかへ送るようにしなければ！」

「サウスウェストに言わせれば、裁判の前に治療するには、ライマしかないそうだ」

「わたしが生きているあいだは、そんなことさせないわ」ジュディは言った。

「訂正してくれ」ゲイリーはマグを持ちあげた。「われわれが生きているあいだは、だ」

ふたりはマグをふれ合わせ、ジュディはお代わりのコーヒーを注いだ。「選択の余地がないなんて、認めたくないわ」

「ほかに何が選べるか、探してみよう」ゲイリーは言った。

「そうよ。見つかるわよ」

「これまでそういう例はないんだ」ゲイリーはひげについたクリームをぬぐいながら言った。

「だからどうしたの。オハイオには、これまでビリー・ミリガンみたいな人はいなかったのよ」

ジュディはたびたびめくった『オハイオ州刑法便覧』を棚から引っ張りだし、ふたりで代わるがわる声をあげて読みながら、検討した。

「アイリッシュ・コーヒーのお代わりは？」ジュディは尋ねた。

ゲイリーは首を振った。「ブラックがいい、濃いやつを頼む」

二時間後、彼はジュディに便覧のある箇所を再度読ませた。彼女はページに指をすべらせ、二九四五・三八項でとめた。

> ……当該人物が精神異常であることを裁判所もしくは陪審員が知った場合、当該人物はただちに裁判所によって、裁判所の管轄区域内にある、精神障害者ないし精神遅《ち》滞《たい》者のための病院へ収容される。裁判所は適切とみなせば、そのような人物を、理性を回復するまで州立ライマ病院へ収容し、理性を回復した場合には、法に定められたとおり起訴する。

「これだ！」ゲイリーは大声をあげ、飛びあがった。「裁判所の管轄区域内の病院だ。ライマに限定してないぞ」

「やったわね！」

「そうとも。みんなの話じゃ、裁判前に送る病院はライマ以外にないということだったがね」

「さあ、裁判所の管轄区域内で別の精神病院を探さなければならないわ」

ゲイリーはぴしゃっと額《ひたい》を叩いた。「ありがたい。とても信じられないが、知ってる病院がある。わたしは除隊してから、そこで助手として精神病治療の手伝いをしてたんだ。ハーディング病院だよ」

「ハーディング病院？　裁判所の管轄区域内にあるの？」

「もちろん。オハイオ州ワージントンだ。いいかい、そこはこの国で指折りの、伝統的で敬意をはらわれている精神病院だ。安息日再臨派教団と密接な関係がある。手強《てごわ》い検察官がこう言ってるのを聞いたことがある。『ドクター・ジョージ・ハーディング・ジュニアがその男を精神異常だと言うんなら、わたしは信じるね。彼は弁護側について被告人を三十分診察しただけで、気が狂ってると言うような医者じゃない』」

「検察官がそう言ったの？」

ゲイリーは右手をあげた。「聞いたんだ、間違いない。テリー・シャーマンだったような気がする。そうそう、ドロシー・ターナーが、ハーディング病院の依頼で検査をすることがよくあると言ってた」

「じゃあ、彼をハーディング病院に入れればいいのね」ジュディは言った。

ゲイリーは落胆したように、がっくりと腰をおろした。「ひとつ問題がある。ハーディング病院は特別な患者だけの、金のかかる個人病院だが、ビリーは金を持ってない」

「そんなことで引っこんでられないわ」

「そうだな。だが、どうやって入院させる?」

「病院側がビリーを引きとりたがるようにするのよ」

「どうやって?」ゲイリーは尋ねた。


三十分後、ゲイリーはブーツの雪をはらい、ハーディング家のドアベルを鳴らした。自分がひげを生やした風変わりな公選弁護人であることを、ふいに強く意識した。その彼がこれから保守的な、権威のある精神科医――ほかならぬウォーレン・G・ハーディング大統領の兄弟の孫息子――と、その贅沢《ぜいたく》な自宅で対面しようとしているのだ。ジュディも連れてくるべきだった。彼女ならいい印象を与えるだろう。ゲイリーはゆるんだネクタイを締め直し、はみ出したシャツのカラーをジャケットに押しこんだ。そのときドアがあいた。

四十九歳のジョージ・ハーディングは、痩身《そうしん》の、非の打ちどころのない男で、なめらかな顔は、目がやさしく、声も穏やかだった。じつにハンサムだ、とゲイリーは思った。

「どうぞお入りください、ミスター・シュワイカート」とハーディングは言った。

ゲイリーは苦労してブーツを脱ぎ、雪が溶けて玄関にできた水たまりに残し、コートを脱ぐと、ラックにかけ、ドクター・ハーディングのあとからリヴィングルームへ入った。

「お名前は聞き憶えがあるような気がしました」ハーディングは言った。「で、あなたの電話のあと、新聞を調べてみました。あなたはオハイオ州立大学のキャンパスで四人の女性を襲ったミリガンという青年の弁護をなさるんですね」

ゲイリーは首を振った。「三人です。八月にネイションワイド・プラザで起こったレイプ事件は、襲いかたもまったく異《こと》なりますし、きっと除外されるでしょう。この件はじつに特異な方向に進みました。あなたのご意見をうかがいたくて、こうしてお邪魔しています」

ハーディングはゲイリーにふかふかしたカウチをすすめ、自分は背もたれの堅《かた》い椅子に坐った。両手の指先を合わせ、ゲイリーが、ジュディと共にミリガンについて知ったことを詳しく説明し、日曜日にフランクリン郡拘置所で予定されている面接について語るあいだ、熱心に耳を傾けた。

ハーディングは考え深げにうなずき、やがて慎重に言葉を選びながら言った。「わたしはステラ・キャロリンとドロシー・ターナーを尊敬しています」物思いにふけるように天井を見つめた。「ターナーはわたしたちのためにときどき検査をしてくれますし、すでにその件について話してくれました。ドクター・ウィルバーがおいでになるということですから……」合わせた指のあいだから床を見つめた。「わたしが立ち会っていけないということもないでしょう。日曜日とおっしゃいましたか」

ゲイリーは何も言わず、黙ってうなずいた。

「申しあげておきますが、ミスター・シュワイカート、わたしは多重人格として知られる症状について、きわめて懐疑的です。たしかにドクター・コーネリア・ウィルバーが、一九七五年の夏にハーディング病院でシビルについて講演をされたが、わたしとしては頭から信じたとは言いがたいものがあります。そういう患者の治療にあたるドクター・ウィルバーやほかの精神科医に敬意を惜しむものではありませんが……何というか、このような件では、患者が記憶喪失のふりをするのは、おおいにありえます。そうは言っても、ターナーとキャロリンが立ち会い……ドクター・ウィルバーがわざわざおいでになるのなら……」

ハーディングは立ちあがった。「個人的にも、あるいは病院を代表しても、この件に関して何も約束はできません。しかし、喜んで出席させていただきます」

ゲイリーは自宅にもどるや、ジュディに電話した。「やあ、弁護士さん」彼は笑いながら言った。「ハーディングが乗りだしてくるぞ」

三月十一日の土曜日、ジュディはフランクリン郡拘置所へいき、ミリガンに、計画が変更になったこと、ドクター・コーネリア・ウィルバーが来るのは翌日になることを話した。

「きのう話しておけばよかったわね。ごめんなさい」

ミリガンは激しく震えだした。彼の表情から、ジュディはダニーと話していることに気づいた。

「ドロシー・ターナーはもどってこないの？」

「もちろん、またくるわ、ダニー。なんでそんなこと考えたの」

「みんな約束するけど、忘れちゃうんだ。ぼくをひとりぼっちにしないで」

「しないわ。だけど、あなたもしっかりしなくちゃ駄目よ。ドクター・ウィルバーはあしたここに来るわ。それにステラ・キャロリンとドロシー・ターナーとわたし……ほかにも何人か」

ダニーは目を大きく見ひらいた。「ほかの人たち？」

「べつのお医者さん、ハーディング病院のジョージ・ハーディングよ。それに検察官のバーニー・ヤヴィッチ」

「男の人？」ダニーはあえぎ、身体を激しく震わせたので、歯がかちかち鳴った。

「あなたの弁護には大事なことなの」ジュディは言った。「でも、ゲイリーとわたしもいるわ。ねえ、気持ちを鎮《しず》めるために、何か薬をもらったほうがいいわね」

ダニーはうなずいた。

ジュディは看守を呼び、医者のところにいくあいだ、依頼人を留置室に入れておくよう頼んだ。数分後にふたりがもどってくると、ミリガンは部屋の隅に怯《おび》えてうずくまっていた。顔が血にまみれ、鼻から血が流れていた。壁に頭をぶつけたのだ。

ぼんやりとこちらを見る彼の表情に、ジュディはもはやダニーではないことに気づいた。代わりにいるのは、苦痛の管理者だった。「デイヴィッド？」彼女は尋ねた。

彼はうなずいた。「痛いよ、ミス・ジュディ。ひどく痛い。ぼく、もう生きていたくない」

ジュディは彼を引き寄せ、両腕をまわして抱きしめた。「そんなこと言っちゃ駄目よ、デイヴィッド。生きる目的がいっぱいあるのよ。大勢の人があなたを信じてるわ。きっと助けてもらえるわ」

「刑務所が怖いんだ」

「刑務所に入らなくてすむわ。わたしたちは戦うわよ、デイヴィッド」

「ぼく、悪いことなんか何もしてないよ」

「わかってるわ、デイヴィッド。あなたのこと、信じるわ」

「ドロシー・ターナーは、いつぼくに会いにきてくれるの」

「言ったでしょ……」だが、さっき話したのはダニーだったことを思い出した。「あしたよ、デイヴィッド。ドクター・ウィルバーという精神科のお医者さんと一緒よ」

「その人に秘密を話すつもりはないんでしょう？」

ジュディはうなずいた。「ええ、デイヴィッド。ドクター・ウィルバーには、話す必要はないと思うわ」

7

三月十二日の日曜日は、明るく晴れて寒かった。バーニー・ヤヴィッチは車から降りて、フランクリン郡拘置所に入りながら、この件ぜんたいに奇妙な感じがしてならなかった。被告人が精神科医の診断を受けるあいだ立ち会うのは、検察官としてこれがはじめてだった。サウスウェストからの報告書や警察の報告書を何度も読みかえしたが、どういうことになるのか見当もつかなかった。

著名《ちょめい》な医者たちが、多重人格なるものを本気で考えているのが信じられない。コーネリア・ウィルバーがミリガンの診察にやってくると聞いても、べつに感銘を受けなかった。彼女は最初から信じているのだろうし、その証拠を見つけようとするだろう。見まもっている必要があるのは、ジョージ・ハーディングの顔だ。ヤヴィッチに関するかぎり、ドクター・ハーディングはオハイオ州きっての尊敬されている精神科医だ。誰ひとり、ドクター・ハーディングにけちをつけようとしない。被告人の精神異常を証言する精神科医にあまり敬意を抱《いだ》かないベテラン検察官の多くが、ジョージ・ハーディング・ジュニアだけは例外だと言っていた。

しばらくすると、ほかの人々が到着し、下の階にある保安官室で面接が行なわれる手筈《てはず》になった。そこは、警官たちが交代するときにあつまる大きな部屋で、折畳み式の椅子と黒板、デスクがあった。

ヤヴィッチはドクター・ステラ・キャロリンと、サウスウェストのソーシャル・ワーカー、シーラ・ポーターに挨拶《あいさつ》し、ドクター・ウィルバーとドクター・ハーディングに紹介された。

そのときドアがあき、ヤヴィッチははじめてビリー・ミリガンを見た。ジュディ・スティーヴンスンが彼と並び、手を握っていた。ドロシー・ターナーがふたりの前に、ゲイリーが後ろにいた。彼らは保安官室に入ったが、ミリガンはそこにいる人々を見てためらった。

ドロシー・ターナーがひとりずつ紹介したあと、コーネリア・ウィルバーにいちばん近い席に連れていった。「ドクター・ウィルバー」ドロシーは低い声で言った。「ダニーです」

「こんにちは、ダニー」ウィルバーは言った。「会えてうれしいわ。どんな気分?」

「いいよ」ダニーはドロシーの腕にしがみついた。

「知らない人が大勢いる部屋で、落ち着かないのはわかってるわ。でも、わたしたちはあなたを助けに来たのよ」ウィルバーは言った。

一同は腰をおろし、シュワイカートはヤヴィッチのほうに身体を倒してささやきかけた。

「あなたがこれを見てもまだ信じないようだったら、わたしは免許を返上《へんじょう》しますよ」

ウィルバーがミリガンに質問をはじめると、ヤヴィッチは緊張を解《と》いた。ウィルバーは鮮やかな赤毛と鮮やかな赤い口紅が目立つ、魅力的でエネルギッシュな母親風の女性だった。ダニーは彼女の質問に答え、アーサーとレイゲンとアレンについて語った。

ウィルバーはヤヴィッチのほうを向いた。「おわかり？　多重人格者に典型的なんだけど、彼はほかの人格に起こったことは話すのに、自分に起こったことは話さないのよ」

さらに二、三の質問と答えがつづき、ウィルバーはドクター・ジョージ・ハーディングのほうを見た。「これはヒステリー患者の解離《かいり》状態を示す典型例ですね」

ダニーはジュディを見て言った。「あの人、スポットを離れたよ」

ジュディはにっこりしてささやいた。「いいえ、ダニー。あの人はそういうふうにはならないの」

「あの人のなかには大勢がいるに違いないよ」ダニーは言い張った。「あの人はぼくにやさしく話しかけるけど、それから変わって、アーサーみたいにむずかしいことを言いはじめるもの」

「フラワーズ判事がこれを見てくだされればいいのにね」ウィルバーは言った。「この青年の心のなかで何が起こっているのか、わたしにはわかります。彼が何を必要としているのかも」

ダニーははっと頭を起こし、責めるようにドロシー・ターナーを見た。「話したんだね！　話さないって約束したのに、話しちゃったんだね」

「いいえ、ダニー」ドロシーは言った。「話してないわ。ドクター・ウィルバーはどこが悪いのかおわかりなのよ。あなたみたいな人をほかにも見ているから」

きっぱりした、だがやさしい声で、コーネリア・ウィルバーはダニーを落ち着かせた。ダニーの目を見つめ、安心するように言った。左手を額《ひたい》にあげると、ダイヤの指輪がきらりと光り、ダニーの目に反射した。

「あなたは完全にくつろいで、気分がいいわ、ダニー。気になることは何もないの。くつろいで。あなたがしたいと感じていること、言いたいと思っていることは、ぜんぶ正しいのよ。あなたが望むことはぜんぶ」

「出ていきたいよ」ダニーは言った。「スポットから離れたい」

「あなたのしたいとおりにしていいのよ、ダニー。ねえ、こうして。あなたが出ていったら、ビリーと話したいの。生まれたときにビリーという名前がつけられた人よ」

ダニーは肩をすくめた。「ビリーを出すのは、ぼくにはできない。ビリーは眠っている。起こせるのはアーサーとレイゲンだけだ」

「じゃあ、アーサーとレイゲンにわたしがビリーと話したがっていると伝えてちょうだい。とても大事なことなの」

ヤヴィッチが驚きに打たれて見まもる前で、ダニーの目がぼんやりした。唇が動き、ぐいと身体が動いて背筋がぴんとした。それから呆然としたようにまわりを見まわした。最初は何も言わなかったが、やがて煙草を求めた。

ドクター・ウィルバーが煙草をわたすと、彼は椅子の背にもたれた。ジュディ・スティーヴンスンはヤヴィッチにささやきかけ、煙草を喫《す》うのはアレンだけだと教えた。

ウィルバーはまた自己紹介し、それまでアレンに会ったことがない人々を紹介し、ヤヴィッチはミリガンがすっかり変化し、のんびりして、愛想よくなったことに仰天《ぎょうてん》した。いまのミリガンはにこやかな笑みを浮かべ、内気で子供っぽいダニーとはまったく違い、意気込んでべらべらしゃべった。アレンは、何に興味があるのかというウィルバーの質問に答えた。ピアノとドラムをやり、絵を描く——たいていは肖像画だと言った。十八歳で野球が大好きさ、もっともトミーは嫌ってるけれど。

「いいわ、アレン」ウィルバーは言った。「今度はアーサーと話したいんだけど」

「ああ、いいよ」アレンは答えた。「ちょっと待って。ぼくは……」

アレンが出ていく前に、すばやく深々と煙草を喫うのを、ヤヴィッチはまじまじと見まもった。そのちょっとした行為は自然で、煙草を喫わないアーサーがあらわれる前に、あわただしく最後のひと喫いを楽しもうとしているように見えた。

またしても目が表情を失い、瞼《まぶた》が動いた。やがて目をあけ、後ろにもたれ、尊大な表情を浮かべてまわりを見まわすと、指先を合わせてピラミッドの形をつくった。また話しだしたときは、声にイギリス上流階級のアクセントがあった。

ヤヴィッチは耳を傾けながら顔をしかめた。いまドクター・ウィルバーに話しかけているのはまったく違った人間だった。アーサーの視線の合わせかた、身ぶりによる意思表示は、アレンとは明らかに異《こと》なっている。友人のひとりにクリーヴランドで会計士をしているイギリス人がいるが、ヤヴィッチはふたりの類似点――いかにもイギリス人らしい口調――に驚嘆した。

「このみなさんにお目にかかるのははじめてですね」アーサーは言った。

アーサーは紹介された。ヤヴィッチは、アーサーがたったいま部屋に入ってきたかのように彼と挨拶を交わしながら、間《ま》が抜けているような気がした。ウィルバーがほかの人格たちのことを尋ねると、アーサーは彼らの役割について語り、誰がスポットに出られるのかを説明した。最後にドクター・ウィルバーは言った。「ビリーと話をさせてね」

「彼を目覚めさせるのはとても危険です」アーサーは言った。「彼はすぐ自殺したがるんです」

「ドクター・ハーディングにぜひとも会わせる必要があるの。裁判の結果がそれにかかっているのよ。自由と治療か、刑務所行きか」

アーサーは唇を結んで考えていたが、やがて言った。「じつは、決定をくだすのはわたしではないんです。拘置所に入ったときいらい――敵意に満ちた環境ですから――レイゲンが力を持ち、誰がスポットに出るか出ないかは、彼だけが決定できるようになったんです」

「あなたたちのなかでレイゲンの役割はなんなの」ドクター・ウィルバーは尋ねた。

「レイゲンは保護者で、憎悪の管理者です」

「いいわ、じゃあ」ドクター・ウィルバーは険《けわ》しい声で言った。「レイゲンと話をします」

「でも、それは……」

「アーサー、時間があまりないの。忙しいみなさんが日曜日の朝を犠牲にして、あなたを助けようとここに来ているのよ。レイゲンにわたしたちがビリーと話をするのを認めてもらわなければならないわ」

またしても顔の表情が消え、目が催眠術にかかったように宙を見すえ、心のなかで声もなく会話をしているように、唇が動いた。やがて顎が引きしまり、眉間《みけん》に深い皺《しわ》がよった。

「そんなことはできない」深みのあるスラヴ風の声がうなるように言った。

「どういうこと」ドクター・ウィルバーは尋ねた。

「ビリーと話すことはできない」

「あなたは誰?」

「おれはレイゲン・ヴァダスコヴィニチだ。この連中は誰だい」

ドクター・ウィルバーは全員を紹介し、ヤヴィッチはまたしてもミリガンの変化と著《いちじる》しいスラヴ風の訛《なま》りに驚きを感じた。ユーゴスラヴィアの公用語、セルボ・クロアチア語の語句を知っていればよかったと思った。訛りだけなのか、それともレイゲンがほんとうにセルボ・クロアチア語を知っているのか、たしかめたかった。ドクター・ウィルバーがそのことを掘りさげて訊いてくれればいいと思った。それを口に出したかったが、紹介されたとき以外には何も言わないようにと求められている。

ドクター・ウィルバーはレイゲンに尋ねた。「わたしがビリーと話したがっているのがどうしてわかったの」

レイゲンはかすかに面白そうな表情を浮かべてうなずいた。「アーサーがおれの意見を訊いた。おれは反対した。誰がスポットに出るのかきめるのは、保護者としてのおれの権利だ。ビリーが出ることは許せない」

「どうして」

「あんた、医者だろ、違うかい？　こう言えばいいかな。ビリーは目覚めたら、自殺しようとするからだ」

「どうしてそんなに確信があるの」

レイゲンは肩をすくめた。「ビリーはスポットに出るたびに、何か悪いことをしていると思って、自殺しようとするんだ。おれの責任だ。許可できないね」

「何があなたの責任なの」

「全員を保護することさ。とくに子供たちをね」

「わかったわ。あなたは義務を果たすのに失敗したことはないのね。あなたがしっかり保護したから、子供たちは傷ついたことも、苦痛を感じたこともないのね」

「そうでもない。デイヴィッドは苦痛を感じる」

「あなたはデイヴィッドに苦痛を感じさせておくのね」

「それがデイヴィッドの役目だ」

「あなたみたいに大きくてたくましい男が、子供が苦しみ、悩んでもほうっておくのね」

「ドクター・ウィルバー、おれは……」

「恥を知りなさい、レイゲン。あなたは専門家みたいな顔をしないほうがいいわね。わたしは医者です。こういうケースの治療をしたことがあるの。ビリーが出てきてもいいかどうかきめるのは、わたしのほうよ……自分で苦痛の一部を肩代わりできるのに、身をまもれない子供が苦しむままにしておく誰かさんじゃないわ」

レイゲンは椅子に坐ったまま、当惑し、後ろめたそうな顔でもじもじした。あんたは状況がわかってないんだとぶつぶつつぶやいたが、ドクター・ウィルバーは低いが説得力のある口調でつづけた。

「わかった！」レイゲンは言った。「あんたの責任だぞ。だけど、男はみんな部屋から出てくれ。ビリーは男を怖れてる。父親にされたことのせいだ」

ゲイリー、バーニー・ヤヴィッチ、ドクター・ハーディングは立ちあがって部屋を出ようとしたが、ジュディが口をはさんだ。

「レイゲン、ドクター・ハーディングにここに残ってビリーを見ていただかなければならないわ。わたしを信じて。ドクター・ハーディングはこのケースの医学的な側面に関心がおありなの。どうしても残る必要があるのよ」

「わたしたちは出るよ」ゲイリーは自分とヤヴィッチを指差して言った。

レイゲンは部屋を見まわし、状況を判断した。「わかった」言いながら、大きな部屋の隅にある椅子を指差した。「だが、あそこに坐ってもらう。あそこにいてくれ」

ジョージ・ハーディングは居心地悪そうなようすで、弱々しく微笑した。うなずき、隅に坐った。

「そこを動くなよ！」レイゲンが言った。

「わかった」

ゲイリーとバーニー・ヤヴィッチは廊下に出た。ゲイリーは言った。「わたしは基本人格のビリーに会ったことはない。彼が出てくるかどうかよくわからない。だけど、これまで見聞きしたことをどう思うかい」

ヤヴィッチはため息をついた。「最初は疑ってた。いまは、どう考えればいいのかよくわからない。しかし、あれが芝居だとは思えないな」

部屋のなかに残った人々は、ミリガンの顔が蒼ざめるのをじっと見まもった。視線が内面に向いているようだった。眠りながらしゃべっているように、唇がひくひく動いた。

ふいに目が大きくひらいた。

「なんてことだ!」彼は大声をあげた。「ぼくは死んだと思った!」

坐ったまま身体をひねった。自分を見つめている人々に気づくと、椅子から床に飛び降りて四つん這いになり、できるだけ離れようと、蟹《かに》のように反対側の壁にいき、二つの椅子の筆記用の袖のあいだに身体を押しこみ、縮《ちぢ》こまってすすり泣いた。

「ぼくはどうすればいいんだ」

やさしいがしっかりした声で、コーネリア・ウィルバーは言った。「あなたは何も悪いことをしてないわ。うろたえることはないのよ」

ミリガンは小刻みに身体を震わせ、壁を通り抜けたいとでもいうように、背中を押しつけた。髪が前に垂れたが、振りはらおうともせずに、その奥からようすをうかがった。

「あなたは知らないみたいだけど、ビリー、この部屋にいる人たちは、みんなあなたを助けようとしてるの。さあ、床から立ちあがって、椅子にお坐りなさい。そうすれば話ができるわ」

部屋にいる人々には明白だったが、ドクター・ウィルバーは状況を把握し、自分が何をしていたのかを心得《こころえ》、的確な心のボタンを押して、彼を動かしていた。

　ミリガンは立ちあがると、椅子に坐った。不安そうに膝がぶるぶる震え、身体も震えていた。「ぼくは死んでないんだね」

「あなたはちゃんと生きてるわ、ビリー。わたしたちはみんな、あなたが問題をかかえていて、助けを必要としているのがわかってるの。あなたは助けが必要でしょ？」

　彼は目を大きく見張ったまま、うなずいた。

「教えて、ビリー。この前、どうして頭を壁にぶつけたの」

「ぼくは死んだと思った」彼はいった。「それから目が覚めたら、牢屋にいるのがわかったんだ」

「それ以前のことで、最後に憶えているのは何？」

「学校の屋上にあがったことだよ。もう医者はたくさんだった。ランカスター精神衛生センターのブラウン先生はぼくを治療できなかった。ぼくは屋上から飛び降りたと思ってた。どうして死んでないのかな。あなたたちは誰なの。どうしてそんなふうにぼくを見てるんですか」

「わたしたちは医者と弁護士よ、ビリー。あなたを助けるためにここにいるの」

「医者？　しゃべったら、チャルマー父さんに殺されちゃうよ」

「どうして、ビリー？」

「ぼくにしたことを、しゃべられたくないからだ」

ドクター・ウィルバーは問いかけるようにジュディ・スティーヴンスンを見た。

「彼の養父です」ジュディは説明した。「母親は五年前にチャーマー・ミリガンと離婚しました」

ビリーはあっけにとられてまわりを見た。「離婚？　五年前？」夢ではないかとたしかめるように顔にさわった。「どうしてそんなことが？」

「話しあうことがたくさんあるわ、ビリー」ウィルバーは言った。「ばらばらになった記憶を寄せあつめなければ」

ビリーは取り乱したようにまわりを見た。「ぼくはどうやってここへ来たんだろう。どうなってるんだ」すすり泣きながら、身体を前後に揺らした。

「疲れてるのね、ビリー」ウィルバーは言った。「もどって、休みなさい」

ふいに泣き声がやんだ。たちまち顔が、油断のない、だが混乱した表情に変わった。頬をつたう涙にさわり、顔をしかめた。

「いったい何が起こってるんだ。あれは誰なんだ。誰かが泣いてるのが聞こえたが、どこから聞こえてくるのかわからなかった。まったく、あいつが誰だか知らないが、走っていって、壁に頭をぶつけようとしてた。あれは誰だい」

「ビリーよ」ウィルバーは言った。「あれが本来のビリーよ、ときにはホスト人格とか、基本人格と呼ばれてるわ。あなたは誰？」

「ビリーが外に出るのを許されてるとは思わなかったな。誰も教えてくれなかった。ぼくはトミーだ」

ゲイリーとバーニー・ヤヴィッチはまた部屋にもどることを許され、トミーは全員に紹介され、二、三質問をしてから、房《ぼう》へもどされた。外で待っているあいだに何があったのかを聞くと、ヤヴィッチは頭を振った。すべてが非現実的に思えた――精霊か悪魔にとり憑《つ》かれた肉体と同じように。ヤヴィッチはゲイリーとジュディに言った。

「どういうことかよくわからないが、わたしもきみたちと同じ考えだな。彼は芝居をしているようには見えなかった」

ドクター・ジョージ・ハーディングだけが意見を表明しなかった。判断をさしひかえる、と言った。見聞きしたことを考えなければならない。あす、フラワーズ判事宛《あて》に意見を書いて送る、と。

8

トミーを階上に連れもどした医者のラス・ヒルは、ミリガンのどこが悪いのか何も知らなかった。わかっているのは、大勢の医者や法律家がこの患者に会いに来ること、気分がくるくる変わる青年で、巧《たく》みな絵を描くということだけだった。大勢があつまった日曜日から数日たったある日、ヒルは房を通りかかり、ミリガンが絵を描いているのを見かけた。鉄格子のあいだからのぞくと、子供っぽい線画とその上に言葉が記《しる》されているのが見えた。

看守がやってきて笑った。「まったく、うちの二歳の子供だって、あのレイプ野郎よりはうまく描くよ」

「ほっといてやれ」ヒルは言った。

看守は手に水の入ったコップを持っていた。それを鉄格子越しにぶっかけた。絵が濡れた。

「なんでそんなことをするんだ」ヒルは訊いた。「いったい、どうしたんだ」

だが、水をかけた看守は、ミリガンの表情を見ると鉄格子から離れた。見間違えようのない激怒が浮かんでいた。ミリガンは何か投げるものを探すようにまわりを見た。ふいに、トイレの便器をつかみ、壁から引きむしると、鉄格子に向かって投げつけた。陶器の便器が粉々《こなごな》に砕《くだ》けた。

看守はよろよろとしりぞき、走っていくと、警報ボタンを押した。

「なんてことだ、ミリガン！」ヒルは言った。

「あいつはクリスティーンの絵に水をぶっかけた。子供の絵をめちゃめちゃにするなんて、けしからん」

六人の警官が廊下を走ってきたが、ミリガンの房の前に来たとき、ミリガンは床に坐り、ぼんやりした表情を浮かべていた。

「おまえがその支払いをするんだぞ、このやろう!」看守は怒鳴った。「そいつは郡の財産だからな」

トミーは壁を背にして坐り、横柄《おうへい》な態度で両手を頭の後ろにあてがい、言った。「郡の財産なんか、くそくらえ」


一九七八年三月十三日付けの書簡で、ドクター・ジョージ・ハーディング・ジュニアはフラワーズ判事宛に、次のように書いた。「面接の結果、私見《しけん》では、ウィリアム・S・ミリガンは自身の弁護のために自分の弁護士と協力することができないという理由から、また、自身の弁護に必要な証言をするためにも、検察側の証人と対決するためにも、そして、たんに法廷にいるだけでなく法廷で精神的に安定した状態を保つためにも必要な情動の統合がとれないという理由から、裁判を受けるのは無理だと思われます」

ドクター・ハーディングはいまや別の決定を下さなければならなくなった。シュワイカートとヤヴィッチのふたりから、裁判を受けられるかどうかの判断だけでなく、鑑定と治療のために、ハーディング病院へミリガンを入院させるように求められていた。

ジョージ・ハーディングは決断をためらっていた。ヤヴィッチ検察官が面接に出席したことで、感銘を受けていた。検察官としては異例の行動だ、とハーディングは思った。シュワイカートとヤヴィッチは、彼を「弁護側」あるいは「検察側」という対立する立場に立たせないこと、彼の報告書を「合意によって」裁判記録に残すことに同意すると請け合った。弁護側と検察側の双方からミリガンの入院許可を求められているのに、どうして断れるだろう。

ハーディング病院の医療部長として、ハーディングはその依頼を病院の管理者と財務担当者に話した。「われわれはこれまで困難な問題に背を向けたことはない」と彼は言った。「ハーディング病院は治療の簡単な患者だけを受け入れるのではない」

ジョージ・ハーディングが、これはスタッフにとって学ぶチャンスであり、病院にとっては精神医学の知識の発展に貢献《こうけん》する機会であると強力に推薦《すいせん》したため、理事会は裁判所から認められた三カ月のあいだ、ウィリアム・ミリガンを入院させることに同意した。

三月十四日、ヒルとほかの警官がミリガンを連れにやってきた。「階下で呼ばれている」看守が言った。「保安官があんたに拘束衣を着せろと言っている」

ミリガンは抵抗することなく、拘束衣を着せられ、房からエレベーターへと導かれた。階下では、ゲイリーとジュディが廊下で待ちかまえ、依頼人にいい知らせを伝えたくてうずうずしていた。ふたりの目の前でエレベーターのドアがあいた。拘束衣を脱ぎ捨てほぼ完全に自由になったミリガンを、ラス・ヒルと看守が啞然として見つめていた。

「不可能だ」看守が言った。

「ぼくを閉じこめておくことはできないと言ったはずだよ。刑務所も、病院も、ぼくを閉じこめておくことはできない」

「トミー？」ジュディは尋ねた。

「そのとおり！」彼は鼻を鳴らした。

「さあ、こっちへ来たまえ」ゲイリーが会議室へトミーを引っ張りこんだ。「話がある」

トミーは腕をつかんでいるゲイリーの手を振りはらった。「なんだい？」

「いい知らせよ」ジュディが言った。

ゲイリーが言った。「ドクター・ジョージ・ハーディングが、公判前の診察と治療のために、きみをハーディング病院に入院させてくれるそうだ」

「それでどうなるんだい」

「ふたつのことのどちらかよ」ジュディは説明した。「将来のいつか、あなたは出廷能力があるとみなされて、公判の日取りがきまるか、一定期間ののち、裁判を受けるのは適切ではないとみなされて、告訴がとりさげられるか。そのことは検察側も認めたし、フラワーズ判事は来週あなたをここからハーディング病院へ移すように命じたわ。ただし、条件がひとつあるけれど」

トミーは言った。「いつだって条件があるんだ」

ゲイリーは身を乗りだし、人差指でテーブルを突いた。「ドクター・ウィルバーが判事に、多重人格者は約束を守ると言った。彼女は約束がきみたちにとってどんなに大事なことか知ってるんだ」

「それで?」

「フラワーズ判事は、きみたちがハーディング病院から逃げないと約束すれば、ここから放免《ほうめん》してすぐに入院させると言ってる」

トミーは腕組みをした。「くそっ。そんな約束はしないぞ」

「しなきゃ駄目だ!」ゲイリーは怒鳴った。「ちくしょう。わたしたちはきみをライマへ送るまいとして、必死で努力してきたんだ。なのに、きみはそんな態度をとるのか」

「だって、そんなのよくないからさ」トミーは言った。「ぼくは逃げだすのが得意なんだ。ぼくはここにいるほうがいい。せっかくの才能を使えないことになっちゃうよ」

ゲイリーは掻きむしりたいとでもいうように、髪に指を突っこんだ。

ジュディは手をトミーの腕にかけた。「トミー、約束してくれなきゃ駄目よ。あなたのためじゃない、子供たちのためよ。ちびさんたちのことを考えて。ここは子供たちには向かないわ。ハーディング病院なら大事に面倒をみてもらえるわ」

トミーは腕をほどくと、じっとテーブルを見つめた。そのようすを見て、ジュディには
トミーの心にふれたのだとわかった。これまでに、ほかの人格たちが子供たちを深く愛し、
責任を感じていることがわかっていた。
「わかったよ」トミーはしぶしぶ言った。「約束する」
トミーが彼女に話さなかったことがある。ライマへ移されるかもしれないと聞いたとき、
彼は模範囚から剃刀《かみそり》を買っていた。いまそれは、左足の裏にテープで貼ってあった。誰に
も訊かれないのだから、自分から話す必要はない。トミーはだいぶ前に、ある施設から別
の施設に移されるときは、武器を持っていく必要があることを学んでいた。約束したので
逃亡するわけにはいかないが、とにかく、誰かにレイプされそうになったら、これで自分
の身を守れる。でなければ、ビリーに与え、彼が喉を切ればいいのだ。

ハーディング病院へ移送が予定された日の四日前に、ウィリス巡査部長が房へやってき
た。巡査部長はトミーがどうやって拘束衣から抜けだしたのか、見せてもらいたいと言っ
た。
トミーは、瘦身《そうしん》で、頭が禿《は》げかかり、わずかに残っている白髪に縁どられた巡査部長の
黒い顔を見ると、顔をしかめて言った。「なんでそんなことをしなくちゃならないんだ」
「どっちみち、きみはここを出ていくんだ」ウィリスは言った。「新しいことを学ぶのに、

わたしが年をとりすぎてるってことはないと思うからさ」

「あんたはいい人だ、巡査部長」トミーは言った。「だけど、秘密はそうあっさり教えられないね」

「こういうふうに考えたらどうかな。きみは誰かの命を助けられるかもしれないんだ」

トミーは顔をそむけていたが、好奇心をそそられ、ウィリスを見あげた。「どうして」

「きみが病気じゃないってことはわかってる。だけど、ここには病気のやつもいる。わたしたちは彼らを保護するために拘束衣を着せる。彼らは拘束衣から抜けだしたら、自殺するかもしれない。きみがどうやったのか教えてくれたら、ほかの人たちが抜けだすのを防げるかもしれない。きみはその人たちの命を助けることになるんだ」

トミーは肩をすくめ、自分の知ったことではないという気持ちを示した。

だが、翌日、トミーはウィリス巡査部長に、どうやって拘束衣から抜けだしたのかを実演した。そして、絶対に抜けだせないようにする着せかたを教えた。


その夜遅く、ジュディはドロシー・ターナーから電話を受けた。「もうひとりいるのよ」ドロシーは言った。

「もうひとり？」

「わたしたちが知らなかったもうひとりの人格よ。アダラナという十九歳の娘よ」

「まあ！」ジュディは低い声で言った。「それで十人になるわ」

ドロシーは夜遅く房を訪れたもようを話した。床に坐っている彼が、低い声で好意と愛情が必要だと語った。ドロシーはかたわらに坐り、彼を慰め、涙をぬぐってやった。そのとき、〈アダラナ〉が、ひそかに詩を書いていると打ち明けた。彼女は涙ながらに、自分だけが、ほかの者をスポットから引っこませる能力を持っていると言った。これまで彼女の存在を知っているのは、アーサーとクリスティーンだけだった。

ジュディは、ドロシーが床に坐ってミリガンを抱きしめているありさまを想像しようとした。

「なぜいまになって自分の存在を知らせようとしたのかしら」ジュディは尋ねた。

「アダラナは男性たちの身に起こったことで、自分を責めてるの」ドロシーは言った。

「レイプのときに、レイゲンから時間を盗んだのは彼女だったのよ」

「どういうこと？」

「アダラナは抱かれて、愛撫されて、愛されたかったからやったんだと言ってるの」

「じゃあ、アダラナが……」

「アダラナはレズビアンなの」

ジュディは受話器をおいてから、長いあいだ電話を見つめていた。夫が何の電話だったのかと尋ねた。ジュディは話そうとしかけたが、頭を振り、明かりを消した。

第三章

1

ビリー・ミリガンは予定よりも二日早い三月十六日に、フランクリン郡拘置所からハーディング病院へ移された。ドクター・ジョージ・ハーディングはミリガンのセラピー・チームをあつめて説明をしてあったが、ミリガンが思いがけず早めに到着したときは、シカゴの精神科医の会合に出席していた。

警察の車につづいてハーディング病院へ向かったジュディ・スティーヴンスンとドロシー・ターナーは、また拘置所へもどされれば、ダニーには恐ろしいショックになるとわかっていた。病院のスタッフ、ドクター・シューメイカーが、ドクター・ハーディングがもどるまで個人的に責任を持ってミリガンを預かることに同意したので、保安官助手は正式に刑事被告人を引きわたした。

ジュディとドロシーはダニーに付き添《そ》って、ウェイクフィールド・コテージへいった。

これは精神科の閉鎖病棟であり、観察と個人的な世話を常時必要とする重い患者を十四人収容できる設備が整っていた。ベッドが用意され、ダニーはふたつある「特別看護」室のひとつを割り当てられた。部屋には頑丈《がんじょう》なオークのドアがあり、二十四時間の監視ができるように覗《のぞ》き穴があいていた。精神科の看護助手（ハーディング病院では「サイキ・テク」と呼ばれている）が昼食のトレイを運んできた。ふたりの女性は彼が食べるあいだ、一緒にいた。

昼食後、ドクター・シューメイカーと三人の看護婦がやってきた。ドロシー・ターナーは、スタッフに自分の目で多重人格の症状を見てもらいたいと思い、ダニーに、これから治療にあたる人々と会うようにアーサーに伝えてほしいと言った。

病棟のコーディネーター、エイドリアン・マッキャン看護婦は、セラピー・チームの一員として説明を受けていたが、ほかのふたりの看護婦は呆然となった。ドナ・イーガー看護婦は五人の娘の母親であり、キャンパス強姦魔を目の前にして、感情を整理するのに苦労した。最初子供っぽい話しかたをしていたミリガンが、トランス状態で目を宙にすえ、心のなかで会話をしているように、声もなく唇を動かすようすを、彼女はまじまじと見つめた。また顔をあげたとき、ミリガンの表情はいかめしく、傲慢《ごうまん》で、声にイギリス訛《なま》りがあった。

彼女は笑いをこらえた。ダニーの存在もアーサーの存在も信じなかった。刑務所から逃れようとする巧《たく》みな演技かもしれないと思った。だが、ビリー・ミリガンに興味があった。あんな行為をするのはどんな人間なのか知りたかった。

ドロシーとジュディはアーサーと話し、安全な場所にいるのだと彼を安心させた。ドロシーは彼に、数日後、心理検査をするためにまたここへくると言った。ジュディは、ゲイリーとときどきやってきて、公判の件で話しあうと言った。

サイキ・テクのティム・シェパードは、その日、十五分ごとに覗き穴から新入りの患者のようすを観察し、特別処置記録に次のように記入した。

五：〇〇　脚を組んでベッドに坐っている、おとなしい。
五：一五　脚を組んでベッドに坐り、目をすえている。
五：三二　立って、窓の外を見ている。
五：四五　夕食。
六：〇二　ベッドの端に坐り、目をすえている。
六：〇七　トレイを下げる、よく食べた。

七時十五分に、ミリガンは室内を歩きはじめた。

八時に、ヘレン・イェーガー看護婦は彼の部屋に入り、四十分ほど一緒にすごした。看護ノートに記《しる》した最初の記録は短かった。

一九七八年三月十六日　ミリガン氏は特別看護室にとどまる――特別の用心のため、たびたび観察する。自分の多重人格について話す。〈アーサー〉がおもに話した――イギリス訛りがある。人格のひとり――ビリー――は自殺をはかるので、ほかの人格を守るために、十六歳のときからずっと眠らされているとのこと。食欲あり。排泄《はいせつ》もよい。食物を充分に摂取《せっしゅ》。感じよく、協力的。

イェーガー看護婦が出ていくと、アーサーはほかの者たちに、ハーディング病院は安全で、彼らの支えになってくれると声に出さずに伝えた。そして、セラピーで医師たちに協力するには、洞察力と論理的な思考が必要なので、以後は彼、アーサーがスポットを完全に管理すると言いわたした。

夜中の二時二十五分に、サイキ・テクのクリス・キャンはミリガンの部屋で大きな音がするのを聞いた。調べにいくと、患者が床に坐っていた。

トミーはベッドから落ちて動転した。数秒後、足音がして、覗き穴からのぞいている目が見えた。足音が遠ざかると、トミーは足の裏からテープでとめた剃刀《かみそり》をはがし、ベッドの板の下側にテープで貼って隠した。必要なときがきたら、そこからとりだせばいい。

2

三月十九日にシカゴからもどったドクター・ジョージ・ハーディング・ジュニアは、ミリガンが早めに送られてきたため、慎重な計画が狂ってしまい、いらだった。自分でミリガンを迎えるつもりだった。たいへんな苦労をして、セラピー・チーム——心理学者、芸術療法士、補助療法士、精神医学ソーシャル・ワーカー、医師、看護婦、サイキ・テク、ウェイクフィールド・コテージのコーディネーター——をあつめ、彼らと多重人格の複雑さについて話しあっていた。スタッフの数人が、多重人格という診断に公然と疑惑を表明すると、辛抱強く彼らの意見に耳を傾け、自分自身の懐疑的な態度について語り、裁判所から委任された仕事を果たすために協力してほしいと頼んだ。全員が偏見を持つことなく、協力して、ウィリアム・スタンリー・ミリガンの内面に迫らなければならないのだ。

ドクター・ペリー・エアズはドクター・ハーディングがもどってきた翌日、ミリガンの健康診断をした。エアズはカルテに、質問に答える前にミリガンの唇が動き、目が右へそれると記した。なぜそうするのかとミリガンに尋ねたところ、質問に答えるために、ほかの者、とくにアーサーと話しているのだという答えが返ってきた、とエアズは書いている。「だけど、ぼくたちをビリーと呼んでくれればいいんだ」ミリガンは言った。「狂ってるなんて、誰にも思われたくないからね。ぼくはダニーだ。書類に記入したのはアレンだよ。だけど、ぼくはほかの人のことを話しちゃいけないんだ」ドクター・エアズはこの言葉を報告書に記し、こう書き加えている。

わたしたちはすでに、ビリーだけを対象にするということで合意し、ダニーが全員の健康について教えてくれると了解していたのだが、彼にはこの合意事項を守る力がなかったため、ほかの人々の名前が明らかになった。彼の記憶にある唯一の病気は、ビリーが九歳のときに患《わずら》ったヘルニアだった。「デイヴィッドはいつも九歳」なので、ヘルニアになったのはデイヴィッドだった。アレンは視野狭窄《しやきょうさく》だが、ほかの全員が正常だ……。

補／検査室に入る前に、わたしは検査の内容について彼と話し、詳しく説明した。直腸を検査し、ヘルニアの跡と前立腺を調べなければならないと強調した。後者は排尿異常（膿尿症）のために必要だった。彼は非常に心配し、唇と目がしきりに動いたが、これはほかの者と会話をしているせいだろう。神経質になっていたが、礼儀正しくわたしに言った。「そんな検査をしたら、ビリーとデイヴィッドはひどいことになるかもしれない。だって、ぼくたちが農場に住んでいたとき、チャーマーがそこをそれぞれ四回レイプしたんだ。チャーマーはぼくたちの養父だ」そのあと、彼は家族として記録されている母親はビリーの母親だ、と言い足した。「でも、ぼくの母さんじゃない――ぼくは自分の母さんを知らない」

ウェイクフィールド・コテージの「ミニ・グループ」プログラムの療法士たち、ロザリー・ドレイクとニック・チコは毎日ミリガンに接するため、彼との関係が深くなった。毎日朝十時と午後三時に、ウェイクフィールドの患者はあつめられ、グループでプロジェクトにとり組み、活動をする。

三月二十一日、ニックはミリガンを、いまでは夜のあいだだけロックされている特別看護室から活動室へ連れていった。二十七歳のほっそりしたこのサイキ・テクは、顎に豊かなひげをたくわえ、左の耳たぶに二個のイヤリング――繊細な金のループとひすい――をしていた。ニックはミリガンが子供のころに性的な虐待を受けたため、大人の男性を憎悪していると聞いていた。多重人格に好奇心を抱《いだ》いていたが、多重人格というものが実際にあるのかどうか、懐疑的だった。

二十代後半の金髪で目の青い作業療法士のロザリーは、これまで多重人格を扱ったことがなかった。ドクター・ハーディングから説明があったあと、彼女はスタッフがすぐにふたつのグループに分かれたことに気づいた。一方はミリガンを多重人格者だと信じ、もう一方はミリガンが、この奇妙な病気にかかっているふりをして、注目をあつめ、レイプの罪で刑務所へ送られるのを避けようとしているだけだとみなしていた。ロザリー自身は、先入観を持つまいと懸命に努力した。

ミリガンがほかの患者から離れてテーブルの端に坐ると、ロザリー・ドレイクは彼に、ミニ・グループの患者たちは前日、大好きな人に、自分について何かを伝えるコラージュをつくることにきめた、と言った。

「大好きな人なんか誰もいない」とミリガンは答えた。

「じゃあ、わたしたちのためにやって」ロザリーは言った。「みんながやってるのよ」いま使っている色画用紙を持ちあげた。「ニックとわたしもやってるの」

ロザリーがすこし離れたところから見まもっていると、ミリガンは八×十一インチの画用紙をとり、雑誌の写真を切り抜きはじめた。ミリガンの芸術的な才能について聞いていたので、このおずおずしたおとなしい患者を見ながら、彼が何をつくるだろうと興味を抱いた。ミリガンは黙って、穏《おだ》やかに作業をすすめた。作業が終わると、ロザリーはそばにいき、画用紙を見た。

ミリガンのコラージュに、ロザリーはぎょっとした。画用紙の真ん中から、涙を流し、怯《おび》えている子供がのぞき、その下にモリスンという名前があった。怒った男がその子の上にのしかかり、赤い文字で、危険と記されている。右下の隅には頭蓋骨があった。

ロザリーはこの表現の簡潔さと、感情の奥深さに感動した。こういうものを求めたのではなく、期待もしていなかった。これは辛《つら》い過去を暴露《ばくろ》しているのだ、と思った。ロザリーはそのコラージュを見て身体を震わせ、その瞬間に自分がミリガンの味方になったことを知った。病院のほかのスタッフがミリガンをどのように疑おうとも、これは感情の欠落した社会病質者の作品ではないと思った。ニック・チコも同意した。

ドクター・ジョージ（父親のドクター・ジョージ・ハーディング・シニアと区別するために、スタッフと患者からそう呼ばれていた）は、関連のある精神医学誌を読みはじめ、多重人格性障害と呼ばれる病気がふえつつあることを発見した。さまざまな精神科医に電話してみると、答えはほぼ同じで、次のようなものだった。「知ってることは何でも教えますが、これはわれわれにも理解できない領域なのです。ご自分で道をひらかなければなりませんよ」

最初考えたよりも時間も努力も必要になりそうだったので、ドクター・ジョージは病院の基金あつめと拡張計画の最中にこの患者を引き受けて、はたしてよかったのだろうかといぶかり、精神医学の分野で、人間の心について知識の限界をきわめようとするのを手伝うのは、ビリー・ミリガンにとっても、医者にとっても、重要なことだと自分に言い聞かせた。

裁判所に鑑定書を提出する前に、ビリー・ミリガンの過去について知る必要があった。だが、頻繁《ひんぱん》に起こる記憶喪失を考えれば、これは難しい問題だった。

三月二十三日木曜日、ゲイリー・シュワイカートとジュディ・スティーヴンスンは、一時間ほど依頼人を訪れ、事件のおぼろな記憶をたどらせて、三人の被害者の証言と照らし合わせ、裁判所に提出されるドクター・ハーディングの鑑定書に基づいて、法律上の戦略を練ろうとした。

ふたりが会ったミリガンは落ち着いていたが、特別看護室に閉じこめられ、「特別な用心のための」服を着せられているとこぼした。「ドクター・ジョージはぼくがほかの患者と同じような扱いを受けられると言ったけど、ここでは誰もぼくを信用してくれない。ほかの患者はヴァンで敷地の外に遠足に出かけられるのに、ぼくは駄目なんだ。ここにいなけりゃいけない。それに、みんながぼくのことをビリーと呼ぶので、腹がたってたまらないんだ」

ふたりは彼をなだめようと努め、ドクター・ジョージは彼のために一所懸命《いっしょけんめい》に努力しているのだと説明し、ドクターの堪忍袋《かんにんぶくろ》の緒《お》を切らないように気をつけなければならないと言った。いま話している相手はアレンだとジュディは感じたが、たしかめようとすれば侮辱されたと思われるかもしれないので、尋ねなかった。

ゲイリーが言った。「ここのスタッフと協力したほうがいい。拘置所に入らずにすませたければ、そうするしかないんだ」

ふたりは病院を出ると、ミリガンの身が安全になり、日ごとの責任と心配が当分なくったのでほっとした。

その日、最初のセラピーが行なわれ、ドクター・ハーディングは五十分の緊張したセッションをすませた。ミリガンはウェイクフィールドの面接室で、窓に面した椅子に坐り、最初は視線を合わせようとしなかった。養父に虐待《ぎゃくたい》されたことはしきりに話したが、過去の記憶は乏《とぼ》しいようだった。

ドクター・ハーディングは自分のやりかたが過度に用心深いとわかっていた。ドクター・ウィルバーに、いくつの人格があるのか、できるだけ早く調べ、それぞれのアイデンティティをたしかめておくようにと言われていた。ほかの人格を励まして、なぜ彼らが存在するようになったのかを語らせ、彼らが生まれるきっかけとなった特定の状況を再び体験させる必要があった。

ほかの人格を励まし、おたがいに知りあい、連絡をとりあい、それぞれの問題を助けあい、それぞれが孤立するのではなく問題を分かちあうようにさせなければならない。ウィルバーによれば、それは彼らを一緒にして、いずれビリー——基本人格——にそれぞれの出来事の記憶をとりもどさせるための戦略なのだった。それができれば、最終的には人格を統合できる。拘置所でたくみに人格を引きだしたドクター・ウィルバーのやりかたに倣《なら》おうとする誘惑は大きかったが、ジョージ・ハーディングははるかむかしに学んだことがあった。誰かに有効だった方法が自分にも有効だとはかぎらない。自分をごく保守的な人間だと思っていたし、ここにどんな人格がいて何をしているのか、自分のやりかたで、自分なりのペースで調べなければならなかった。

日がたつにつれ、ドナ・イーガー看護婦は、自分がミリガンと一対一で接することが多いのに気づいた。ミリガンはあまり眠らず、ほかの大多数の患者よりも睡眠時間がはるかに少ないし、朝早く目覚めるので、ミリガンとよく話をするはめになった。彼は自分の身体の内部にいるほかの人々について語った。

ある日、ミリガンは彼女に、いっぱいに書き込みがされていて、「アーサー」と署名してある紙片をわたした。ミリガンはひどく怯《おび》えているようすで、言った。「ぼくはアーサーなんて名前のやつは知らないし、その紙に書かれていることが呑み込めない」

まもなく、スタッフはドクター・ジョージにこぼしはじめた。彼らが自分の目で目撃しているにもかかわらず、絶えず「ぼくがやったんじゃない、ほかの誰かの仕業《しわざ》だ」と言い張る患者を扱うのは、ますます難しくなるというのだ。彼らが言うには、ミリガンはほかの患者の治療を邪魔し、次々に違うスタッフのところへいって、望みのものを手に入れるという形でスタッフを操っているのだった。何かにつけて、レイゲンが出てきてあとの面倒をみるとほのめかすのだが、スタッフはこれをやんわりした脅《おど》しだとみなした。

ドクター・ジョージは、自分だけがミリガンの別人格の存在を認め彼らと話しあう、それもセラピーのあいだにかぎると提案した。スタッフはほかの人格たちの名前を病棟で、とくに患者の前で口にしたり、話題にするのを避けることになった。

最初の日にアーサーと話をした看護婦のヘレン・イェーガーは、三月二十八日付けの看護目標用紙にこの治療計画を記入した。

　一カ月以内に、ミスター・ミリガンが自分の行動を否定しても、証言によってその事実を認めるようにしむける。

　計画（1）ピアノを弾《ひ》けないと言った場合——スタッフは彼が弾くのを見たとか聞いたとか答え、あたりまえの事実だという態度をとりつづける。

　（2）メモを書いているところを観察し、彼がそれを否定した場合——スタッフは彼がメモを書いているところを見たと教える。

　（3）患者が自分はべつの人格だと言う場合——スタッフは彼の名前はビリー

だと指摘する。

病棟のほかの患者はさまざまな人格の名前を聞くと混乱する、とドクター・ジョージはセラピーのあいだにアレンに指摘した。

「ナポレオンとかイエス・キリストだと名乗ってる人たちもいるけど」アレンは言った。「だけどわたしやスタッフが、あるときはきみをダニーと呼び、ほかのときにはアーサーとかレイゲンとかトミーとかアレンとか呼ぶのとは違う。こうしてはどうかな、スタッフや患者には、ビリーという名前できみの人格たちがすべて答えるようにして……」

「『人格たち』ではないんです、ドクター・ジョージ。彼らは人間なんだ」

「どうしてその違いが問題になるんだね」

「ドクターが人格たちと言うと、彼らがほんとうにいるとは考えてないみたいに聞こえます」

3

ドロシー・ターナーが心理検査のプログラムを開始してから数日後の四月八日、ドナ・

イーガーはミリガンが自分の部屋で腹だたしげに行きつもどりつしているのを見た。どうしたのかと尋ねると、彼はイギリス訛りで答えた。「誰も理解してくれない」

ドナが見ているうちに、彼の顔がまた変わり、態度も歩きかたも言葉遣《づか》いも変化したので、ダニーになったのだとわかった。そのとき、それぞれの人格がつねに首尾一貫し、真実味を帯びているのを見て、ドナはもはや彼が芝居をしているとは考えられなくなった。看護スタッフのなかで自分だけは、ミリガンが多重人格者であることを信じるようになったのだと認めざるを得なかった。

数日後、ミリガンが動転したようすで彼女のところへやってきた。とっさに、ダニーだとわかった。ダニーはドナを見つめ、悲しそうに訊いた。「どうしてぼくはここにいるの」

「ここって?」ドナは尋ねた。「この部屋のこと? それともこの建物のこと?」

ダニーは首を振った。「なんでぼくがこの病院にいるのかって、尋ねる患者がいるんだ」

「ドロシー・ターナーが、あなたの検査にきたときに説明してくれるかもしれないわ」

その夜、ドロシー・ターナーの検査が終わってから、ダニーは誰とも話そうとしなかった。自分の部屋に駆けこみ、バスルームで顔を洗った。数秒後、部屋のドアがひらいて、また閉じる音が聞こえた。ダニーがのぞいてみると、ドリーンという若い女性の患者だった。ドリーンの問題にはたびたび同情して耳を傾け、自分の問題について語りもしたが、彼女にたいして、それ以外の関心は持っていなかった。

「どうしてここにきたんだい」ダニーは尋ねた。

「あなたと話がしたかったの。どうして今晩はそんなにそわそわしているの?」

「きみはここにきてはいけないんだよ。規則に反するよ」

「でも、あなたはひどく暗い顔をしているわ」

「ひどいことをしたのがわかったんだ。ほんとに、ひどいことなんだよ。ぼくは生きてちゃいけないんだ」

そのとき、足音が近づき、ドアをノックする音がした。ドリーンはダニーがいるバスルームに飛びこみ、ドアを閉めた。

「どうしてそんなことをするんだい」彼はきびしい声でささやきかけた。「ぼくはもっと困ったことになる。めちゃめちゃになっちゃうよ」

ドリーンはくすくす笑った。

「さあ、ビリーとドリーン!」イェーガー看護婦が呼びかけた。「ふたりとも、よければいつでも出てらっしゃい」

一九七八年四月九日の看護ノートに、イェーガー看護婦は次のように記入した。

ミリガン氏は女性の患者とともに、明かりを消した自分のバスルームにいるところを発見された。このことについて質問されると、自分がひどいことをしたのがわかったので、それについて彼女とふたりだけで話す必要があったと述べた。質問すると、今夕《こんゆう》ミセス・ターナーによる心理テストのあいだに、自分が三人の女性をレイプしたことを知ったのだという。涙を浮かべ、「レイゲンとアダラナなんか死ねばいい」と言った。ドクター・ジョージが呼ばれ、その出来事の説明がなされた。特別看護室に入れ、特別な監視が行なわれた。数分後、患者が手にバスローブのひもを持ってベッドに坐っているところが観察された。まだ涙を浮かべ、彼らを殺したいと言っていた。しばらく話をすると、彼はバスローブのひもを離した。だがその前に、ひもを首にまきつけた。

ドロシー・ターナーは検査によって、各人格に次のようなかなり大きい知能指数の違いがあることを発見した。

	言語性知能指数	動作性知能指数	全検査指数
アレン	一〇五	一三〇	一二〇

レイゲン	一一四	一二〇	一一九
デイヴィッド	六八	七二	六九
ダニー	六九	七五	七一
トミー	八一	九六	八七
クリストファー	九八	一〇八	一〇二

クリスティーンは幼すぎてテストができなかった。アダラナは出てこなかったし、アーサーは検査のうち、知能検査は自分の尊厳を傷つけるものだと言い、受けるのを拒《こば》んだ。ドロシーはダニーのロールシャッハ・テストの結果、かろうじて表面化していない敵意を発見し、劣等感と無能力感を打ち消すために、外部からの助けが必要であることを見てとった。トミーはダニーよりも大人っぽく、抑圧された感情を行動化する可能性が大きかった。最も分裂症気味で、ほかの者のことはほとんど気にかけない。レイゲンは抑圧された感情を暴力的に行動化する可能性が一番大きかった。

検査によってアーサーがきわめて知的であることが判明した。どうやら彼は知性を利用してほかの者にたいする指導的な立場を維持している、とドロシーは感じた。それに、自分の不利な立場を補償するためか、世間全体にたいする優越感を抱いているようでもあるが、かすかな不安を感じ、感情を刺激する環境に脅《おびや》かされていた。情緒的《じょうちょてき》には、アレンはかなり超然とした人格らしかった。共通した部分も見つかった。女性的なものや強烈な超自我であり、怒りがそれを押しつぶそうとしていた。精神異常の傾向や、精神分裂的な思考の乱れは発見できなかった。

ロザリー・ドレイクとニック・チコが、ミニ・グループは四月十九日に信頼感育成《いくせい》訓練をすると発表すると、アーサーはダニーがスポットに出ることを許した。スタッフは娯楽室にテーブルと椅子、カウチ、ボードなどを用意し、障害コースを設《もう》けた。

ミリガンが大人の男性を怖れていると知っていたので、ニックは目隠しをしたミリガンを導くのは自分よりロザリーのほうがいいと言った。「わたしと協力しなければだめよ、ビリー」ロザリーは言った。「ほかの人たちにたいする信頼感を育てて、現実の世界で生きられるようにするにはそれしかないの」

ミリガンはようやく、目隠しをしてもいいと彼女に言った。

「さあ、わたしの手につかまって」ロザリーは彼を部屋へと導いた。「あなたを連れて、障害物のコースをたどるわ。あなたがぶつからないように気をつけるわね」

ミリガンを導きながら、ロザリーは彼が、どこを動いているのかわからず、何にぶつかるかわからないために、恐怖にかられ怯えきっているのを見、感じとった。ふたりは最初はゆっくりと、やがて足早に、椅子をまわり、テーブルをもぐり、はしごを上下した。彼のパニックを見ているので、ロザリーもニックも、最後までやりとげた彼をたいしたものだと思った。

「あなたに痛い思いをさせなかったでしょ、ビリー」

ダニーはうなずいた。

「信頼できる人がいるってことを学ばなければだめよ。みんなではないけれど、信頼できる人がいるのよ」

ロザリーは自分がそばにいるとき、ダニーという名前で知るようになった男の子の人格が、頻繁《ひんぱん》にあらわれるようになったことに気づいた。彼の描くものの多くに死のイメージがあるので、ロザリーは動揺した。


それにつづく火曜日、アレンははじめて、隣接するセラピー用の建物で、絵画のクラスに出席することになった。そこではスケッチをし、絵を描くことができた。

温和な物腰の芸術療法士、ドン・ジョーンズは、ミリガンの天賦《てんぷ》の才能に感銘を受けたが、彼が新しいグループのなかでそわそわして、不安げなのに気づいた。ミリガンの不気味な絵は、注目をあつめ、賞賛を得ようとする手段なのだ、とドン・ジョーンズは見抜いた。

ジョーンズは「安らかに眠るなかれ」という文字が彫られた墓石のスケッチを指さした。

「これについて話してくれないかな、ビリー。これを描いたとき、何を感じていたんだね」

「それはビリー、、、、の本当の父親なんだ」アレンが言った。「コメディアンで、フロリダ州のマイアミでは、自殺する前、ショウの司会者をやっていた」

「きみが何を感じたのか、なぜ教えてくれないんだい。いまは細かいことより、感情について知りたいんだがね、ビリー」

自分の作品がいまだにビリーのものだと見なされるのにうんざりして、アレンは鉛筆を投げだし、時計を見あげた。「病棟へもどって、ベッドをきちんとしなきゃ」

翌日アレンはイェーガー看護婦に治療のことを話し、ぜんぶ間違っているとこぼした。イェーガー看護婦が彼はスタッフや患者に干渉していると言うと、アレンは動揺した。

「ぼくのなかにいるほかの人たちがしたことは、ぼくの責任じゃないよ」

「わたしたちは、あなたのなかにいるほかの人たちと話をしてはいけないの」イェーガー看護婦は言った。「話せるのはビリーとだけよ」

彼は怒鳴った。「ドクター・ハーディングはドクター・ウィルバーに言われたとおりの治療をしてないんだ。この治療じゃ役に立たない」

自分のカルテを見せてくれと要求し、イェーガー看護婦が断ると、病院に要求すれば、自分の記録を見せてもらうことができるのはわかっていると言った。スタッフが、彼の態度の変化や、説明できない時間喪失があることを、記録してないにきまっている、とも言った。

その夜、ドクター・ジョージの訪問を受けたあとで、トミーはスタッフに、ドクターを馘《くび》にすると言った。そのあとで、アレンが部屋から出てきて、ドクターを復任させると言った。

面会の許可がおりると、ミリガンの母親、ドロシー・ムーアは、毎週のようにやってきた。娘のキャシーを連れてくることも多かった。ミリガンの反応は予測できなかった。母親の訪問のあと、ご機嫌で愛想がよくなることもあれば、意気消沈《いきしょうちん》することもあった。

精神医学ソーシャル・ワーカー、ジョーン・ウィンズロウは、チーム・ミーティングのとき、訪問のたびにドロシーと話をしたと報告している。ウィンズロウはドロシー・ムーアを暖かくて、心のひろい女性だが、内気で依頼心が強い性格であるために、ビリーが受けたとされている虐待をとめられなかったのだろうと考えた。ドロシーはウィンズロウに、いつもふたりのビリー――ひとりは親切で愛情深い少年、もう一方は他人の感情を傷つけようがいっこうに気にしない人間――がいるような気がしていた、と語った。

ニック・チコは、四月十八日のミセス・ムーアの訪問後、ミリガンがひどく動揺したらしく、自分の部屋に引きこもって、頭に枕をかぶっていたことをカルテに記している。

四月の末、ミリガンを預かる予定の十二週間のうち六週間が過ぎ、ドクター・ジョージは治療の進行がのろすぎると考えた。人格たちと基本人格、つまり核となるビリーのあいだに連絡の方法を確立する必要があった。だが、まず、ビリーと接触しなければならない。ドクター・ウィルバーがレイゲンを説得して、ビリーを出させたあの日曜日いらい、ビリーに会っていなかった。

基本人格と別人格たちに、彼らの言動を記録したビデオを見せれば効果的かもしれない、とドクター・ジョージは思いついた。この考えをアレンに話し、人格たちが自分たちだけでなく、ビリーとも意思を伝えあうのは大事なことだと言った。アレンは同意した。あとになって、アレンはロザリーに、これからビデオがつくられるのでたいへんうれしいと語った。なんとなく不安があったのだが、自分のことがよくわかるようになる、とドクター・ジョージに言われて納得したのだった。

ドクター・ジョージは五月一日にセラピーを行ない、これははじめてビデオに撮られた。ドロシー・ターナーはその席にいた。彼女がいるとビリーが落ち着くとわかっていたし、ドクター・ジョージはアダラナを外に出させるつもりだった。はじめは新しい人々を外に出すのはまずいと思っていたが、ミリガンの人格の女性的な側面が持つ重要性を理解する必要があった。

アダラナが出てきて話をしてくれればとても役に立つ、とドクター・ジョージは数回、繰り返した。何回かほかの人格に変わったあとで、ようやくミリガンの顔が変わり、涙ぐんだやさしい表情を浮かべた。声がつまり、鼻にかかっていた。顔は女性的と言ってもいいくらいになった。目が落ち着きなく動いた。

「話すのはつらいわ」アダラナは言った。

ドクター・ジョージはアダラナが登場したのを知って興奮したが、それを隠そうとした。彼女が出てくることを願い、期待していた。だが、実際にそうなったときは、仰天した。

「どうしてつらいんだね」ドクターは尋ねた。

「男の人たちのことでよ。あたしがトラブルにまきこんでしまったから」

「何をしたんだね」ドクターは尋ねた。

ドロシー・ターナーは病院へ移される前の晩に、拘置所でアダラナに会っているので、いまは黙ったまま、見まもった。

「愛が何なのか、みんなはわからないの」アダラナは言った。「抱かれて、大事にされるのがどういうことか、理解できないのよ。あたしはあの時間を盗んだの。レイゲンがアルコールと錠剤を飲んだのを感じたわ。話すのがつらい……」

「そうだね、だけど、話す必要があるんだよ」ドクター・ジョージは言った。「わたしたちが理解するためにね」

「あたしがやったのよ。いまさらおわびをしたって手遅れだわね。あたしは男の人たちの人生をだいなしにしてしまった……でも、みんなはわかってくれないのよ……」

「何をわかってくれないの？」ドロシーが尋ねた。

「愛が何かってこと。愛を求めることが何かってこと。誰かに抱かれること。暖かくて、大事にされていると感じるだけでいいの。何であんなことをしちゃったのか、わからないわ」

「それをしているあいだ、あなたは暖かくて、大事にされていると感じていたの？」ドロシーは尋ねた。

アダラナは黙っていたが、やがてささやき声で言った。「ほんのちょっとのあいだだけね……あたしはあの時間を盗んだの。アーサーはあたしをスポットへ出してくれなかった。あたしはレイゲンがスポットを離れるように願ったのよ……」

アダラナは涙ぐんでまわりを見まわした。「もう耐えられないわ。法廷に出たくない。レイゲンに何も言いたくない……男の人たちの人生から出ていきたい。もう、あの人たちの人生をめちゃめちゃにしたくない……あたし、悪かったと思ってるの……どうしてあんなことをしちゃったのかしら」

「最初にスポットに出たのはいつなんだね」ドクター・ジョージは尋ねた。

「あたしは去年の夏から時間を盗みはじめたの。男の人たちがレバノンで独居房に閉じ込められているとき、あたしは時間を盗んで詩を書いたの。詩を書くのが好きなの……」アダラナはすすり泣いた。「みんなは男の人たちをどうするつもりなの?」

「わからない」ドクター・ジョージは低い声で答えた。「わたしたちは、できるだけ理解しようと努めているだけだ」

「あの人たちをあまりいじめないでね」アダラナは言った。

「去年の十月にあの出来事があったとき、きみは何が計画されているのか気づいていたのかい」ドクター・ジョージは尋ねた。

「ええ、何もかも知ってたわ。アーサーが知らないことさえ知ってたの……でも、とめられなかった。錠剤とアルコールの影響を感じてたわ。何であんなことをしたのかわからない。とっても寂しかったのよ」

アダラナは鼻をすすり、クリネックスを求めた。

ドクター・ジョージはアダラナの顔をしげしげと見つめながら、彼女を怖がらせないように、慎重に質問した。「友だちを見つけたのかね……なかにいて楽しいことは? 寂しさをまぎらわせる友だちは?」

「あたしは誰とも話さないわ。男の人たちともね……クリスティーンと話すだけよ」

「夏のあいだと、レバノンで、ときどきスポットに出たと言ったね。それ以前にもスポットに出たことは?」

「スポットには出なかった。でも、あたしはいたの。長いあいだ、ずっといたのよ」

「チャーマーが……」

「ええ！」彼女は吐き捨てるように言った。「あいつのことは話さないで！」

「ビリーのお母さんとは話せるのかい？」

「とんでもない！　彼女は男の人たちとだって話さないわ」

「ビリーの妹のキャシーは？」

「ええ、キャシーに話しかけたわ。でも、彼女は気づかなかったみたい。あたしたち、一緒にショッピングにいったのよ」

「ビリーの兄さんのジェイムズは？」

「いいえ……あたしはあの人が好きじゃないの」

アダラナは目をぬぐい、坐りなおして、鼻をすすり、ビデオ・レコーダーを見て、ぎょっとしたようすだった。それから長いあいだ黙っていたので、ドクター・ジョージは彼女が行ってしまったことを知った。顔の表情がなくなるのを見まもり、誰がスポットに出てくるのか待ちかまえた。

「ビリーと話せれば、ずいぶん役に立つだろうがね」ドクター・ジョージは説得するように、そっと言った。

顔が変わり、怯《おび》え、ぎょっとしたような表情を浮かべて、ビリーがすばやく視線をめぐらし、まわりを見た。ドクター・ジョージはそれを見て、フランクリン郡拘置所でドクター・ウィルバーが呼びだした基本人格のビリーだと気づいた。

ドクター・ジョージは充分に接触しないうちにビリーがまた消えてしまうのではないかと心配しながら、やさしく話しかけた。ビリーは神経質に膝を震わせながら、こわごわまわりを見まわした。

「いまどこにいるのかわかるかい?」ドクター・ジョージは訊いた。

「いいえ?」ビリーは肩をすくめ、学校のテストでイエスかノーの答えを求められているが、この答えでいいのかどうか自信がない、と言いたげな口調で答えた。

「ここは病院で、わたしはきみの医者だよ」

「たいへんだ。医者と話したら、ぼくは殺されちゃう」

「誰がきみを殺すって?」

ビリーはまわりを見て、自分のほうを向いているビデオ・カメラを見た。

「あれは何ですか?」

「このセラピーを記録するためにあるんだ。ビデオ・レコーダーだよ。このセラピーの記録をとっておけば役に立つと思ったんだ。そうすれば、きみたちは何事が起こっているのか見られるからね」

だが、そのときビリーは消えてしまった。

「その機械があいつを怖がらせたんだ」トミーがうんざりしたように言った。

「ビデオ・レコーダーだと説明したんだが……」

トミーはくっくっと笑った。「あんたが何を言ってるんだか、あいつはわからなかったんだろうよ」

セラピーが終わると、トミーはウェイクフィールド・コテージへもどり、ドクター・ジョージはオフィスにひとり坐って、長いあいだそのことについて考えた。裁判所には、ウィリアム・S・ミリガンが通常用いられる精神病状態という意味では狂気ではないが（意識の解離は神経症と考えられているので）、自分の医学的判断では、ミリガンは現実からあまりにも遊離しているため、法律が求めるように身を処すことができず、したがって、彼が告発されている犯罪には刑事責任がない、と伝えなければならないだろう。

今後しなければならないのは、この患者の治療をつづけ、彼がなんとか公判に出られるようにすることだった。

しかし、裁判所から許された三カ月のうち、すでに六週間が経過している。コーネリア・ウィルバーのような精神分析医がシビルを完治させるために十年かかった病気を、あとの六週間で、どうやって治せばいいのだろう。

翌朝アーサーは、ドクター・ジョージのビデオを使ったセラピーでアダラナについて知ったことを、レイゲンに話す必要があると考えた。アーサーは特別看護室を行きつもどりつしながら、声に出してレイゲンに話した。「レイプの謎がとけた。誰の仕業《しわざ》かわかったよ」

彼の声はすぐさまレイゲンの声に変わった。「どうしてわかった？」

「新しい事実を知ったので、情報を総合したんだ」

「誰の仕業だ」

「きみは濡《ぬ》れ衣《ぎぬ》を着せられていたんだから、知る権利があるだろうな」

その会話は矢つぎばやに、ときには声に出して、ときには心のなかで音声なしで交わされた。

「レイゲン、以前、ときどき女性の声がしたのを憶えているかい」

「うん。クリスティーンの声を聞いた。それに……そうだな、ほかの女の声がした」

「去年の十月に三回、きみが盗みに出たとき、われわれの女性たちのひとりがまきこまれたんだ」

「どういうことだ？」

「きみが会ったことのない女性がいる。アダラナという名前だ」

「聞いたことないぜ」

「とてもやさしくて、温和な女性だ。われわれのためにいつも料理と掃除をしてくれたんだ。アレンが花屋で働いていたとき、花を生《い》けたのは彼女だ。わたしは思いつかなかったんだ、彼女が……」

「その女は何をしたんだ？　金をとったのか」

「違う、レイゲン。きみが襲った女性たちをレイプしたんだ」

「その女が女性たちをレイプした？　アーサー、どうやって女が女をレイプするんだ？」

「レイゲン、レズビアンのことを聞いたことはないのか」

「そうか」レイゲンは言った。「だが、レズビアンはどうやってほかの女をレイプするんだね」

「だからきみが非難されたんだ。男のひとりがスポットに出たとき、そのうち何人かは肉体的にセックスをする能力がある。われわれふたりとも知ってるとおり、わたしは禁欲するようにと規則を定めたがね。彼女はきみの身体を使ったんだ」

「そのあばずれがやったことなのに、いままでおれがレイプしたと責められていたのか」

「そうだ、だが彼女と話して、説明を聞いてくれないか」

「レイプがどうのってのは、そういうことだったのか。その女を殺してやる」

「レイゲン、理性的になれよ」

「理性的だと？」

「アダラナ、レイゲンに会ってくれ。レイゲンはわれわれの保護者だから、何が起こったのか知る権利がある。きみは彼に説明して、自分の行動を釈明《しゃくめい》しなければいけないよ」

やさしい、デリケートな声が心のなかで、彼方《かなた》の闇から聞こえてくるようにこだました。幻覚か、夢のなかの声に似ていた。「レイゲン、迷惑をかけてごめんなさい……」

「ごめんなさい、だと！」レイゲンはうなるように言い、歩きまわった。「この薄汚いあばずれ女。なんだって女たちをレイプしてまわるんだ。おまえのおかげで、おれたちがどんな目にあったか、わかってんのか」

レイゲンはさっと背を向け、スポットを離れた。突然、部屋に女性の泣き声がひびいた。ヘレン・イェーガー看護婦の顔が覗き穴に現われた。「どうかしたの、ビリー」

「とっとと行ってくれ！」アーサーが言った。「わたしたちをほっといてくれ！」

イェーガー看護婦は、アーサーにそっけなくあしらわれて動揺し、立ち去った。彼女がいってしまうと、アダラナは自分の行動を説明しようとした。「わかってちょうだい、レイゲン。あたしとあなたたちじゃ、必要なものが違うのよ」

「いったい、なんだってあんたは女とセックスするんだ。あんたは女じゃないか」

「あなたたち男性にはわからないのよ。子供たちは愛が何か、思いやりが何か知ってるわ。腕を誰かにまわして、『愛してる、あなたがいとしい、あなたのために心が揺れる』と言うのがどういうことなのか、知ってるのよ」

「口をはさませてもらうよ」アーサーが言った。「だが、わたしは肉体的な愛は非論理的で、時代錯誤だと感じてきた。科学におけるごく最近の進歩を考えると……」

やかになった。「ふたりともおかしいわよ！」彼女の声はまた穏やかになった。「抱きしめられて、大事にされるのがどんなものか経験すれば、あなたたちにもわかるでしょうよ」

「いいか、あばずれ！」レイゲンがそっけなく言った。「あんたが誰で何をしていようが、おれの知ったことじゃない。この病棟の誰かとしゃべったら――ほかの誰とでもだ――そしたら、おれはあんたを殺す」

「ちょっと待ってくれ」アーサーが言った。「ハーディング病院では、きみがそういう決断を下してはいけないんだ。ここではわたしが管理する。わたしの言うとおりにしてもらおう」

「この女があんたたわごとを言っても、ほうっておくってのか」

「とんでもない。わたしがなんとかする。だが、彼女にスポットに出てはいけないと命じるのは、きみじゃない。そのことでは、きみは口だしできないんだ。きみが間抜けだったばかりに、彼女に時間を盗まれたんだ。自分で抑制できなかったからいけないんだ。くだらないウォッカとマリファナとアンフェタミンのせいで無防備になって、ビリーやほかのみんなの命を危険にさらしたんだぞ。たしかに、やったのはアダラナだ。だが、きみに責任がある。きみは保護者だからだ。きみが無防備になると、きみだけじゃなくほかのみんなが危険にさらされるんだぞ」

レイゲンは何か言いかけたが、思いなおした。窓敷居に鉢植えを見つけると、腕を振り、床に叩き落とした。

「それはさておき」アーサーはつづけた。「アダラナを今後、『好ましくない者』に分類するのは賛成だ。アダラナ、きみは二度とスポットに出てはいけない。もう時間を盗むことはできない」

アダラナは隅にいって、壁に向かい、嘆きの声をあげると、スポットから出ていった。

長い沈黙がつづき、やがてデイヴィッドがあらわれて、目の涙をぬぐった。床に落ちて壊れている植木鉢の植物をじっと見つめた。きっと枯れてしまう。根がむきだしになってそこにころがっているのを見るのは辛《つら》かった。しおれていくのが感じられた。

イェーガー看護婦が、食べ物をのせたトレイを持ってもどってきた。「ほんとにだいじょうぶ？」

デイヴィッドはひるんだ。「この植物を殺した罪で、ぼくは牢屋に入れられるの？」

イェーガー看護婦はトレイをおき、安心させるように手をデイヴィッドの肩にまわした。

「いいえ、ビリー。誰もあなたを牢屋に入れないわ。わたしたちがあなたの面倒をみて、治してあげるわ」

ドクター・ジョージはあわただしいスケジュールから時間をさいて、五月八日の月曜日、アトランタでひらかれるアメリカ精神医学会の会合に出席した。前の週の金曜日にミリガンに会い、留守のあいだ、心理学部の部長、ドクター・マーリーン・コーカンが集中治療を行なう手配をしておいた。

マーリーン・コーカンはニューヨーカーで、ハーディング病院では、最初から多重人格という診断に疑問を抱《いだ》いていたひとりだった。もっとも、その疑惑を人前で口にしたことはなかった。ある日の午後、彼女が自分のオフィスでアレンと話をしていると、ドナ・イーガー看護婦が挨拶した。「ハイ、マーリーン。どう調子は？」

アレンはさっと振り向き、だしぬけに言った。「マーリーンはトミーのガールフレンドの名前だ」

その瞬間、この言葉が心のなかで考える暇もなく、とっさに口にされたのを見てとり、ドクター・コーカンは彼が芝居をしているのではないと思った。

「それはわたしのファースト・ネームなのよ」ドクター・コーカンは言った。「トミーのガールフレンドだと言ったわね」

「そうだよ、彼女はトミーだと知らないけど。彼女はぼくたちみんなをビリーと呼ぶんだ。だけど、彼女に婚約指輪をあげたのはトミーだ。彼女は秘密を知らないけどね」

ドクター・コーカンは考えこんで、言った。「彼女が知ったら、たいへんなショックを受けるでしょうね」

アメリカ精神医学会の会合で、ドクター・ハーディングはドクター・コーネリア・ウィルバーに、ミリガンの進歩の状況を伝えた。ミリガンが多重人格であることを、いまは完全に信じている、と彼女に話した。そして、ミリガンがほかの患者のまえで多重人格について認めようとしないので、問題が生じていると言った。

「ドクター・パグリーズの集団療法で、そのために、彼とほかの患者との関係がまずくなりました。自分の問題を打ち明けるようにと求められると、彼はこう言います、『ぼくの医者にそのことを話してはいけないって言われたんだ』と。ほかの患者がどう思うか想像してください。しかも、療法士の真似ごとをしようとする傾向があるんですからね。彼はグループから閉め出されました」

「理解していただきたいんです」ウィルバーは言った。「別人格たちは、認められないと、どう感じるか。たしかに、基本人格の名前を呼ばれて、応えるのは慣れているでしょうが、一度自分たちの存在が明らかになったのに自分の名前が呼ばれないと、自分たちが望まれていないと感じるのです」

ドクター・ジョージはそのことを考え、ウィルバーに、残された短い時間にミリガンを治療しようという考えをどう思うかと尋ねた。

「裁判所に、少なくともさらに九十日の延長を願い出るべきだと思います」ウィルバーは言った。「それから、彼が弁護士に協力して公判に出られるように、人格たちの統合にとりかかるべきだと思います」

「オハイオ州はいまから二週間先の五月二十六日に、司法精神医学者をよこして、彼を検査させる予定です。病院にいらして、相談に乗っていただけないものでしょうかね。あなたの助力をいただければありがたい」

ウィルバーは病院へ行くことに同意した。

アメリカ精神医学会の会合は金曜日までつづく予定だったが、ドクター・ジョージは水曜日にアトランタを離れた。翌日、ウェイクフィールドでチームのミーティングをひらき、スタッフに、ドクター・ウィルバーと話しあった結果、別人格たちを認めないという方針は治療法として好ましくないという結論に達した、と伝えた。

「多重人格を無視すれば、たぶん、彼らがひとつにまとまると思ったのだが、彼らは隠れただけだった。責任と義務の必要は強調しなければならないにしても、さまざまな人格を抑えこむのは避けなければならない」

公判に出席させるために、ビリーのさまざまな人格を統合する希望があるとすれば、そのためには、あらゆる人格を認め、個人として扱わなければならない、とドクター・ジョージは指摘した。

ロザリー・ドレイクはほっとした。これまで、こっそりと、人格たち、とくにダニーにはひとりの個人として接してきたのだ。いまだに多重人格を信じない者が数人いるからといって、多くの人格が存在しないふりをするより、おおっぴらに認めたほうが、誰にとってもやりやすくなるだろう。

ドナ・イーガーは笑みを浮かべながら、一九七八年五月十二日の看護目標用紙に、新しい計画について記入した。

ミリガン氏は、ほかの人格たちについて自由に言及し、これまで説明しにくかった感情について話しあえるだろう。きっと、スタッフと率直に話しあえるはずだ。

計画(A)彼が人格の解離を経験していることを否定しない。

(B)彼がべつの人格だと信じているときは、そのまま受け入れ、彼の感情を聞きだす。

4

五月中旬に、ミニ・グループが庭で作業をはじめると、ロザリー・ドレイクとニック・チコは、ダニーが手動のロトティラー耕耘機《こううんき》に怯《おび》えていることを知った。ふたりは脱条件付けプログラムを開始し、ダニーに機械にどんどん近づくように言った。そのうちに怖くなくなり、自分で動かせるようになる、とニックが言うと、ダニーは気を失いそうになった。

数日後、ロザリーのべつの男性患者が、庭での作業プロジェクトに協力を拒《こば》んだ。アレンはその患者がいつもロザリーにいちゃもんをつけているのに気づいていた。

「こんなのバカげている」その患者はわめいた。「あんたが庭仕事なんか何も知らないってことははっきりしてるんだ」

「でも、ためしにやってみればいいのよ」ロザリーは答えた。

「あんたはくそったれのバカ女だ」患者は言った。「集団療法のやりかたも知ってないが、園芸のことなんか、何ひとつ知らないじゃないか」

アレンは彼女が泣きそうになるのを見たが、何も言わなかった。ダニーを出して、しばらくニックと作業をさせた。あとで部屋へもどると、アレンはスポットに出ようとしたが、後ろに引きずられ、壁に叩きつけられた。こんなことができるのはレイゲンだけだし、それも人格の交代直前に限られている。

「何だ。なんでこんなことを?」アレンはささやいた。

「けさ庭で、あんたはあのでかい口をきくやつが、女性を傷つけるのを見過ごしにしたな」

「だって、ぼくの責任じゃないさ」

「あんたはルールを知ってるだろう。女性や子供が傷つけられたりいじめられたりするのを、手をこまねいて見ていてはいけないんだぞ」

「じゃあ、あんたが何かすればよかったじゃないか」

「おれはスポットにいなかった。あんたの責任だ。忘れるなよ、さもなきゃ、この次スポットに出るとき、その首をねじ切ってやるぞ」

翌日、喧嘩腰の患者がまたロザリーを侮辱《ぶじょく》すると、アレンはその男の襟《えり》をつかみ、狂暴な目つきでにらみすえた。「口に気をつけろ！」

こいつが刃向かってこなければいい、とアレンは思った。もし向かってくるようなら、スポットを離れ、喧嘩はレイゲンにまかせよう。そうするしかない。

ロザリー・ドレイクは絶えずミリガンをかばわなければならなかった。病院には彼が刑を免《まぬが》れるために芝居をしているとみなす者がいたし、アレンが特典を要求してスタッフを困らせることや、アーサーの傲慢《ごうまん》さ、トミーの反社会的な態度に反発する者がいた。数人の看護婦が、ドクター・ジョージの大事な患者のために病院の施設も時間もかけすぎるとこぼしているのを聞くと、ロザリーは腹をたてた。嘲笑《あざわら》うような口調で、「あの連中はレイプの被害者より加害者のほうを気にかけてるみたいだな」という言葉が繰り返されるのを聞くたびにひるんだ。精神障害の患者を助けようとするときは、復讐心を捨て、個人として扱わなければならない、と彼女は何度も言った。

ある朝ロザリーは、ビリー・ミリガンがウェイクフィールド・コテージの外の石段に坐り、唇を動かし、自分に話しかけているのを見まもった。変化があらわれた。ミリガンは顔をあげ、ぎょっとしたようすで首を振り、頬に手を触れた。

そのとき、ミリガンは蝶に気づき、手を伸ばしてつかまえた。カップの形にした手のすき間からのぞき、泣き声をあげてぱっと立ちあがった。ひらいたてのひらを、蝶がまた飛びたつのを助けようとするように、さっと上にあげた。蝶は地面に落ちた。ミリガンは悲しそうに蝶を見つめた。

ロザリーが近づくと、ミリガンは振り向いた。あきらかに怯えたようすで、目に涙を浮かべていた。なぜだかわからなかったが、ロザリーはこれがいままでに会っていないべつの人格だと感じた。

ミリガンは蝶をとりあげた。「もう飛ばないんだ」

ロザリーはやさしく微笑みかけ、彼の正しい名前で呼びかけたものかどうか迷った。とうとう彼女はささやきかけた。「こんにちは、ビリー。あなたに会える日をずっと待っていたのよ」

ロザリーは石段の彼の横に坐った。ビリーは膝を抱きかかえ、畏怖《いふ》の目で草や樹々や空を見ていた。

数日後、ミニ・グループが粘土で作業しているとき、アーサーはビリーがまたスポットに出ることを許した。ニックに頭部をつくるように励《はげ》まされ、ビリーはほぼ一時間かけ、粘土をこねてまるめ、目と鼻をつくり、虹彩《こうさい》のつもりで、ふたつの小さな粘土の粒を目に入れた。

「顔をつくったよ」ビリーは誇らしげに言った。

「よくできたね」ニックは言った。「誰の顔なんだい」

「誰かの顔でなくちゃいけないの？」

「そうじゃない。だけど、誰かの顔かもしれないと思ったんだ」

ビリーは目をそむけ、アレンがスポットに出て、粘土の顔をバカにしたように見た——それはまるめた粘土の粒が押しこまれただけの、灰色のかたまりにすぎなかった。アレンは模型づくり用の道具を手にとり、つくりなおそうとした。アブラハム・リンカーンかドクター・ジョージの胸像をつくって、本物の彫刻がどんなものか、ニックに見せるつもりだった。

粘土の顔に近づくと、道具が手からすべり落ち、腕に刺さって血が流れた。アレンはあんぐり口をあけた。自分がそれほど不器用でないことはわかっていた。次の瞬間、壁に投げつけられるのを感じた。ちくしょう。またレイゲンだ。

「ぼくが何をしたっていうんだ」アレンはささやき声で訊いた。

答えが頭のなかでこだました。「ビリーの作品に触るんじゃない」

「くそっ。ぼくはただ……」

「あんたは見せびらかそうとしたんだ。自分が才能に恵まれた芸術家だってことを示そうとした。だが、いまはビリーがセラピーを受けるほうがもっと大事なんだぞ」

その夜、部屋でひとりになると、アレンはレイゲンにこづきまわされるのはもううんざりだとアーサーに文句を言った。「あいつがそれほど小うるさくするんなら、あいつかほかの誰かにやらせればいい」

「きみは理屈ばかりこねる」アーサーは言った。「喧嘩の種《たね》をつくりだす。きみのせいで、ドクター・パグリーズはぼくたちを集団療法からはずしたんだぞ。きみがうまく操ろうとするから、ウェイクフィールドのスタッフの多くに敵意を持たれるようになったんだ」

「それじゃあ、誰かほかの者にやらせればいい。あまりしゃべらないやつを出せ。ビリーと子供たちは治療が必要だ。彼らがスタッフやほかの患者と接すればいい」

「ビリーをもっとスポットに出すつもりだ」アーサーは言った。「ドクター・ジョージに会ったあとで、ビリーはわれわれとも会ったほうがいいだろう」

5

五月二十四日水曜日、ドクター・ジョージは面接室に入ってきたミリガンの目に、怯えて絶望的になった表情を見てとった。いまにも逃げだすか、気を失ってしまいそうだった。ミリガンは床をじっと見つめ、ドクター・ジョージは、ミリガンをいまここに繋《つな》ぎとめているのはかぼそい糸にすぎないのだと感じた。ふたりはしばらく黙って坐っていた。ビリーの膝が神経質に震えた。ドクター・ジョージは低い声で言った。「けさここへやってきて、わたしと話すことになって、どんな気持ちがするか、すこしでいいから教えてくれないかな」

「わからないんです」ビリーの声は鼻にかかり、哀れっぽかった。

「ここにきて、わたしと会うことを知らなかったのかね。いつスポットに出たの?」

ビリーはまごついたようだった。「スポット?」

「きみとわたしが話をする予定だってことがわかったのはいつなのかい?」

「あの男の人がやってきて、一緒についてこいって言ったときです」

「何が起こると思ったんだね」

「ぼくは医者に会うんだって男の人が言いました。なぜ医者に会うのかわからなかったけど」ビリーの膝がとめどなくがくがく震えた。

ドクター・ジョージはときおり胸苦しい沈黙をはさみながらも、ゆっくりと会話をつづけ、これこそ基本人格のビリーに違いないとにらんだ相手と信頼関係をつくろうと努力した。釣人が糸を切るまいと気を配《くば》りながら釣り竿を扱うように、ドクター・ジョージは慎重にささやき声で訊いた。「気分はどうだい」

「いいです。と思うけど」

「きみはどんな問題をかかえているんだね」

「あのう……ぼく、何かをやっても、それを思い出せないんです……ぼくは眠って……みんなが、ぼくが何かしたと言うんです」

「どういうことをしたとみんなは言うんだい」

「悪いことです……犯罪です」

「自分がしようと思うようなことかな。わたしたちはいろんなときに、いろんなことをしようと思うものだよ」

「ぼくが目を覚ますと、そのたびに誰かが、ぼくは悪いことをしたと言うんです」

「悪いことをしたと言われると、きみはどう思うの？」

「ただ死にたくなります……誰もひどい目にあわせたくないから」

彼がひどく震えるので、ドクター・ジョージはすばやく話題を変えた。「眠るって言ったね。どのくらい眠るのかい?」

「長いあいだとは思えないけど、でも長いんです。いろんなことを聞きます……誰かがぼくに話しかけようとするんです」

「何を言おうとするのかな」

「よくわかりません」

「ささやき声だから? 喉にこもったような声だから? それとも不明瞭で、言葉がはっきりしないから?」

「とっても静かで……どこかほかの場所から聞こえてくるみたいです」

「ほかの部屋か、ほかの国から聞こえてくるような感じかな」

「ええ」ビリーは言った。「ほかの国から聞こえてくるみたいです」

「どこの国かな」

長いあいだ黙って記憶をさぐってから、ビリーは言った。「ジェイムズ・ボンド映画に出てくる人たちみたいに聞こえます。それにロシア人みたいな声も。あの女の人がぼくのなかにいると言ってた人たちの声ですか」

「そうかもしれない」ドクター・ジョージは聞きとれそうもないような低いささやき声で言い、ビリーのぎょっとした顔を見て心配になった。

ビリーの声が悲鳴のように甲高くなった。「その人たちは、ぼくのなかで何をしているんですか」

「その人たちはきみに何と言ってるんだね。それがわかると、理解しやすくなるかもしれない。彼らはきみに指図したり、指導したり、助言したりするのかい」

「こう言いつづけてるみたいです。『彼の言うことを聞け、彼の言うことを聞け』」

「『彼』って、誰のことだろう。わたしかな?」

「そうだと思います」

「わたしがいないとき、きみがひとりだけのときも、その人たちが話しかけるのが聞こえるのかい?」

ビリーはため息をついた。「ぼくのことを話してるみたいです、ほかの人たちと」

「きみを守ろうとしているの? ほかの人たちときみのことを話して、きみを保護しようとしてるみたいなのかい?」

「ぼくを眠らせようとしてるんだと思います」

「いつきみを眠らせようとするんだね」

「ぼくが動転したとき」

「動転して気持ちを鎮められないとき、そのことを感じるのかい? 人間が眠ろうとするのは、それも理由のひとつなんだよ。自分の気持ちを乱すものから逃れようとするんだ。いまは充分に強くなったので、それほどみんなに保護されなくてもよくなったって感じるかい？」

「誰なんですか、あの人たちは？」ビリーは大声をあげた。ぞっとしたように、声がまた高くなった。「あの人たちは誰なの？　どうしてぼくを起こしておいてくれないんですか」

ドクター・ジョージはまた話題を変える必要を感じた。「きみにとって、いちばんつらいのは何だい？」

「誰かがぼくを傷つけようとすることです」

「それで怖くなるの？」

「眠ってしまうんです」

「それでも傷つくだろう」ドクター・ジョージは重ねて言った。「きみが知らなくても」

ビリーはがくがくする膝に両手をのせた。「でも、眠っていれば、ぼくは傷つかない」

「それからどうなるんだね」

「わかりません……目が覚めると、傷ついてないんです」長いあいだ黙りこくっていたが、また目をあげて訊いた。「誰も教えてくれないけど、あの人たちはなぜここにいるんですか」

「きみに話しかけてくる人たちのことかい？」

「ええ」

「きみがいま話してくれたことのためだと思うよ。危険からどうやって自分の身を守ればいいのかわからないとき、きみのほかの一部が、きみが傷つかないような方法を考えだすんだ」

「ぼくのほかの一部?」

ドクター・ジョージはにっこりして、うなずき、ビリーの反応を待った。ビリーの声は震えていた。「どうしてぼくは、ほかの一部のことを知らないんですか」

「きみの心のなかに大きな恐れがあるからに違いないね」ドクター・ジョージは言った。「きみが身を守るのに必要な行動をとろうとすると、それが邪魔をするんだ。きみには怖すぎることとなんだろうな。だから、きみはほかの一部が協力して行動を起こせるように眠ってしまうんだろう」

ビリーはそのことを考えているらしかったが、やがて顔をあげ、理解しようと懸命に努力しているようすで尋ねた。「どうしてぼくはそんなふうになってるんですか」

「きみがとても小さいときに、ひどく怖いことがあったに違いない」

長い沈黙がつづき、やがてビリーは泣きだした。「そのことは考えたくない。つらいんです」

「だけど、きみが尋ねたんだよ、自分が傷つきそうになると眠ってしまうのはなぜかって」

ビリーはまわりを見まわし、喉《のど》がつまったような声で訊いた。「ぼくはどうしてこの病院にいるんですか」

「ミセス・ターナーと、ドクター・キャロリンとドクター・ウィルバーが、きみはこの病院へくれば眠らなくてもすむだろうと考えたんだ。きみがいろんな問題や、怖い経験に立ち向かう方法を学べるだろうし、実際に立ち向かえるようになると思ったんだよ」

「そんなこと、先生たちにできるんですか」ビリーはすすり泣いた。

「わたしたちは喜んで手伝うよ。きみもそうしたいだろう？」

ビリーの声はまた悲鳴のように甲高くなった。「あの人たちを、ぼくの心から追いだせるんですか」

ドクター・ジョージは椅子の背にもたれた。空約束《から》をしないように、慎重になる必要があった。「わたしたちは喜んできみを助けるから、きみは眠らなくてもすむようになる。そうすればきみのべつの一部に手伝ってもらって、強くて健康になれるよ」

「もう声を聞かなくてすむんですか。あの人たちは、もうぼくを眠らせることができなくなるんですか」

ドクター・ジョージは慎重に言葉を選んだ。「きみが強くなれば、眠らせる必要はなくなるんだ」

「助けてくれる人がいると思いませんでした。ぼく……ぼく、知らなかった……いつでも向きを変えて、目覚めると……部屋に閉じこめられていて……箱にもどっていて……」喉《のど》がつまり、目が恐怖に怯《おび》えてきょときょと動いた。

「それは怖いだろうね」ドクター・ジョージはビリーを慰めようとした。「さぞ怖いだろう」

「ぼくはいつも箱に入れられた」ビリーの声が高くなった。「あいつはぼくがここにいることを知ってるんですか」

「誰？」

「父さんです」

「お父さんのことは知らない。きみがここにいることを知ってるのかどうか、わからないね」

「ぼく……ぼく、何もしゃべらないことになってるんです。先生と話してることを知られたら……あいつは……たいへんだ……あいつはぼくを殺す……そして納屋《なや》に埋める……」

ビリーはすくみ、見るも恐ろしい苦悶の表情を顔に浮かべ、やがて下を向いた。釣り糸が切れたのだ。ビリーはいってしまった。

アレンの穏やかな声がした。「ビリーは眠ってる。アーサーはビリーを眠らせようともしなかった。ビリーは自分で眠った、また思い出しはじめたからです」

「ああいうことを話すのはつらいんだろうね」

「何を話してたんですか」

「チャーマーのことだ」

「ははあ、なるほど、それなら……」ビデオ・レコーダーを見あげた。「この機械は何のためについてるんですか」

「ビリーにビデオを撮りたいと話した。彼に説明したんだ。彼はオーケイだと言った。なんでいまきみが出てきたんだね」

「アーサーにスポットに出るように言われたんです。先生があんなことを思い出させたので、ビリーは怯えたんでしょう。ビリーはここで罠に落ちたような気がしてるんです」

ドクター・ジョージはビリーと何を話していたのか説明しようとしたが、ふいに思いついた。「ここで、きみとアーサーのふたりと話ができないかな。何が起こったか、三人で一緒に話すんだ」

「なるほど。アーサーに訊いてみます」

「ビリーがいまは強くなっていて、自殺したがらないかどうか、いろんなことに対処できるかどうか、きみにも尋ねたいし、アーサーの意見も聞きたい」

「自殺したがっていませんよ」

声がした。柔らかいが明瞭な、イギリス上流階級のアクセントを聞けば、アーサーが出てきて自分で話すことにしたのだとわかる。ドクター・ジョージは拘置所でドクター・ウィルバーをはじめとする人々の面接があった日曜日の朝いらい、アーサーに会っていなかった。落ち着きはらって驚きを見せまいとしながら、ドクター・ジョージは会話をつづけた。「だが、ビリーには、いまでも慎重に気をつかって話す必要があるのかね？　まだ、神経過敏なのかい」

「そうです」アーサーは両手の指先を合わせて言った。「すぐに怯えます。ひどい妄想症なんです」

ドクター・ジョージは、自分としてはさしあたりチャーマーについて話すつもりはなかったが、ビリーのほうが話さずにいられなかったようだ、と指摘した。

「先生は過去の記憶にふれたんです」アーサーは注意深く言葉を選んで言った。「チャーマーのことが最初にビリーの心に浮かんだのでしょう。それ以外の恐怖も大きくて、だから眠ってしまったのでしょう。わたしには手のほどこしようがありません。わたしはビリーが目覚めるままにしておいたんですが、彼は出てきて……」

「きみはビリーが起きているときに言ったことは全部知っているのかね」

「部分的に。それにいつもとはかぎりません。ビリーが何を考えているのか、必ずしもわからないので。でもビリーが考えているときは、恐怖を感じとります。何らかの理由から、ビリーはわたしが話しかけることを、はっきりとは聞きとれないんです。だけど、われわれが彼を眠らせる時があること、自分で眠りにつけることは知っているようです」

ドクター・ジョージとアーサーは、ほかの数人の人格について背景を検討し、アーサーは記憶をたどりはじめたが、ふいに口をつぐみ、首をかしげて、話し合いを打ち切った。

「ドアのところに誰かがいる」そう言うと、アーサーはいってしまった。

それはサイキ・テクのジェフ・ジャーナタだった。さきほどジェフは十二時十五分前にもどってくると言っていたのだった。

アーサーがジェフと一緒にウェイクフィールド・コテージへもどらせたのはトミーだった。

翌日、つまりドクター・ウィルバーの訪問の二日前、ドクター・ジョージは患者の膝ががくがくするのを見て、セラピーにやってきたのが、また基本人格のビリーであることを知った。ビリーはアーサーとレイゲンという名前を聞いていて、彼らが誰なのか知りたがった。

話してもいいだろうか、とドクター・ジョージは迷った。真実を知ったビリーが自殺する恐ろしい光景が目に浮かぶ。ボルティモアで開業している知人が診《み》ていた患者は、自分が多重人格者だと知ると、刑務所で首を吊った。ドクター・ジョージは深呼吸をすると、話すことにした。「ジェイムズ・ボンド映画みたいな声はアーサーだ。アーサーはきみの名前のひとつだよ」

膝の震えがとまった。ビリーは目を大きく見ひらいた。

「アーサーはきみの一部だ。アーサーに会いたいかい」

ビリーは震えだした。膝の震えが激しいので、自分でも気づき、手をのせて抑えようとした。「いやだ。ぼくは眠りたくなっちゃう」

「ビリー。きみが本気で頑張れば、アーサーが出てきて話すあいだ、起きていられると思うよ。アーサーが言うことを聞けるし、そうすればきみの問題が何なのか、理解できるだろう」

「ぞっとするよ」

「わたしを信頼してくれるかね」

ビリーはうなずいた。

「よろしい。きみがそこに坐っているあいだに、アーサーがスポットに出てきて、わたしと話をする。きみは眠らない。アーサーが言うことを全部聞いて、憶えている。ほかの者たちがしているようにね。きみはスポットを離れるが、意識はあるんだ」

「『スポット』って何ですか。この前も先生はその言葉を口にしたけど、何のことだか教えてくれませんでした」

「きみの心のなかにいる人たちが、外の世界に出てくるとき起こることを、アーサーが『スポット』という言葉で説明しているんだ。大きなスポットライトみたいなもので、そこに入る者は意識を持つんだ。目を閉じてごらん、きみにも見えるよ」

ビリーは目を閉じ、ドクター・ジョージは息をつめた。

「見える！　まるで暗いステージにいて、スポットライトを浴びてるみたいだ」

「じゃあ、いいかい、ビリー。ちょっと横に寄って、ライトの外に出てくれないか。きっとアーサーが出てきて、わたしたちと話をしてくれるよ」

「ライトの外に出ましたよ」ビリーは言った。膝はもう震えなかった。

「アーサー、ビリーが話したがっている」ドクター・ジョージは言った。「邪魔して申し訳ない。呼びだして悪いが、ビリーのセラピーのために、ビリーがきみとほかの人たちについて知ることが大事なんだ」

ドクター・ジョージはてのひらがじっとり汗ばむのを感じた。患者の目がひらき、ビリーの暗いまなざしが、アーサーのまぶたの重たげな尊大な視線に変わった。そして、前日と同じ、歯切れのいいイギリス上流階級のアクセントが聞こえた。顎が固く引き締まり、唇はほとんど動いていない。

「ウィリアム、わたしはアーサーだ。ここは安全な場所で、ここにいる人たちはきみを助けようとしていることをわかってほしい」

たちまちビリーの顔の表情が変わり、目が大きくひらいた。ぎくりとしてまわりを見まわし、尋ねた。「どうしてぼくはこれまできみのことを知らなかったんだろう」

アーサーが交代した。「きみの心がまえができるまで、知らせるのはよくないとわたしが判断したのだ。きみは自殺したがっていた。きみに秘密を話す時期がくるのを待たなければならなかった」

アーサーがビリーに十分近く話しかけるあいだ、ドクター・ジョージは畏怖《いふ》の念に打たれながらも喜んで見まもり、耳を傾けた。アーサーはレイゲンやほかの八人について語り、ドクター・ジョージの仕事は人格をぜんぶまとめて、彼をひとりの完全な人間にすることだと説明した。

「先生にそれができるんですか」ビリーはドクター・ジョージのほうを向いて尋ねた。

「わたしたちはそれを統合と呼んでいるんだ、ビリー。ゆっくりとやるつもりだ。最初はアレンとトミーだ。ふたりには共通した部分が大きいからね。それからダニーとディヴィッドだ。ふたりともセラピーを大いに必要としている。それから、ほかの人格をひとりずつ融合させて、きみをまた完全な人間にする」

「どうしてぼくと統合しなけりゃいけないんです。どうしてほかの人格を追い払うわけにいかないんですか」

ドクター・ジョージは両手の指先を合わせた。「ほかの医者が、きみのような病状の患者に、それをやってみたんだ、ビリー。効果がなかった。きみがよくなるためには、きみ自身のいろいろな側面をすべてまとめなければならない。最初はたがいに意思を伝えあい、それからおたがいにしていることを憶えていて、記憶喪失をなくす。それは共在意識と呼ばれている。最後にさまざまな人々を一緒にする。それが統合だ」

「いつやるんですか」

「あさって、ドクター・ウィルバーがきみに会いにくるから、わたしたちはきみの治療に協力している病院のスタッフに説明して、話しあう。こうした症状を経験したことのないスタッフのためにビデオを見せる。きみのことをもっと理解させるためだ。そうすればきみを助けられるようになるからね」

ビリーはうなずいた。やがて、注意が内面に向き、目が大きくひらいた。数回うなずくと、仰天したようにドクター・ジョージを見あげた。

「どうしたんだね、ビリー」

「アーサーが、ぼくに会いにミーティングにくる人たちを承認すると先生に伝えてくれって、言ってます」

6

ハーディング病院は興奮でわきかえっていた。ドクター・コーネリア・ウィルバーは一九五五年にここで講義をしたことがあるが、今回はそれとは状況が違った。いまは悪名高い患者がいる。精神病院で一日二十四時間の監視が必要な、病院創設いらいはじめての多重人格者だ。多重人格という診断に、病院のスタッフの考えはいまだに分裂したままだったが、誰もがドクター・ウィルバーがビリー・ミリガンについて話すのを聞きたいと思った。

ウェイクフィールドのスタッフは、十人か十五人の出席を見込んでいたが、本部ビルの地下にある部屋には百人近くがあつまった。医者や病院の理事たちは、妻を同伴していた。病院のほかの部門のスタッフが——ミリガンの治療とはまったく関係なかったが——部屋の後ろにひしめき、床に坐り、壁に張りつき、近くのラウンジに立っていた。

ドクター・ジョージは聴衆に、自分とドロシー・ターナーが異なる人格と話しあっている最近のビデオを見せた。アーサーとレイゲンは興味をかきたてた。ウェイクフィールドの外部のスタッフは、彼らを見たことがなかったのだ。ドロシー・ターナー以外には誰も会ったことのないアダラナは、驚きと嘲笑《ちょうしょう》を招いた。だが、基本人格のビリーがビデオのモニターに登場すると、聴衆は心を奪われ、部屋は静まりかえった。ビリーが、「あの人たちは誰なの？　どうしてぼくを起こしておいてくれないんですか」と叫んだとき、ロザリー・ドレイクはほかの人々と同様、懸命に涙をこらえた。

ビデオが終わると、ドクター・ウィルバーはビリーを部屋に入れ、ざっと話を聞いた。

アーサー、レイゲン、ダニー、デイヴィッドと話した。彼らは質問に答えたが、ロザリーは彼らが動転しているのを見てとった。そのセッションが終わってから、ロザリーはざわざわした会話に聞き耳をたて、ウェイクフィールドのスタッフ全員が不満を持っていることに気づいた。エイドリアン・マッキャン看護婦とローラ・フィッシャー看護婦は、またしてもミリガンは自分が特別だという意識を持たされ、脚光を浴びることになったと文句を言った。ロザリー、ニック・チコ、ドナ・イーガーは、ビリーが人目にさらされたので憤慨した。

ドクター・ウィルバーの訪問のあと、セラピーの方針がまた変わり、ドクター・ジョージは人格の統合に注意を集中した。

ドクター・マーリーン・コーカンは、定期的にセラピーを行ない、人格たちに虐待や苦しみの記憶を蘇《よみがえ》らせ、それについて考えさせ、八歳のときに主な分裂を引き起こした苦悩を再度体験させた。

ドクター・コーカンは統合計画に反対だった。ドクター・ウィルバーがシビルの人格の統合に成功したのはわかっているし、ほかの状況では正しい方法かもしれないと言った。だが、レイゲンがほかの人格と統合され、そのあとミリガンが刑務所に送られたらどうなるかを考えなければならない。敵意のある環境で、ミリガンは身を守るすべがなく、唯一の防御法がなくなってしまえば、殺されるかもしれない。

「彼は以前も刑務所で生きぬいた」と誰かが言った。

「ええ、でもレイゲンがいて、彼を守ったのよ。また敵意のある男にレイプされたら――そういうことが刑務所でよく起こるけれど――彼は自殺するかもしれないわ」

「ミリガンを統合するのは、わたしたちの仕事だ」ドクター・ジョージ・ハーディングは言った。「裁判所からその責任をまかされた」

基本人格のビリーは、心のなかのほかの人々と応答し、彼らの存在を認め、彼らを知るようにとすすめられた。絶えず暗示をかけることによって、ビリーはスポットにいられる時間がどんどん長くなった。統合は段階をおってなされる予定だった。まず、似ているか、共通した素質のある人格を、ふたりずつ統合し、その結果生まれた新たな人格を、強い暗示によってさらに統合し、最後には全員を基本人格のビリーのなかに溶けこませる。

アレンとトミーはいちばん似ているので、彼らをまず統合することになった。何時間もかけてドクター・ジョージとの話し合いと分析がつづき、アレンの報告によれば、心のなかでも、さらに何時間もかけてアーサーとレイゲンとの話し合いがつづいた。アレンとトミーは統合のために、ドクター・ジョージに熱心に協力したが、アレンが怖れていないものをトミーが怖れているので、これは難しかった。たとえばアレンは野球が好きだが、トミーは小さいときに二塁を守り、失敗して殴られた経験があるため、プレーするのを怖がるようになっていた。ドクター・ジョージはニック・チコとアレンとほかの人格たちに、トミーを助けるために、彼の恐怖について話しあい、励《はげ》まして野球をさせるようにと提案した。芸術療法は、油絵も含めて、引き続き行なわれる予定だった。

アレンによると、子供たちは統合という概念が理解できないので、アーサーがたとえを使って説明したということだった。アーサーは子供たちが知っているクール・エイドにたとえた。クール・エイドのパウダーは、べつべつの独立した結晶からなりたっている。水を足すと、それが溶ける。そのままにしておくと、水は蒸発し、固いかたまりが残る。何も加わらないし、失われもしない。変化しただけだ。

「いまはみんなが理解してます」アレンは言った。「統合はクール・エイドを混ぜ合わせることと同じなんです」

ナン・グレイヴズ看護婦は、六月五日にこう記録した。「ミリガン氏は〈トミー〉と〈アレン〉として、一時間ほど統合されて、『不気味だった』と述べた」

ドナ・イーガーの報告によれば、ミリガンは統合に不安を感じている、ほかの誰かが死んだり、誰かの才能や力が減るのを望まないからだ、ということだった。「でも、ぼくたちはそうならないように頑張ってます」とアレンは彼女に請け合った。

翌日、ゲイリー・シュワイカートとジュディ・スティーヴンスンが訪れ、いい知らせをもってきた。裁判所は、ビリーの観察期間とハーディング病院における治療の延長を認め、統合が完了するまで、さらに最低三ヵ月の猶予《ゆうよ》ができた。

六月十四日水曜日の夜、音楽用の建物で、ロザリー・ドレイクはトミーがドラムを演奏するのを見まもり、耳を傾けた。以前は、ドラムを叩くのはアレンだけだった。統合されたいまの段階では、明らかに、アレンがひとりで叩くほどにはうまくなかった。「アレンの才能を盗んでるみたいな気がする」とトミーはロザリーに言った。

「あなたはまだトミーなの？」

「ふたりが結合してぼくになった。まだ名前がない。それが気になってる」

「でも、ビリーと呼ばれると答えるのね」

「いつだってそうしてきたさ」そう言うと、ドラムでスローなリフを叩いた。

「それをつづけてはいけない理由でもあるの？」

彼は肩をすくめた。「みんなには、そのほうがややこしくないだろうな。いいよ」ドラムを叩いた。「ぼくをビリーと呼べばいいさ」

統合は一度に行なわれたのではなかった。時期も違えば、かける時間も違い、七つの異なる人格が——アーサー、レイゲン、ビリーを除いて——ひとつに統合された。混乱を避けるために、アーサーは統合された人格に「ケニー」という新しい名前をつけた。だが、この名前は定着せず、誰もが彼を元のようにビリーと呼んだ。

夜になってから、べつの患者がミリガンの屑《くず》かごから見つけたというメモをイェーガー看護婦のところへ持ってきた。遺書と思えるメモだった。ミリガンは、ただちに特別な監視下におかれた。イェーガー看護婦の報告によれば、その週はずっと統合と分裂を繰り返していたが、統合されている時間がしだいに長くなるようだった。七月十四日には、ほぼ一日中、統合された状態がつづき、落ち着いていた。

日がたつにつれて、部分的な統合状態がかなりつづいたが、それでも束の間、意識を失い、スポットをコントロールできなくなった。


ジュディとゲイリーは八月二十八日に、また病院の依頼人を訪れ、判事にたいするドクター・ジョージの鑑定書が三週間後に予定されていると言った。ドクター・ジョージがミリガンは統合され、裁判に出られると判断すれば、公判の日取りを決めるのはフラワーズ判事しだいだった。

「裁判について戦略を話しあう必要がありますね」アーサーが言った。「答弁を変えたいんです。レイゲンは三件の強盗についてすすんで有罪を認め、罰を受けるつもりでいますが、レイプに関して有罪を認めるつもりはないんです」

「だが、起訴状の十項目の訴因のうち、四項目にはレイプが含まれている」

「アダラナの話によれば、三人の女性はみな協力的でした」アーサーは言った。「三人とも怪我をしてません。それぞれ、逃げるチャンスがあったんです。それにアダラナが言うには、お金の一部を返したので、保険会社から支払いを受ければ、彼女たちは余分なお金が手に入ることになるそうです」

「それは彼女たちの言い分と違うわ」ジュディが言った。

「どっちを信じるんですか」アーサーは鼻を鳴らした。「彼女たち？　それともわたし？」

「アダラナの話と矛盾するのがひとりだけなら、わたしたちも疑問を抱くわ。だけど、三人は同じことを言ってるのよ。それにあの女性たちはおたがいに知らないし、連絡もとってないのよ」

「三人とも、ほんとうのことを認めたくないのかもしれません」

「実際に何があったか、どうしてあなたにわかるの？」ジュディは尋ねた。「あなたは現場にいなかったじゃないの」

「だが、アダラナがいました」アーサーは答えた。

ジュディもゲイリーも、被害者たちが協力的だったという話は信じなかったが、ふたりともアーサーがアダラナの言い分を話しているのだと気づいていた。

「アダラナと話せるかな」ゲイリーは尋ねた。

アーサーは首を振った。「アダラナは自分の行為のために、永久にスポットから追放されたんです。例外はつくれません」

「じゃあ、悪いが最初の答弁で通すしかない」ゲイリーは言った。「無罪だ、精神異常という理由で無罪ということだ」

アーサーは冷ややかにゲイリーを見ると、唇をほとんど動かさずに言った。「わたしのことで精神異常を申し立てないでください」

「それしか方法がないのよ」ジュディは言った。

「わたしは精神異常じゃないんです」アーサーはなおも言った。「この話はこれで終わりです」

翌日、ジュディとゲイリーは、ウィリアム・S・ミリガンはもはや彼らに弁護を依頼する気はなく、自分で自分の弁護をするつもりだと書かれた、罫線のある黄色い法律用箋《ようせん》を受けとった。

「彼はまたわたしたちを馘《くび》にしたんだ」ゲイリーが言った。「どう思う?」

「これは見なかったことにするわ」ジュディは言うと、それをフォルダーにしまった。

「書類はなくなったり、どこかに置き忘れたりするものよ。わたしたちのみごとなファイリング・システムだと、見つかるまでに六、七カ月かかるかもしれないわ」

それにつづく数日間に、ふたりを解雇するという内容の書簡四通が行方不明になり、弁護士たちが断固として手紙に答えずにいると、アーサーはとうとう二人を馘《くび》にするのをあきらめた。

「精神異常の申立てでうまくいくかしら」ジュディは尋ねた。

ゲイリーはパイプに火をつけて、ふかした。「キャロリン、ターナー、コーカン、ハーディング、それにウィルバーが、ビリーは犯罪時に、オハイオ州での定義によって法的に精神異常だったと証言すれば、可能性は高いね」

「でもあなたが自分で言ったのよ、重大な犯罪で、多重人格者が精神異常という理由で無罪になったことはないって」

「そうか、それじゃあ」ゲイリーはひげにおおわれた口元をほころばせた。「ウィリアム・スタンリー・ミリガンが最初になるな」

7

ドクター・ジョージ・ハーディング・ジュニアは、いまや良心と戦っていた。心のなかでは、ビリーの統合がすでにできたか、まもなくできて、おそらくは裁判に出られることは疑問の余地がなかった。問題はそのことではなかった。ドクター・ジョージは八月の下旬の夜毎《よごと》、目を覚まして横たわったまま、フラワーズ判事に提出する鑑定書の資料を検討し、こうした大きな犯罪の弁護のために多重人格という診断を利用するのが、倫理的に正しいのだろうかといぶかった。

犯罪の責任はどうなるのか、ドクター・ジョージは深く心を悩ませた。自分の言葉が悪用され、多重人格という診断や同じ症状のほかの患者、それに医者という職業や精神科医の証言に、不信の目が向けられるのではないかと心配だった。これまで神経症と分類されてきたこの分裂的な疾患《しっかん》のため、患者は精神異常であり無罪である、という彼の判断をフラワーズ判事が受け入れれば、これがオハイオ州だけでなく、おそらくはアメリカ全土で法律上の先例となることがわかっていた。

ドクター・ジョージは前年十月の運命的な三日の事件で、ビリー・ミリガンが自分の行動を抑制できなかったと信じていた。さらに学び、あらたな領域へ踏みこむのは、彼の仕事だった。この事件を理解し、ビリーを理解して、同じような問題を扱う場合に社会に役立てるようにするのは、彼の責任だった。ドクター・ジョージはまたしてもほかの専門家に電話して助言と指導をあおぎ、自分のスタッフと相談し、一九七八年九月十二日、フラワーズ判事に提出する九ページの鑑定書にとりかかり、ビリー・ミリガンの医学的、社会的、精神医学的な経歴を述べた。

「患者の報告によれば」とドクター・ジョージは書いた。「母親と子供たちは肉体的な虐待の対象となり、患者は継父《けいふ》のミリガン氏から、肛門からの挿入を含むサディスティックで性的な虐待を受けた。患者によれば、これは八歳ないし九歳のころ一年にわたって、たいていは農場で継父とふたりきりになったときに行なわれた。患者は継父に殺されると思いこみ、怖れていたことをほのめかしている。これは継父が患者を、『納屋に埋めて、母親には逃げたと話す』と脅《おど》したことによるという」

このあたりの事情を精神力学的に分析し、ドクター・ジョージは、実父の自殺によってミリガンが父親との接触と愛情を失った結果、「不条理な力の存在を感じ、おしつぶされそうな罪悪感」を抱き、「そこから不安と葛藤が生じ、ますます幻想を抱くようになった」と指摘した。こうして、患者は「継父チャーマー・ミリガンの恣意《しい》に抗《こう》しきれない状態にあり、継父は患者が親しい交わりと愛情を必要としているのにつけ込み、性的かつサディスティックに利用して、自身の欲求不満を満足させていた……」

幼いミリガンは母親に同一化していたため、母親が夫に殴られると、「母親の恐怖と苦痛を自分自身も体験した……」それはまた「一種の分離不安へとつながり、そのために、予測不可能で不可解といった夢と同じ特徴を持つ不安定な幻想の世界に入りこんでしまった。それに加えて、継父の叱責《しっせき》、サディスティックな虐待、性行為などが重なった結果、人格の解離が反復して起こった……」

ドクター・ジョージ・ハーディングは次のように結論した。「現在、患者は多重人格の統合が完了し、裁判に出る能力があると思われる。さらに、私見を述べるならば、患者は精神的に障害があり、そのため、一九七七年十月後半に起こった犯罪行為には、責任能力を持たなかった」

九月十九日、ジュディ・スティーヴンスンは被告の答弁を「精神異常による無罪」に訂正する申立てを行なった。

8

ミリガンの事件でこの時点まで、多重人格という診断は公表されていなかった。治療にあたった人々と検察官、判事が知っているだけだった。公選弁護人たちはこの診断を内密にするよう主張しつづけた。マスコミが大騒ぎをはじめると、治療や裁判が難しくなる、というのがその理由だった。

バーニー・ヤヴィッチは同意し、被疑者の病気について公表しないのは、法廷でそれに関する証言がない以上、検察官としての倫理にもとる行為ではないと思っていた。

だが、九月二十七日の朝、《コロンバス・シティズン＝ジャーナル》は第一面トップの大見出しで、それに関する記事を載せた。

公判のため人格が「統合」される
レイプの被疑者には十の人格が存在する

朝刊にその記事が載ったという知らせが伝わると、ハーディング病院のスタッフはビリーに、ほかの患者たちが外部からその話を耳にする前に、自分から打ち明けるようにとすすめた。ビリーはミニ・グループに、自分はその犯罪で告発されているが、犯行当時は人格が分裂していたので、自分がやったのかどうかはっきりしないと語った。

夕方のテレビでもそのニュースはとりあげられ、ビリーは泣きながら自分の部屋へもどった。

数日後、ビリーは苦しげなまなざしの若く美しい女の絵を描き、ナン・グレイヴズは彼がアダラナの肖像だと説明したことを報告している。

ゲイリー・シュワイカートは十月三日にミリガンを訪れた。このときはビリーの絵を持ち帰るために、ステーション・ワゴンでやってきた。ジュディ・スティーヴンスンは夫とイタリアを休暇旅行中だと説明し、出廷能力をめぐる審理には出席しないが、裁判までにもどってくると伝えた。ふたりは一緒に歩き、ゲイリーはビリーに心構えをさせるため、審理の前にフランクリン郡拘置所へ移されること、この裁判で負ける可能性もあることを話した。

ドクター・ジョージはビリーの統合ができたことを確信していた。人格解離の兆候がなく、ビリーが個々の人格の特徴をそなえているらしいので、そう判断したのだった。最初はほかの人格の一部が見えたのだが、しだいにそれがひとつに融合し、均質化するようになった。スタッフもそれを見ていた。異なる人格の特徴を、いまやひとりのビリー・ミリガンに見ることができた。ドクター・ジョージは、ビリーが出廷できると言った。

十月四日、ビリーがフランクリン郡拘置所へもどる二日前に、《シティズン＝ジャーナル》のハリー・フランケンは、ミリガンに関して二度めの大きな記事を載せた。匿名《とくめい》の情報筋から、ハーディングの鑑定書の写しを手に入れていて、記事を書くつもりだとゲイリーとジュディに言い、コメントを求めた。ゲイリーとジュディはフラワーズ判事に知らせ、判事は《コロンバス・ディスパッチ》にもその件を発表するべきだと判断した。公選弁護人たちは、すでに情報が漏れているため、鑑定書に関してコメントすることに同意した。

ゲイリーが病院から持ち帰った絵画——十戒が記された板を割ろうとするモーセ、ホルンを吹く音楽家、風景、アダラナの肖像など——の写真撮影も許した。

ビリーは新聞記事に動転し、ドクター・コーカンとの最後のセラピーのあいだ気落ちしていた。自分にレズビアンの人格があることが知られて、拘置所のほかの収監者たちに何をされるかわからないのが怖かったのだ。

ビリーはドクター・コーカンに言った。「有罪になって、またレバノンへ送られたら、ぼくは死ぬしかないんです」

「そしたら、チャーマーが勝つことになるわ」

「でも、ぼくはどうすればいいんですか。ぼくのなかには憎しみがつまっている。ぼくの手に負えないんです」

ドクター・コーカンはこれまでめったに助言も指示もしないで、患者の自発性を重んじ、自分で道を見つけさせようとしていたが、いまはそうした療法をしている場合ではなかった。

「憎しみを積極的に利用すればいいのよ」彼女はすすめた。「あなたは子供のころに虐待されて苦しんだわ。幼児虐待にたいする戦いに人生を捧げて、あなたの恐ろしい記憶を克服し、あなたを苦しめたという男を打ち負かしてごらんなさい。生きていれば、信念を貫いて、勝利できるわ。死んでしまえば、あなたを虐待した男が勝って、あなたは負けたことになるのよ」

その日、あとになってから自分の部屋でドナ・イーガーと話しているとき、ビリーはベッドの下に手をのばし、トミーが七カ月近く前にテープで留めておいた剃刀《かみそり》をとりだした。

「はい、これ」ビリーはそれをドナにわたした。「もう、これはいらない。ぼくは生きたいんだ」

ドナは涙を浮かべてビリーを抱きしめた。

ビリーはロザリーに言った。「ミニ・グループに加わりたくない。ひとりになる心構えをしなくちゃ。強くならなければいけないんだ。さよならも言わないでおく」

だが、ミニ・グループはお別れのカードをつくり、ロザリーからそれをわたされると、ビリーは泣きだした。

「生まれてはじめて、ぼくはふつうの人間らしい反応をしたと思う」とビリーは言った。「『複雑な感情』って言葉をたびたび聞いていたけれど、そういう気持ちになったのは、これがはじめてだ」

十月六日の金曜日、病院から郡拘置所へ移る日に、ロザリーは非番だったにもかかわらず、ビリーと一緒にいるために病院へやってきた。ウェイクフィールドのスタッフが、眉をつりあげ、皮肉を言うのはわかっていても、気にならなかった。娯楽室へ入っていくと、紺のスリーピースのスーツを着たビリーが歩きまわっていたが、冷静で、抑制がきいているようだった。

ロザリーとドナ・イーガーがビリーに付き添って病院の本部へいくと、そこのフロント

・デスクで、黒い眼鏡をかけた保安官助手が待っていた。

保安官助手が手錠をとりだしたのを見て、ロザリーはビリーの前に立ちふさがり、動物のように手錠をかける必要がほんとうにあるのかと問いただした。

「ありますよ」保安官助手は言った。「法律できまってますからね」

「そんなの、ひどいじゃないの」ドナが怒鳴った。「ここに付き添ってきたのは、ふたりの女性なのよ。それなのに、あなたみたいに図体の大きな人が意地の悪い警官みたいに、手錠をかけようというのね」

「そうしなくちゃならないんです、すいません」

ビリーは両手を差しだした。手錠ががちゃりとかかり、ロザリーは彼がびくりとするのを見た。ビリーは護送車に乗りこみ、ふたりの女性は車がカーヴした道路を石橋のほうへゆっくりと向かうまで、その横を歩いた。石橋で、ふたりは別れの手を振り、病棟にもどると、長いあいだ激しく泣いた。

第四章

1

　バーニー・ヤヴィッチとテリー・シャーマンはドクター・ジョージ・ハーディングの鑑定書を読み、極めて詳細な精神鑑定が行なわれていると思った。検察官として、精神科医の証言のこういう点を突くようにと訓練を受けた問題点のすべて、ふだんなら追及する見解のすべてが、ハーディング鑑定書では攻撃しようがなかった。三時間か四時間分の診断ではなかった。病院で七カ月かけた研究の成果だった。ハーディングひとりの意見ではなく、ほかの数多くの心理学者や精神科医と相談した結果も含まれていた。

　一九七八年十月六日、フラワーズ判事は能力判定をめぐる短い審理の結果、ハーディング鑑定書にもとづき、ミリガンはいまや公判に出廷できると判断を下し、日取りを十二月四日ときめた。

　ゲイリー・シュワイカートはそれで満足だと言ったが、ひとつだけ条件をつけた。裁判を犯罪当時の法律に従って進行させるという条件である。（オハイオ州の法律は十一月一日から変わり、検察側が被疑者は正常であるという証明を行なうのではなく、弁護側が精神異常の証明を行なうようになる）

ヤヴィッチは反対した。

「その申立ては熟慮《じゅくりょ》することにします」フラワーズ判事は言った。「これまでも法律が修正されたときに、同じような申立てがあったのは知ってます——とくに、新しい刑法が導入されたときなどです。そのような申立てでは、被告人は有利なほうの法律で裁かれるべきだ、とほぼ例外なしに主張されています。しかし、そのような判決や判例は知りません」

法廷を出るとき、ゲイリー・シュワイカートはヤヴィッチとシャーマンに、依頼人に代わって陪審員による裁判を放棄し、フラワーズ判事にこの事件の審理を頼むつもりだと言った。

シュワイカートが歩み去ると、ヤヴィッチは言った。「これでわれわれの出番も終わりだ」

「最初に思ったほど簡単な事件じゃなかったな」シャーマンは言った。

フラワーズ判事はのちに、検察官たちはドクター・ハーディングの鑑定書を受け入れておきながら、ミリガンが精神異常であるとは認めず、「わたしを困った立場に追いこんだ」と言った。

フランクリン郡拘置所で、ゲイリー・シュワイカートとジュディ・スティーヴンスンは、またしてもビリーが鬱状態になり、絵を描くか物思いにふけって時間をすごしていることに気づいた。世間でますます取り沙汰されるのを気にしていた。日がたつにつれて、睡眠時間が長くなり、思いやりのない冷たい環境から逃れ、内にこもるようになった。

「どうして裁判までハーディング病院にいてはいけないんですか」と彼はジュディに尋ねた。

「無理なのよ」ジュディは言った。「裁判所が七カ月入院させてくれただけで運がよかったの。頑張ってね。裁判は二カ月足らずではじまるわ」

「さあ、しっかりしなくちゃいけないよ」ゲイリーは言った。「きみが裁判に出れば、無罪になるって気がするんだ。きみが神経をやられて、裁判に出られなくなれば、ライマへ送られるよ」

だが、ある日の午後、ミリガンが寝棚に横たわり、鉛筆で絵を描いているのを看守のひとりが目にとめた。看守は鉄格子のあいだからのぞき、スケッチを見た。首に輪縄を巻かれて、壊れた鏡の前にぶらさがっているラゲディ・アン人形の絵だった。

「おい、ミリガン、なんでそんなものを描いているんだ」

「腹がたつからだ」深みのあるスラヴ訛りの答えが返ってきた。「誰かが死んでもいい時期だぜ」

看守はその訛りを聞くや、警報器のボタンを押した。レイゲンはかすかに面白そうな顔をして看守をじっと見つめた。

「あんたが誰だか知らないが、ゆっくり後ろにさがれ」看守は命じた。「その絵を寝棚において、壁までさがるんだ」

レイゲンは言われたとおりにした。ほかの看守たちが、房の鉄格子の外に群がっていた。彼らはドアをあけ、すばやく入ってくると、絵をつかみ、またドアを勢いよく閉めた。

「やれやれ」看守のひとりが言った。「病的な絵だな」

「あいつの弁護士を呼べ」誰かが言った。「あいつはまた分裂しちまった」

ゲイリーとジュディがやってきて、アーサーと会った。アーサーはふたりに、ビリーは完全に統合されていなかったと説明した。

「と言っても、裁判に出られるくらいには統合されてます」アーサーは請け合った。「ビリーは自分にたいする告発がどんなものか知ってますし、自分の弁護に協力できます。でも、レイゲンとわたしは離れてました。おわかりのとおり、ここは敵意の感じられる場所ですから、レイゲンが支配的になります。ビリーをここから病院へ移さなければ、部分的にでも統合状態がつづくかどうか保証できませんね」

フランクリン郡の保安官ハリー・バークマーは、《コロンバス・ディスパッチ》の記者に、保安官助手たちの目撃談を伝えた。それによると、レイゲンの人格が表《おもて》に出ているときのミリガンは、とほうもない力と耐久力を発揮したということだった。レイゲンは拘置所の娯楽エリアに連れていかれ、大きなボディバッグにパンチを食わせた。「彼はたてつづけに十九分三十秒、強打をつづけた」とバークマーは言った。「ふつうの男なら、三分もつづければ、くたくたになってしまう。彼のパンチがあまり強烈なので、腕が折れたのではないかと思って医者に診《み》せたくらいだ」だが、レイゲンは怪我ひとつしていなかった。

十月二十四日、フラワーズ判事はふたたびサウスウェスト・コミュニティ精神衛生センターにミリガンの診察と出廷能力に関する鑑定書の提出を命じた。ドクター・ジョージ・ハーディング・ジュニアは、本人が望めば、被告人に付き添えることになった。判事はまたミリガンを拘置所からただちにセントラル・オハイオ精神病院へ送るよう命じた。

十一月十五日、サウスウェスト司法精神医学センターの裁判援助プログラムの部長、マリオン・J・コロスキは、ドクター・ステラ・キャロリンとドロシー・ターナーが最後に診察したときのミリガンについて、裁判に出る能力を有し、自分の弁護のために弁護士と協力できる状態にあると診断したと報告したが、こうつけ加えた。「しかしながら、彼は精神的にきわめてもろい状況にあり、いついかなるときに現在の統合された人格が、以前見られたような複数の人格に解離してもおかしくない」

十一月二十九日、《デイトン・デイリー・ニュース》と《コロンバス・ディスパッチ》はチャーマー・ミリガンが、継子を性的に虐待したという広く知れわたった報道を否定したと報じた。AP通信の次のような記事が《コロンバス・ディスパッチ》に載った。

継父、ウィリアム・ミリガン虐待報道を否定

チャーマーズ《ママ》・ミリガン氏は、医者たちが十の人格を持つと言っている継子ウィリアム・S・ミリガンを肉体的また性的に虐待したという鑑定書の発表に「腹だたしい」と語っている。「誰もわたしの話を聞きにこない」とミリガン氏は不満を述べ、虐待されたという継子の言葉は「真っ赤な嘘だ……」と主張している。

ドクター・ジョージ・T・ハーディングが署名した鑑定書によれば、精神科医たちはウィリアム・ミリガンが多重人格的行動を示し、彼の人格たちはおたがいの行動を知らないという結論に達し、さらに、この病気の一因は子供のころの虐待にあると述べている……。

チャーマー・ミリガン氏はこの鑑定書が発表された結果、非常な苦しみを味わっているそうである。

「いつだって誤解はあるんです。じつに腹だたしい」とチャーマー・ミリガン氏は言った。

発表された記事に、虐待を主張しているのはウィリアムと彼の医者だけだという説明のないことがとくに腹だたしいという。

「ぜんぶ、あの子のでっちあげだ」とミリガン氏は言った。「みんな（新聞）は、彼ら（精神科医とウィリアム）の言葉を繰り返しているだけです」

虐待したという主張にたいし、訴訟に持ちこむ予定があるのかどうか、ミリガン氏は何も言っていない。

ジュディとゲイリーは、精神異常という理由でビリーが無罪になるという確信をますます強めたが、べつのハードルがあることに気づいた。これまで、そういう評決が下された場合、被告人はライマへ送られた。だが、二日後の十二月一日には、精神病患者に関するオハイオ州の新しい法律が実施され、精神異常という理由で無罪となった者は、犯罪人ではなく、精神病患者として治療を受けることになる。また新法によれば、その患者は自分自身とほかの者の安全が守れるかぎり、制限が最小の施設へ送られ、州立精神病院に入院する際は検認裁判所の管轄《かんかつ》下におかれる。

裁判の日取りは十二月四日ときまったので、ビリーはオハイオ州の新法が適用される最初の人間となり、裁判のあと、弁護側がライマ以外の施設でも適切な治療が受けられることを示せば、検認裁判所がそちらへの移送を承認する可能性はおおいにある。ハーディング病院は費用の点で問題外だった。多重人格について理解があり、治療できる医者がいる州立病院でなければならない。

ドクター・コーネリア・ウィルバーは、コロンバスから七十五マイル弱の距離にある州立精神病院の名前をあげ、数人の多重人格者を治療し、その分野で腕がいいと認められている医者がいると言った。ドクター・ウィルバーが推薦したのは、オハイオ州アセンズにあるアセンズ精神衛生センターの医療部長ドクター・デイヴィッド・コールだった。

検察局は、オハイオ州の新法のもとでの訴訟手続きを明確にするため、裁判前に検認判事リチャード・B・メトカルフとの会合を求めた。ジェイ・フラワーズ判事は同意し、会合の手配をした。だが、ジュディとゲイリーは、会合の内容が訴訟手続きにとどまらないことを知っていた。フラワーズ判事も加わり、月曜日にどの証拠を認めるべきか、また精神異常という理由で無罪とされた場合に、ビリー・ミリガンを治療のためにどこへ送るかが合意によって決定されるはずだった。

ゲイリーとジュディは、ドクター・コールがビリーを患者としてアセンズ精神衛生センターで引き受けてくれるかどうか知るのが先決問題だと考えた。ジュディは以前からコールの名前を耳にし、七月には多重人格について尋ねるために彼に手紙を書いたが、ビリーの名前は持ちださなかった。いまジュディはドクター・コールに電話し、ビリー・ミリガンを患者として受け入れられるか、金曜日にコロンバスへ来て会合に出席してもらえるかと尋ねた。

コールは病院長スー・フォスターに訊く必要がある、院長は州の精神衛生局の上司と相談するだろう、と言った。さらに、患者としてミリガンを受け入れるかどうか考慮してみると言い、コロンバスへ出かけて金曜日の会合に出席することに同意した。

十二月一日、ジュディはいまかいまかとドクター・コールの到着を待った。メトカルフ判事の部屋の外にあるロビーは、この件の関係者でいっぱいになり、そのなかには、ドクター・ジョージ・ハーディング、ドクター・ステラ・キャロリン、ドロシー・ターナー、バーニー・ヤヴィッチの姿があった。十時をまわってまもなく、ジュディは受付係が、中年の太った小柄な男に何か訊かれ、彼女のほうを指さしているのに気づいた。男のオリーヴ色の肉づきのいい顔は白髪に縁《ふち》どられ、射抜くような鋭い目は鷲の目を思わせた。

ジュディは彼をゲイリーやほかの人々に紹介し、メトカルフ判事の部屋へ案内した。ドクター・デイヴィッド・コールは二列めに腰をおろし、新法がミリガンの件にどう適用されるか弁護士たちが話しあっているのに耳を傾けた。まもなくフラワーズ判事が入ってきて、メトカルフ判事と一緒にこの時点までの事件と訴訟手続きについて要約した。バーニー・ヤヴィッチは収集した専門的な情報について述べ、犯行当時のミリガンの状態に関する証拠に異議を唱えるのは難しいと言った。サウスウェストとハーディングによる鑑定書を論駁《ろんばく》するつもりはなかった。一方ゲイリーは、弁護側としては、問題の事件をミリガンの犯行だとする検察側の証拠に異議を唱えるつもりはないと述べた。

ドクター・コールは彼らが月曜日の裁判の進めかたについて話しているのだと気づいた。裁判のシナリオについて意見の一致があるのだという印象を受けた。ゲイリーとジュディは被害者の名前を記録から抹消《まっしょう》することに同意した。あと残っているのは、フラワーズ判事が、精神異常という理由でビリーを無罪だとした場合、彼がどうなるかという問題だけだった。

ゲイリーが立ちあがって、言った。「ここにアセンズからいらしたドクター・コールがおいでです。州立のアセンズ精神衛生センターで多重人格の患者を治療した経験がおありです。精神医学の多重人格の分野で権威と認められている、カリフォルニアのドクター・ラルフ・アリスンとケンタッキーのドクター・コーネリア・ウィルバーから、強力な推薦を受けていらっしゃいます」

コールは全員の目が自分に集中したのに気づいた。フラワーズ判事が尋ねた。「ドクター・コール、ミリガンの治療を引き受けていただけますか」

ふいに警戒心が目覚めた。この人々は厄介事を押しつけようとしている。自分の立場を明らかにしなければならない。

「はい、引き受けます」コールは言った。「しかし、患者がアセンズに来た場合は、ほかの多重人格者と同じ治療法をとりたいですね。開放的な――最も治療に有効な――環境で」自分を見つめている人々をぐるっと見まわし、フラワーズとメトカルフに目をもどすと、力をこめて言った。「それが許されないようでしたら、よこさないでください」

まわりを見まわすと、全員がうなずいていた。

車でアセンズへもどり、ドクター・コールは会合で見聞きしたことをじっくり思い返し、検察官のヤヴィッチを含めて、そこにいたほぼ全員が、ミリガンが多重人格者だという事実を受け入れていることに気づいた。裁判がその会合と同じように進行すれば、ミリガンは重大犯罪で告発されて、精神異常という理由で無罪となる最初の多重人格者になる。さきほど出席した会合は、月曜日に法廷で法律と精神医学の歴史がつくられるのを予告していたのだ。

2

十二月四日、セントラル・オハイオ精神病院からフランクリン郡裁判所へ行く朝、ミリガンは起きると鏡をのぞき、口ひげがなくなっているので仰天した。剃った憶えはなかった。いったい誰のしわざだろう。口ひげは最初と二度めのレイプのあいだに剃られ、また伸ばしたのだった。また時間を失ってしまった。ハーディングにいた最後の日々とフランクリン郡拘置所で経験した妙な感じ――レイゲンとアーサーが離れてしまい、彼が刑務所へ送られないと確実にわかるまでは統合できないし、されもしないのだという気がした。だが、とにかく、部分的には統合できたし、裁判に出るにはそれで充分だった。

ビリーという名前を呼ばれれば答えたが、自分が基本人格のビリーでも、完全に統合されたビリーでもないとわかっていた。その中間だった。警察のヴァンに向かいながら、完全に統合されたらどんな気分だろう、と思った。

病院の出入口で警察のヴァンに乗ると、保安官助手たちが妙な目つきで彼を見ていた。裁判所へ向かう途中、護送車は追跡してきそうな新聞記者やテレビ・ニュースの関係者たちを振り切るために、五マイルほど遠まわりした。だが、フロント・ストリートからフランクリン郡拘置所のパトカー用入口に入ると、ドアが背後で閉まる直前に、若い女とテレビ・カメラを持った男がなかに踏みこんできた。

「さあいいぞ、ミリガン」運転していた男がドアをあけながら言った。

「ぼくは降りない」ビリーは言った。「テレビ・カメラがあってリポーターがいるあいだはいやだ。この拘置所がぼくを守ってくれないんなら、なかに入ってからすぐ弁護士たちに話すよ」

運転者は振り向いて、ふたりの男女を見た。「あんたたち、誰だい」

「チャンネル・フォー・ニュースよ。ここにいる許可を受けてます」

運転者はビリーを見た。ビリーは反抗的に首を振った。「弁護士たちに、リポーターに近づくなと言われたんだ。ぼくは降りないよ」

「あんたたちがここにいるあいだ、彼は降りてこないよ」運転者がリポーターに言った。

「わたしたちには権利があるわ……」女が言いはじめた。

「ぼくの権利の侵害だ」ビリーがヴァンのなかから言った。

「そこで何をやってるんだ?」べつの警官が防犯ゲートのなかから声をかけた。

運転者は言った。「この人たちがここにいるあいだ、ミリガンは出ようとしないんです」

「いいかい、あんたたち」ウィリス巡査部長が言った。「彼をなかに入れなくちゃいけないんで、悪いがここから出ていってくれ」

テレビのカメラマンとリポーターが出ていき、スティール製のドアが音をたてて閉まると、ビリーはウィリス巡査部長にうながされて車から降りた。内部では、黒いシャツを着た保安官助手たちがあつまって、ビリーが連れてこられるのを見まもっていた。ウィリスはビリーが通れるように道をあけさせた。

ウィリス巡査部長はビリーを三階へ連れていった。「おれを憶えてるかい？」

エレベーターから降りながら、ビリーはうなずいた。「ぼくをまともに扱ってくれた」

「きみはおれに面倒をかけなかったからな。便器のことはべつとしてな」ウィリスはビリーに煙草をわたした。「きみはずいぶん有名だよ」

「有名なんて気がしないけど」ビリーは言った。「憎まれてるって感じがする」

「おれは外でチャンネル・フォーとチャンネル・テンとABCとNBCとCBSを見かけた。外には、大きな殺人事件の裁判で見かけるよりも大勢のテレビ・カメラマンとリポーターがつめかけてるようだな」

ふたりは小さな待合室につづく鉄格子のはまった出口で立ちどまった。その先の通路の扉を通ればフランクリン郡裁判所だった。

デスクの保安係がビリーにうなずきかけた。「ひげがないので、あんただとわからなかったよ」保安係はブザーを押して中央管理室を呼びだし、待機してミリガンのために裁判所のゲートをあけるようにと言った。

裁判所に通じるドアがあいた。裁判所の警備員がビリーを壁に向かって立たせ、ていねいに身体検査した。

「よし」と男は言った。「おれの前に立って、あの通路を裁判所のほうへ歩くんだ」

裁判所の七階にたどりつくと、ジュディとゲイリーが待っていた。ふたりはビリーの口ひげがなくなっているのに気づいた。

「ひげなしのほうがいいわ」ジュディが言った。「ずっとすっきりしてるわ」

た。ビリーが唇に指をあてるのを見て、ゲイリーは一瞬、何かがおかしいという印象を受けた。何か言おうとしたが、そこへウォーキー・トーキーとイヤフォンを持った保安官助手がやってきて、ビリーの腕をつかんだ。保安官にミリガンを二階へ連れてくるよう命じられたのだという。

「ちょっと待ってくれ」ゲイリーは言った。「裁判はこの階であるんだぞ」

「どうなっているのか、わたしは知りません」保安官助手は答えた。「でも、ただちに連れてくるようにと保安官に言われました」

「ここで待っててくれないか」ゲイリーはジュディに言った。「一緒にいって、どうなってるのかたしかめてくる」

彼はビリーと保安官助手と一緒にエレベーターに乗った。二階でドアがひらくとそこで降り、何事かわかった。フラッシュが閃《ひらめ》いた。《コロンバス・ディスパッチ》のカメラマンと記者だった。

「どういうことだ」ゲイリーは怒鳴った。「わたしをコケにしようというのか。けしからん」

記者は写真を撮りたいのだと説明し、手錠が見えないように撮ればいいのだがと言った。保安官は了承したとも言った。

「そんなことはどうでもいい」ゲイリーは厳しく言った。「わたしの依頼人にこんなことをする権利はないぞ」ビリーの向きを変えさせ、エレベーターのほうへ導いた。

保安官助手はふたりを民事訴訟法廷の外にある待合室へ案内した。

ドロシー・ターナーとステラ・キャロリンが入ってきて、ビリーを抱きしめ、落ち着かせた。しかし、彼らが法廷に入り、保安官助手とふたりだけあとに残されると、ビリーは震えだし、椅子の両横をつかんだ。

「さあ、いいぞ、ミリガン」保安官助手が言った。「もう法廷に入っていいぞ」

ゲイリーはビリーが入ると、法廷のスケッチ画家たちがいっせいに彼をまじまじと見つめたのに気づいた。やがて、ひとりまたひとりと、彼らは消しゴムをとり、消しはじめた。

ゲイリーはにやりとした。彼らは口ひげを消したのだ。

「裁判長」ゲイリー・シュワイカートは判事席に近づきながら言った。「検察側も弁護側も、証人を呼ぶ必要はなく、ミスター・ミリガンを証人席につかせる必要もないという点で一致しております。本件に関する事実は規定に従い、朗読して記録に残すことを双方が認めました」

フラワーズ判事はメモを見た。「あなたは起訴事実に異議を唱えず、あなたの依頼人が起訴されている犯罪を行なったことを否定しないんですね、訴因一の性的暴行をべつにして」

「そのとおりです、裁判長。しかし弁護側は、精神異常を理由に無罪を申し立てます」

「ミスター・ヤヴィッチ、あなたはサウスウェスト・コミュニティ精神衛生センターおよびハーディング病院の精神科医たちの所見について、異議を唱えるつもりですか」

ヤヴィッチは立ちあがった。「いいえ、裁判長。検察はドクター・ハーディング、ドクター・ターナー、ドクター・キャロリン、ドクター・ウィルバーによって提出された、犯行当時の被告人の精神状態を確認する証拠を認めます」

ジュディ・スティーヴンスンは法廷の記録に残すため、証言録取による弁護側の証言を朗読した。しんと静まりかえった法廷で、ときおりビリーに目をやり、顔が蒼《あお》ざめているのに気づいた。これを聞くのが辛《つら》くて、ビリーがまた分裂しなければいいがと思った。


マーガレット・チャンゲット夫人は、チャーマー・ミリガンにぶたれたあとのビリーの母親、ムーア夫人を、数回見かけたことを証言できる。一度ビリーが彼女に電話して、母親がひどく殴られたと言ったことを証言できる。そのときチャンゲット夫人はミリガンの家へいき、ベッドにいるムーア夫人に会った。チャンゲット夫人によれば、ムーア夫人は殴打《おうだ》され、震えていた。チャンゲット夫人は、医者と司祭を呼び、一日中ムーア夫人に付き添っていたと述べている。

被告人の母親、ドロシー・ムーアは、召喚《しょうかん》されれば、前夫チャーマー・ミリガンに虐待され、酔ったミリガンにしばしば殴られたことを証言するつもりでいる。ミリガンは彼女を殴るあいだ、たいていは子供たちをベッドルームに閉じこめた。彼女を殴ったあとのチャーマーが「性的に刺激された」と証言するつもりである。ミリガンはビリーをやっかみ、「罰するために」たびたび殴った、とムーア夫人は言った。ミリガンは一度ビリーを「規則を守らせるために」鋤《すき》に縛り、その後、納屋《なや》のドアに縛りつけた。ムーア夫人はビリーにたいするミリガンの殴りかたや、同性愛について、今回の事件があかるみに出るまでは気づかなかったと証言する……。

その証言を聞いたビリーは両手を目にあてた。「ティッシュを持ってますか」ビリーはゲイリーに訊いた。

ゲイリーは向きを変え、まわりにいる十数人の人々がティッシュをとりだし、わたそうとするのを見た。

さらにムーア夫人は、ビリーが彼女のために朝食の支度をするという女性的な面を見せたことを証言する。彼女はビリーが女の子のように歩き、女性的な話しかたをしたと言った。ムーア夫人は、ランカスターのダウンタウンにある建物の非常階段で、「トランスに似た」状態に陥っているビリーを発見したことを証言する。ビリーは許可なしに学校を離れ、校長がムーア夫人に電話して、そのことを伝えた。ムーア夫人は、「トランス」状態のビリーを何度も発見したと言っている。「トランス」状態から目覚めたときのビリーが、「トランス」状態のあいだ何が起こったのかまったく記憶していないことを、ムーア夫人は証言する。

ムーア夫人はまた、家族が一緒にまとまっていたかったので、ミリガンとの結婚生活を変えようとしなかったと証言するだろう。子供たちに最後通牒《さいごつうちょう》をつきつけられて、ようやくミリガンと離婚したのだった。

キャロリンとターナーによるサウスウェストからの鑑定書も、記録のために読みあげられた。そのあとは、ビリーの兄、ジェイムズの証言録取書が読みあげられた。

ジェイムズ・ミリガンは証人として召喚されれば、チャーマーズ(ママ)・ミリガンがジェイムズとビリーを、納屋《なや》つきの家族所有の土地へたびたび連れていったことを証言するだろう。彼、ジェイムズが兎をつかまえに野原へいかされ、ビリーが継父とあとに残るように言われたことも証言する。そういうとき、彼、ジェイムズが納屋にもどると、ビリーは泣いていたものだった。ビリーは何度も、継父に痛い目にあわされたと言った。チャーマーズはビリーがそういうことをジェイムズに話しているのを見かけると、ビリーに次のように言ったものだった――納屋で何もなかったな、え、どうだ。継父を怖れているビリーは、はいと答えた。チャーマーズはさらに、おまえのお母さんに心配させたくないだろうと言った。そして、家に帰る前にジェイムズとビリーをアイスクリーム屋へ連れていった。

ジェイムズはまた、ビリーが経験した家庭内での精神的ショックについて証言するはずである。

十二時三十分に、フラワーズ判事は検察と弁護側に最終弁論を行なう意思があるかと尋ねた。どちらもその権利を放棄した。

判事は訴因一の婦女暴行を、補強証拠の欠如と手口の相違を指摘して、却下した。

「さて、精神異常という主張に移りますが」フラワーズ判事は言った。「証拠はすべて明記された医学的な証拠であり、鑑定医全員が問題の行為が行なわれたときの被告人について述べ、被告人は告訴されている犯罪を行なった当時、精神に異常をきたしていたと証言しています。精神障害のため、物事の是非善悪《ぜひぜんあく》を弁別《べんべつ》する能力がなく、そうした行為を抑制する能力も持っていなかったということです」

ゲイリーは息をつめた。

「それに反する証拠がないため」フラワーズ判事はつづけた。「本法廷は、本官の手元にある証拠にもとづき、訴因二から十までに関し、被告人は精神異常を根拠に無罪と決定せざるを得ません」

フラワーズ判事はビリー・ミリガンをフランクリン郡の検認裁判所の管轄下に移し、木槌《きづち》を三度打ち下ろして、閉廷した。

ジュディは泣きたくなったが、涙をこらえた。ビリーをぎゅっと抱き、人込みを避けるために、待合室へ引っ張っていった。ドロシー・ターナーがお祝いを言うためにやってきた。ステラ・キャロリンとほかの人々がつづき、誰もが涙を浮かべていた。

ゲイリーだけがひとり離れ、腕組みをして壁にもたれ、物思いにふけっていた。長い戦いのあいだ、睡眠不足の夜がつづき、結婚生活が破滅に瀕したが、それもようやく終わろうとしていた。

「よし、ビリー」ゲイリーは言った。「検認裁判所のメトカルフ判事の前に出なければならない。その前にロビーに出て、リポーターやテレビ・カメラに直面しなければならないな」

「裏からまわれませんか」

ゲイリーは首を振った。「わたしたちは勝ったんだ。マスコミとの関係を悪くしたくない。彼らは何時間も待っているんだ。カメラに直面して、二、三質問に答えたほうがいい。わたしたちが裏からこっそり逃げたと言わせたくないんだ」

ゲイリーがビリーを連れてロビーに入ると、リポーターとカメラマンがどっと押し寄せ、ビリーをとりまき、撮影した。

「気分はどうですか、ミスター・ミリガン」

「いいです」

「裁判が終わって楽観的な気分ですか」

「いいえ」

「どうしてですか」

「そうですね」ビリーは言った。「これからいろんなことがあるでしょうから」

「これからの目標は?」

「またふつうの市民になりたいです。人生を最初からやりなおしたいです」

ゲイリーに背中をそっと押され、ビリーは歩きだした。ふたりは八階の検認裁判所とメトカルフ判事の部屋へいったが、判事は昼食のため留守だった。一時に出なおしてこなければならなかった。

バーニー・ヤヴィッチは約束していたとおり、被害者のひとりひとりに電話して、裁判の結果を話した。「証拠と法律にもとづいて」とヤヴィッチは言った。「フラワーズ判事が正しい決断を下したと思います」テリー・シャーマンも同意した。

昼食後、メトカルフ判事は精神科医たちの推薦書を検討して、ミリガンをアセンズ精神衛生センターに移し、ドクター・デイヴィッド・コールの保護監督下におく許可を与えた。

ビリーはまた会議室へ連れていかれ、そこで児童虐待防止基金のために、ビリーの生涯についてドキュメンタリーに取り組んでいるチャンネル・シックスのジャン・ライアンが、テレビの特別番組用にさらに質問し、撮影をした。ジュディとゲイリーはほかに呼ばれ、もどってくる前に警官がドアをノックして、アセンズへ出発する時間だとビリーに言った。

ビリーはジュディとゲイリーにさよならを言わずに去るのが悲しかったが、警官はかまわず手錠を、それも不必要にきつくかけ、せきたてて警察のヴァンへ乗せた。ふたりめの警官が熱いコーヒーのカップをビリーの手に押しつけ、ばたんとドアを閉めた。

ヴァンが角《かど》を曲がるとき、熱いコーヒーがこぼれて新しいスーツにかかり、ビリーはカップを座席の後ろに投げ捨てた。不快感がますます強くなった。

アセンズ精神衛生センターがどんな所なのか、見当もつかなかった。刑務所みたいなものかもしれない。苦しみが終わったどころか、自分を刑務所に入れたがっている人間が大勢いることを、忘れるわけにはいかなかった。成人仮釈放機関がゲイリーにたいし、ビリー・ミリガンは銃の不法所持によって仮釈放と保護観察の条件に違反したと通知したこと、治癒すれば刑務所にもどされることがわかっていた。レバノンではないだろうと思った。

暴力的な行為のため、おそらく、ルーカスヴィルと呼ばれる地獄へ送られる。アーサーはどこにいる？　レイゲンは？　彼らもいずれ統合されるのだろうか。

ビリーを乗せた警察のヴァンは雪におおわれたルート33を走り、彼が育ち、学校へ通い、自殺を試みたランカスターを抜けた。もう耐えられなかった。疲れきってしまい、自分を抑えられなかった。目を閉じ、緊張を解いた……。

数秒後、ダニーはまわりを見まわし、どこへ連れていかれるのだろうといぶかった。寒くて、寂しいし、怖かった。

第五章

1

アセンズの街に入り、ハイウェイを降りるころには暗くなっていた。精神病院はオハイオ大学を見おろす、雪におおわれた丘の上にかたまっているヴィクトリア朝風の建物群だった。広い道をわたり、カーヴした狭い道路に入ると、ダニーは震えだした。ふたりの警官はダニーをヴァンから降ろし、細く白い柱が並ぶ古びた赤い煉瓦《れんが》の建物に通じる石段を登った。

ふたりは古い入口の通路からビリーをまっすぐエレベーターへ連れていき、三階へいった。エレベーターのドアがひらくと、警官のひとりが言った。「あんたは、えらく運がいいね」

ダニーは一歩さがろうとしたが、警官はダニーを「入院および集中治療」と記された重い金属製のドアのなかへ押しこんだ。

その病棟は刑務所でも病院でもなく、小さな長期滞在用ホテルの長いロビーに似ていて、カーペットが敷かれ、シャンデリア、ドレープ・カーテン、革張りの椅子があった。両側の壁にドアが並んでいた。ナース・ステーションはホテルのフロントにそっくりだった。

「たまげたな」警官が言った。「感じのいいリゾートだ」

年配の大柄な女性が、右側のオフィスの入口に立っていた。大きな愛想のいい顔は黒いカールに縁《ふち》どられ、たったいまヘアダイで髪を染め、パーマをかけたように見えた。彼らが小さな入院手続き用のオフィスに入ると、大柄な女性はにっこりして、もの柔らかに警官に言った。「お名前は？」

「入院するのはおれじゃないですよ」

「でも、あなたから患者を引き渡されるのだから、誰が患者を連れてきたのか記録するために、書類にあなたの名前を記入する必要がありますの」

警官はしぶしぶ名前を告げた。ダニーはおずおずとわきに立ち、手錠をきつくかけられてしびれている指を伸ばした。

警官がミリガンをオフィスに手荒く押しこむのを見ていたドクター・デイヴィッド・コールは、じろりとにらみ、鋭く命じた。「その手錠をはずしなさい！」

警官は鍵をいじり、手錠をはずした。ダニーは手首をこすり、皮膚に深く食いこんだ跡を見た。「ぼくはどうなるの？」ダニーは鼻声で訊いた。

「きみの名前は？」ドクター・コールは尋ねた。

「ダニー」

手錠をはずした警官が笑った。「おやおや！」

ドクター・コールはさっと立ちあがるや、警官の鼻先で勢いよくドアを閉めた。分裂が起こったことを知っても、驚きはしなかった。ドクター・ハーディングから、統合は長つづきしそうもないと聞いていた。多重人格者の治療にあたった経験から、裁判のようにストレスのかかる状況下では、分裂が起こることを学んでいた。さしあたり、ダニーに自信を与える必要があった。

「会えてうれしいよ、ダニー」ドクター・コールは言った。「きみはいくつ？」

「十四歳」

「どこで生まれたの？」

ダニーは肩をすくめた。「憶えてない。ランカスターかな」

コールは二、三分考えこみ、ミリガンの疲れきったようすを見て、ペンをおいた。「質問はまたの機会にしよう。今晩は安心して休みなさい。こちらはミセス・キャスリン・ジロットだ。ここの精神衛生の専門技術者だ。部屋に案内してもらったら、スーツケースをしまって、ジャケットを掛けなさい」

ドクター・コールが出ていくと、ミセス・ジロットはロビーを通り、左の最初の部屋へいった。ドアはひらいていた。

「ぼくの部屋？　そんなはずないよ」

「さあ、いらっしゃい」ミセス・ジロットはなかに入り、窓をあけた。「アセンズとオハイオ大学の眺めがすてきよ。いまは暗いけれど、朝見られるわ。くつろいでね」

だが、ひとりになると、ダニーは部屋の外の椅子に坐った。動くのが怖くて、そこにじっとしていると、やがてほかの精神衛生専門技術者が廊下の明かりを消しはじめた。

ダニーは部屋に入り、ベッドに腰をおろし、身体を震わせ、目に涙を浮かべた。他人に親切にしてもらえば、いずれ支払いをしなければならないのがわかっていた。それがつねに問題だった。

ダニーはベッドに横たわり、これから何が起こるのだろうと思った。目を覚ましていようとしたが、長い一日だったので、やがて眠りに落ちた。

2

一九七八年十二月五日の朝、ダニーが目をひらいたとき、窓から明かりが差しこんでいた。外に目をやると、反対側に川と大学の建物が見えた。そこに立っていると、誰かがドアをノックした。髪が短く、目の間隔が離れた、かなり端正《たんせい》な容貌の年配の女性だった。

「わたしはノーマ・ディショングよ。あなたの午前の治療主任よ。よかったら、病院のなかを案内して、どこで朝食をとれるか教えてあげるわ」

ダニーはあとからついていき、テレビ・ルーム、ビリヤード・ルーム、軽食をとる場所などを案内された。ダブル・ドアを通ると小さなカフェテリアがあり、中央に長いテーブルがひとつ、壁際にカード・テーブルくらいの四角いテーブルが四つあった。奥の隅がサーヴィス・カウンターになっていた。

「トレイとナイフやフォークをとってらっしゃい。セルフ・サーヴィスよ」

ダニーはトレイをとり、フォークに手を伸ばしたが、金属製の容器からとったのがナイフだとわかると、ぱっと投げ捨てた。ナイフは壁にあたり、音をたてて床に落ちた。誰もが顔をあげた。

「どうかしたの？」ディショングが尋ねた。

「ぼく、ぼく、ナイフが怖いんだ。ナイフは好きじゃない」

ディショングはナイフをひろい、フォークをとると、トレイにのせた。「さあ、いきなさい。何か食べるものをとってらっしゃい」

朝食のあと、ディショングはナース・ステーションの前を通りかかったダニーに声をかけた。「建物のなかを歩きたかったら、あそこの壁にある紙にサインしてね。そうすればあなたが病棟から離れているってわかるから」

ダニーは呆然としてディショングを見つめた。「ここから出てもいいの？」

「ここは開放病棟よ。病院のなかにいるかぎり、いつでも好きなように出入りしていいのよ。そのうちに、ドクター・コールがもういいとお考えになったら、自分でサインして建物の外を歩けるようになるわ」

ダニーはあっけにとられてディショングを見た。「外？　でも、塀もフェンスもないけど」

ディショングはにっこりした。「そうよ。ここは病院よ。牢屋じゃないわ」


その日の午後、ドクター・コールは部屋にいるビリーを訪れた。「気分はどうだね」

「いいです。でも、ぼくみたいな患者を監視なしで自由に出入りさせるわけじゃないんでしょう？　ハーディング病院では見張られていたけれど」

「それは裁判の前だからだ」コールは言った。「ひとつだけ、憶えていてほしい。きみは裁判を受けて、無罪になった。わたしたちの目から見れば、きみは犯罪者じゃない。過去に何をしようと、きみのなかにいる誰かが何をしようと、それは終わったんだ。新しい人生がはじまるんだよ。きみがここで何をするか、どう進歩するか、物事をどう受けとめるか——ビリーとどう協力して、ひとつにまとまり、きみ自身になるか——そういうことによって、きみはよくなるんだ。よくなりたいと思わなくちゃいけない。ここにいる者は誰ひとり、きみを軽蔑したりしないよ」

その日、《コロンバス・ディスパッチ》は、ミリガンがアセンズへ移された記事を載《の》せ、チャーマー・ミリガンが妻と子供たちを虐待したという、法廷に提出された証拠を含めて、事件を要約した。そこにはまた、チャーマー・ミリガンと彼の弁護士が《ディスパッチ》に寄せた、次のような宣誓付供述書が載っていた。

私、チャーマー・J・ミリガンは、一九六三年十月にウィリアム・スタンリー・ミリガンの母親と結婚しました。その後まもなく、ウィリアムをその兄や妹とともに養子にしました。

ウィリアムは八歳から九歳にかけての一時期に、私が彼を脅《おど》し、虐待し、男色の対象にしたと非難しました。この非難はまったく根拠がありません。しかも、フラワーズ判事に提出する報告書を作成するためにウィリアムの診断をした精神科医や心理学者たちは、報告書の準備中、あるいは提出前に私の話を聞きにきませんでした。

ウィリアムが彼の診察にあたった医師たちに、繰り返し、大げさな嘘をついたことは間違いありません。ウィリアムの母親と結婚していた十年間に、ウィリアムは常習的な嘘つきでした。ウィリアムは何年も前に習慣となったとおりに、いまも嘘をつきつづけているのでしょう。

ウィリアムの非難と、その後数知れない新聞や雑誌に載った記事のため、私は極めて困難な立場におかれ、心理的に痛手を受けております。私は誤解を解き、汚名を晴らすためにこの声明書を作成いたしました。


ミリガンが到着してから一週間後のある朝、ドクター・コールはまた部屋に寄った。

「きょうからきみのセラピーをはじめようと思う。わたしのオフィスへ来なさい」

ダニーは怯《おび》えながら、あとに従った。コールは坐り心地のよさそうな椅子を指さし、ダニーと向かいあって坐ると、太鼓腹《たいこばら》の上で手を組んだ。

「わたしはきみのことをよく知っている。それをわかってもらいたい。きみのカルテを見たんだ。ずいぶん厚かったよ。これから、ドクター・ウィルバーと同じようにしたい。ドクター・ウィルバーと話をした。ドクターはきみを落ち着かせ、アーサーやレイゲンやほかの人たちと話したそうだね。わたしたちもそうしたいんだ」

「どうやって？　ぼくはほかのみんなを出せないんです」

「きみはゆったりと気持ちを鎮《しず》めて、わたしの声を聞いていればいい。アーサーはわたしがドクター・ウィルバーの友人だとわかってくれるだろう。ドクター・ウィルバーはわたしを信頼しているから、きみをここによこして治療を受けるよう提案したんだ。きみもわたしを信頼してくれるといいのだが」

ダニーは椅子に坐ったまま身体をくねらせ、やがて坐りなおして身体の力を抜いた。目が左右に動いた。数秒後、顔をあげ、ふいに油断のない表情になった。

「ええ、ドクター・コール」彼は指先を合わせた。「ドクター・ウィルバーがあなたを推《すい》薦《せん》したことを喜んでおります。わたしは全面的に協力いたしますよ」

コールはイギリス人が出てくると予期していたので、この変化に驚かなかった。大勢の多重人格者を見ているため、別人格が出現しても不意を打たれることはなかった。

「ああ……ええと……そうだな。きみの名前を聞かせてもらえるかな。記録のために」

「わたしはアーサーです。先生はわたしとの話をお望みでした」

「そうだ、アーサー。むろん、はっきりしたイギリス訛りを聞いて、きみだとわかったが、わたしとしては、推測するのが禁物《きんもつ》であることは理解してもらえるだろうね、こういうことは……」

「訛りがあるのは、わたしじゃなくて、先生のほうですよ」

コールは表情を消して、しばらくアーサーを見つめていた。「ああ、そうだね。すまなかった。ところで、二、三、質問に答えてもらいたいのだが」

「いいですとも。だからわたしがここにいるんです。できるだけお手伝いするために」

「きみと一緒に、さまざまな人格について、重要な事実を検討していきたいんだが……」

「人々《ヽヽ》です、ドクター・コール。『人格』じゃありません。アレンがドクター・ハーディングに説明したように、『人格』と呼ばれると、わたしたちは、実在することを認めてもらえないような気がするんです。そうなると、セラピーが難しくなります」

コールはアーサーをじっと見つめ、この横柄《おうへい》な気取り屋はあまり好きになれないと思った。「わかった、訂正しよう。ほかの人々《ヽヽ》について知りたい」

「できるだけ情報をさしあげましょう」

コールは質問し、アーサーはドクター・ハーディングが記録した九人について、年齢や外見、特徴、おもてに出る理由などを答えた。

「その子供はどうして存在するようになったんだね、クリスティーンのことだが。彼女の役割は何なのかね」

「淋しい子供の仲間になることです」

「で、クリスティーンの性格は？」

「内気です。でもクリスティーンはレイゲンが何か悪いことをしたり暴力的になったりする恐れがあると出てきます。レイゲンにかわいがられていますし、クリスティーンが腹をたてて地団駄を踏むと、レイゲンは暴力を奮おうとしてもたいていやめるんです」

「どうしてクリスティーンは三歳のままなんだね」

アーサーは心得顔《こころえがお》で微笑した。「何が起こっているのか、ほとんど知らないか、まったく知らない者がいるのは大事なことなんです。クリスティーンが何も知らないのは、大事な防衛手段です。ウィリアムが何か隠さなければならないときには、クリスティーンがスポットに出て、絵を描くか、石けりをするか、アダラナが彼女のためにつくった小さなラゲディ・アン人形を抱くかするんです。クリスティーンは明るい子供です。わたしはあの子がとくに好きですね。あの子もイギリス人なんですよ」

「それは知らなかったな」

「イギリス人ですよ。クリストファーの妹です」

コールはしばらくアーサーを見つめた。「アーサー、きみはほかの全員を知っているのかい」

「ええ」

「最初から全員を知っていた？」

「いいえ」

「彼らが存在することをどうして知ったのかね」

「演繹《えんえき》法です。時間を喪失しているのに気づいて、ほかの人々に注意を向けはじめたんです。彼らの場合はようすが違うことを発見して、そのことを考えました。それから、いくつか質問して——頭のなかだけでなく、外でもです——真実がわかりました。何年もかかって、ゆっくりと、全員との関係をつくりあげました」

「なるほど、きみに会えてよかった。ビリーの、いや、きみたち全員の助けになりたいと思えば、きみの助力がいるからね」

「いつでもわたしを呼んでください」

「きみがいってしまう前に、ひとつだけ重要な質問がある」

「何ですか」

「ゲイリー・シュワイカートが、新聞に載ったことについて話していた。事件に関する事実を調べたところ、きみたち全員の供述と被害者の言葉に食い違いがあるし、汚い言葉づかいや、犯罪行為をしたと言ったこと、〈フィル〉という名前などから判断して、すでに判明している十人のほかに、べつの人格があると彼は信じている。そのことについて何か知ってるかい」

アーサーは答えようとしなかった。目が光を失い、唇が動きだした。それとわからぬほどゆっくりと、アーサーは引っこんでいった。二、三秒後、ミリガンはまばたきし、まわりを見まわした。「なんてことだ！　またか！」

「やあ」ドクター・コールは言った。「わたしはドクター・コールだ。名前を教えてくれるかね——記録に残したいので」

「ビリーです」

「なるほど、こんにちは、ビリー。わたしはきみの医者だ。きみはここに送られてきて、わたしの治療を受けることになっている」

ビリーはまだすこしめまいがするのか、手を頭にあてた。「ぼくは法廷の外に出た。ヴァンに乗って……」すばやく手首から着ているものに目を走らせた。

「何を憶えているかい、ビリー」

「警官が、手錠をきつくかけたんです。それから熱いコーヒーのカップをぼくの手に押しつけて、ヴァンのドアをばたんと閉めた。発進したとき、熱いコーヒーが新しいスーツにこぼれた。憶えているのはそこまでです……ぼくのスーツは？」

「きみのクロゼットに入ってるよ、ビリー。ドライ・クリーニングすればいい。染みはとれるだろう」

「すごくへんな気分です」

「どういうふうにへんなのか、説明してもらえるかね」

「ぼくの頭のなかで、何かがなくなったみたいです」

「なくなったって、記憶が？」

「いいえ。裁判の前はみんなともっと固く結ばれていたって感じなんです。でもいまは、いろんな部分がここから欠けてるみたいです」頭を叩いた。

「なるほど、ビリー。たぶん、数日か、数週間後には、欠けた部分を見つけて、もとにもどせると思うよ」

「ここはどこですか」

「オハイオ州アセンズにある、アセンズ精神衛生センターだ」

ビリーは椅子の背にもたれた。「メトカルフ判事がそう言ってたっけ。ぼくはここに送られると判事が言ったのを憶えてます」

いま話しているのは部分的に統合された、核となる、基本人格のビリーだと感じ、ドクター・コールは偏《かたよ》らない質問をしようと気をつかいながら、やさしく話しかけた。人格の交代によって、顔の表情がどれほど変わるかを見て、ドクターは驚きに打たれた。アーサーは顎を引き締め、唇を一文字に結んで、重たげに垂れた瞼《まぶた》の下から見つめるため横柄な印象を与えたが、ビリーは目を大きく見ひらき、おどおどしていた。弱々しく、傷つきやすそうに見えた。ダニーの恐怖と不安はなかったが、ビリーは当惑しているようすだった。質問には熱心に答え、自分の医者を喜ばせようとするのだが、求められた情報は知らないか、思い出せないらしかった。

「すみません、ドクター・コール。ときどき、質問されると答えがわかるような気がするんですけど、それを言おうとすると、消えてしまうんです。アーサーかレイゲンならわかるでしょう。あのふたりはぼくより頭がいいし、記憶もはっきりしているから。でも、ふたりがどこへ消えたのか、わからないんです」

「いいんだよ、ビリー。きみの記憶はもっとよくなるし、思っていたよりいろんなことを知っているのがわかるようになるさ」

「ドクター・ハーディングもそう言ってました。ぼくが統合されたらそうなるって。ほんとにそうなったんです。でも、裁判のあとで、またばらばらになってしまった。どうしてなんですか」

「わたしにもその答えはわからないんだ、ビリー。なぜ、そうなったと思うかね」

ビリーは首を振った。「ぼくにわかるのは、アーサーとレイゲンがいまはいないってことだけです。あのふたりがいないと、よく思い出せないんです。ぼくの人生はいろんなところが欠けてます。ふたりに長いあいだ眠らされたからです。アーサーがそう教えてくれました」

「アーサーはたくさん話してくれるかい」

ビリーはうなずいた。「ドクター・ジョージがハーディング病院でアーサーに紹介してくれてからずっと。いまじゃアーサーは、ぼくにどうすればいいか教えてくれます」

「アーサーの言うとおりにしたほうがいいね。多重人格の人たちには、ふつう自分のなかにほかの全員のことを知っていて、協力しようとする誰かがいるんだ。わたしたちは『内部の自己助力者《インナー・セルフ・ヘルパー》』と呼んでいる——頭文字をとってＩＳＨと呼ぶこともある」

「アーサーが？　ＩＳＨですか？」

「そう思うよ、ビリー。その役にうってつけだ。知性があるし、ほかの人たちを知ってるし、とても道徳的だし……」

「アーサーはとても道徳的です。規則をつくったのはアーサーなんです」

「どんな規則だね」

「どう行動すべきか、何をすべきか、何をすべきではないか」

「なるほど。アーサーはきみの治療にとても役に立ってくれるだろうね、もし協力してくれればだが」

「きっと協力しますよ」ビリーは言った。「だって、アーサーはいつも言ってるんです、ぼくたち全員がひとつにまとまり、よくなることがどんなに重要かって。そうなればぼくは立派な市民になって、社会に貢献できます。だけど、いまはアーサーがどこにいってしまったのかわからない」

話しているうちに、コールはビリーの信頼を得つつあるのを感じた。コールはビリーを病棟に連れもどし、彼に自分の部屋を見せ、治療主任と病棟のほかの人々に紹介した。

「ノーマ、ビリーだよ」コールは言った。「ここははじめてなんだ。誰かにＡＩＴの案内をさせよう」

「わかりました、ドクター・コール」

だが、彼女はビリーを部屋へ連れていくと、彼をじっと見て言った。「もうこの病棟のことはわかってるでしょ、ビリー。だから、また同じことをする必要はないわね」

「ＡＩＴって何ですか」ビリーは尋ねた。

彼女はビリーを病棟の中央出入口に連れていき、重いドアをひらいて、案内板を指さした。「『入院および集中治療』よ。頭文字をとってＡＩＴと呼んでるの」彼女は向きを変え、離れていった。

あんなにそっけなくされるなんて、自分は何をしたのだろうかとビリーはいぶかったが、いくら考えても、何ひとつ思いつかなかった。

妹と母親がその夜訪ねてくると知らされると、ビリーは緊張した。妹のキャシーは裁判のときに見かけ、記憶にある十四歳の妹が、魅力的な二十一歳の女性に変身したのを知ったショックを乗り越えると、彼女と一緒にいるのが楽しかった。だが、母親は彼の希望で、裁判には姿を見せなかった。キャシーから、母はハーディング病院にいるときも、その前のレバノン刑務所にいるときも、たびたび会いにきてくれたと聞いていたが、その記憶はまるでなかった。

前回母を見たのは十六歳のときで、眠らされる前のことだった。だが、心に浮かぶイメージはそれ以前のものだった。母の美しい顔は血まみれで、頭皮からひとにぎりの髪が引きむしられていた……それが十四歳の彼が見て、記憶に残っている母の顔だった。

ふたりがＡＩＴにやってきたとき、母親がすっかり老けこんだのを見て、ビリーはショックを受けた。顔に皺《しわ》が寄っていた。小さくカールした黒い巻き毛は、かつらのように見えた。青い目とふっくらした唇だけが、いまだに美しかった。

母親とキャシーは思い出話にふけり、競いあってむかしの出来事を語った。ビリーの子供時代にはわけのわからなかったいろいろな事柄《ことがら》が、いまでは、ほかの人格がやったことだと説明できた。

「いつもふたりいるとわかってたのよ」母親が言った。「いつも言ってたの。あたしのビリーとほかにもうひとりいるって。おまえが助けを必要としてるってみんなに言ったんだけど、誰も聞き入れてくれなかった。お医者さんたちに話したし、答弁取引でおまえをレバノンに入れたあの弁護士にも話したのよ。でも、誰もあたしの言うことを聞こうとしなかった」

キャシーは椅子の背にもたれ、母親をにらんだ。「でも、母さんがチャーマーのことを話してれば、誰かが聞いてくれたはずよ」

「わからないわ」母親は言った。「キャシー、神さまがご存知だけど、あいつがビリーに何をしたか知ってれば、あたしはあいつの心臓を引き裂いてたわ。あのナイフを、おまえからとりあげやしなかったわよ、ビリー」

ビリーは眉をひそめた。「どのナイフ？」

「きのうのことみたいに憶えてるわ」母親は言い、日焼けした長い脚の上でスカートをなでつけた。「おまえは十四歳くらいだった。おまえの枕の下にキッチン・ナイフを見つけたので、おまえに訊いたの。おまえがあたしに何と言ったかわかる？　答えたのはもうひとりのほうだと思うけど。『ご主人はけさまでに死んでるはずだった』ほんとにそういう言葉づかいだったのよ、神さまがご存知だけど」

「チャラはどう？」ビリーは話題を変えて、尋ねた。

母親は目を伏せて床を見た。

「どうかしたの？」ビリーは尋ねた。

「あの娘は元気よ」母親は答えた。

「どうかしたんじゃないかと思ったけど」

「彼女、妊娠したの」キャシーが言った。「ご主人と別れて、赤ちゃんが生まれるまでオハイオにもどってきて、母さんと暮らすの」

ビリーは煙か霧でもはらいのけるように、目の前で手を振った。「何かあるなとわかったんだ。感じたんだよ」

母親はうなずいた。「おまえはいつでも千里眼だったわね。何と言ったっけ」

「ESPよ」キャシーが言った。

「それにおまえもよ」母親は言った。「おまえたちふたりは、いつもいろんなことを知ってたわね。おまえたちはいつも、話をしないでおたがいの心のなかがわかってた。あたしはいつも背筋が寒くなったものよ、ほんとに」

ふたりは一時間以上そこにいた。ふたりが帰ると、ビリーはベッドに横たわり、窓越しにアセンズの街の灯を眺めた。

3

それにつづく日々、ビリーは病院の敷地内をジョギングし、読書し、テレビを見て、セラピーを受けた。コロンバスの新聞は定期的に彼について記事を載せた。《ピープル》誌は彼の生涯について長い記事を載せ、《コロンバス・マンスリー》の表紙に彼の写真が載った。その記事を読むか、彼の絵の写真を見て買いたがる人々から、病院の交換台に電話がひっきりなしにかかってきた。ドクター・コールの許可を得て、ビリーは画材をとりよせ、部屋にイーゼルを用意して、数十枚の肖像画や静物画、風景画を描いた。

ビリーはドクター・コールに、大勢の人々が彼の伝記に関する権利を得ようとしてジュディとゲイリーに接触しているし、彼を〈フィル・ドナヒュー・ショウ〉や〈ダイナ！〉、〈シックスティ・ミニッツ〉に出演させたがっている人々もいると話した。

「誰かにきみのことを書いてもらいたいかね、ビリー」コールは尋ねた。

「お金があれば役に立つと思うんです。よくなって、社会にもどったら、生活する資金が必要になります。いったい誰がぼくに仕事をくれるでしょうか」

「金のことはべつにして、自分のことを世間の人に読まれるのをどう感じるね？」

ビリーは眉をひそめた。「みんなに知らせるべきだと思います。子供の虐待がどういう結果になりうるか、理解してもらうのに役立つかもしれない」

「なるほど。誰かにきみのことを書いてもらおうと決心したんなら、わたしが信頼している作家に引き合わせてもいい。このアセンズのオハイオ大学で教えているんだ。本の一冊が映画になった。こんなことを言いだしたのは、きみが可能性をぜんぶ検討できるようにと考えたからだよ」

「ほんものの作家が、ぼくのことを本に書きたがると思いますか」

「彼に会って、どう考えるかようすを見ても悪いことはないだろう」

「わかりました、いい考えですね。気に入りました」

その夜、ビリーは作家に話をするところを考えようとした。その作家を思い描こうとした。たぶんツイードのジャケットを着て、パイプをふかして、アーサーに似ているのだろう。大学で教えているとすれば、どのていどに優秀なのだろう。作家はニューヨークかべヴァリー・ヒルズに住んでいるはずではないか。なぜドクター・コールはその作家を推薦したのだろう。ここは慎重になる必要がある。ゲイリーが、本を出せばたいへんなお金になると言っていた。それに映画も。誰がぼくの役を演じるのかな。

その夜は、著書が映画になったというほんものの作家と話すことを考え、興奮したのと怖いのとで、ひと晩中、眠れずに輾転反側《てんてんはんそく》した。明け方になってようやく眠ると、アーサーはビリーを作家と話しあわせるのは適切ではないと考えた。アレンをスポットに出したほうがいい。

「なんでぼくなんだ」アレンが訊いた。

「きみだと対人関係がうまくいくからだ。油断せずに、騙《だま》されないようにするには、きみのほうが素質がある」

「いつだって、おもてに出るのはぼくなんだ」アレンはこぼした。

「きみならうまくやれるからだよ」アーサーは言った。

翌日、アレンは作家に会い、あっけにとられるとともに失望した。背の高い、魅力あふれる作家ではなく、目の前にいたのは、ひげを生やし、眼鏡をかけ、黄褐色のコーデュロイのスポーツジャケットを着た背の低い痩せた男だった。

ドクター・コールはふたりを紹介し、話しあうために自分のオフィスへ招いた。アレンは革のソファにもたれ、煙草に火をつけた。作家はアレンと向きあって坐り、パイプに火をつけた。アーサーにそっくりだった。ふたりはしばらく世間話をして、それからアレンが本題に入った。

「ドクター・コールの話だと、あなたはぼくの話を書く権利を得ることに関心があるそうですね」アレンは言った。「値打ちがあると思いますか」

作家はにこやかに微笑み、煙を吐きだした。「それは内容によりますね。出版社が関心を持つほどの内容があるかどうか、きみについてもっと知る必要がある。新聞や《タイム》や《ニューズウィーク》に載った以上のことが何かあればいいが」

コールは笑みを浮かべて、腹の上で指を組み合わせた。「それは保証しますよ」

アレンは身を乗りだし、膝に肘をついた。「ありますよ。もっとたくさん。でも、ただで話すつもりはありませんね。コロンバスにいるぼくの弁護士が、その権利を求めている人は大勢いると言ってました。ハリウッドから、テレビと映画化の権利を買うと言ってきた人がいましたし、今週は契約書を持って飛行機でくる作家もいるんです」

「それは有望ですね」作家は言った。「きみは有名になったから、きみの生涯について読みたいという読者は大勢いるはずだ」

アレンはうなずき、にっこりした。この作家について、もうすこし調べようと思った。

「あなたの仕事について知るために、お書きになったものを読みたいですね。ドクター・コールの話だと、著書の一冊が映画になったそうですが」

「その小説を送りますよ」作家は言った。「読み終わって、興味があるようだったら、この件についてまた話しましょう」

作家が去ると、ドクター・コールはビリーに、これ以上話が進展する前に、自分の利害について地元の弁護士に相談したほうがいいと言った。コロンバスの公選弁護人たちに依頼することはもはやできないからだった。

その週、アレンとアーサーとビリーは代わるがわるその作家が送ってきた小説を読んだ。読み終わると、ビリーはアーサーに言った。「この作家に頼みたいな」

「同感だ」アーサーは言った。「この小説で登場人物の心に入りこんでいるのと同じように、ぼくたちの話を書いてもらいたいな。ビリーの問題を理解してもらうには、内面から語る必要がある。作家はビリーの立場になって書かなければならない」

レイゲンが口をひらいた。「おれは反対だぜ。本なんか書くべきじゃないと思う」

「どうして？」アレンが訊いた。

「こういうことだ。ビリーがその作家に話し、あんたたちやほかのみんなも話すだろう。あんたたちは、ほかの犯罪についてしゃべっちまうかもしれない」

アーサーは考えてみた。「そのことは話さなければいい」

「それに」とアレンが言った。「ぼくたちはいつでも逃げ道があるんだ。話しているうちに、ぼくたちに不利になるようなことをしゃべったら、ビリーはいつでも本を中止させられるんだ」

「どうやって?」

「ぜんぶ否定すればいいのさ」アレンは言った。「多重人格者だってふりをしていただけだと言えばいい。嘘だったと言えば、誰も本を買わないよ」

「誰がそんなことを信じる?」レイゲンが訊いた。

アレンは肩をすくめた。「それはどうでもいいんだ。こっちがぜんぶ嘘だったと言いだしそうな本を、どの出版社が出すと思う?」

「アレンは要点をついている」アーサーは言った。

「ビリーがサインするどの契約にも、同じことが言えるんだ」アレンは言い足した。

「ビリーはサインする能力がないってふりをするのか」レイゲンは尋ねた。

アレンはにやりとした。「『精神異常という理由で無罪』なんだ、そうだろ? ぼくは電話でそのことをゲイリー・シュワイカートと話した。彼によると、契約書にサインしたのは気がおかしかったからだ、ドクター・コールに圧力をかけられたからだ、といつでも言えるんだそうだ。それで契約は無効になる」

アーサーはうなずいた。「それじゃ話をすすめて、あの作家に本の出版社を探すように言っても問題ないな」

「それでも、りこうなやりかただとは思えないぜ」レイゲンが言った。

「この話を世間に知らせるのは、とても大事だと思う」アーサーは言った。「多重人格についてほかにも本が書かれているけれど、ビリーみたいな話はない。どうやってこういうことが起こるのか読者に知らせられれば、わたしたちは精神の健康に貢献できるかもしれない」

「それに」とアレンが口をはさんだ。「大金がころがりこんでくる」

「そいつはきょう聞いた話のなかでいちばん知的で、最高にいい意見だな」レイゲンが言った。

「あんたは金となると目の色が変わるんだな」アレンは言った。

「それがレイゲンの興味深い矛盾なんだ」アーサーが言った。「彼は献身的な共産主義者で、金が大好きだから盗むのさ」

「だけどわかってるだろ」レイゲンは言った。「おれたちの請求書の支払いに必要じゃない金は、いつも、貧乏で困ってる人たちにあげてるんだぜ」

「それがどうした？」アレンは笑った。「慈善のための税金の控除《こうじょ》を受けられるかもしれないな」

4

十二月十九日、《アセンズ・メッセンジャー》の地元ニュースを扱う社会部長から病院に電話があり、ビリー・ミリガンとのインタビューを求めてきた。ビリーとドクター・コールは同意した。

コールはビリーを会議室へ連れていき、そこで社会部長ハーブ・エイミー、記者のボブ・エイキー、カメラマンのゲイル・フィッシャーに紹介した。コールは彼らにビリーの絵を見せ、ビリーは彼らの質問に答えて、過去の虐待や、自殺未遂、ほかの人格に支配されていることなどを話した。

「暴力行為についてはどうなんですか」エイミーは尋ねた。「アセンズの住民は、どうすれば安心できるんですか――この開放病棟のほかの大勢の患者と同じように、あなたが病院の敷地の外に出ることを許された場合、あなたが彼らにも子供たちにも危険ではないと、どうして安心できるのでしょうか」

コールが答えた。「暴力の問題は、ビリーではなく、ほかの人格に答えてもらったほうがよさそうですね」

コールはビリーを連れて会議室を出ると、ホールの反対側にある自分のオフィスにいき、彼を坐らせた。「さあ、ビリー。アセンズでメディアといい関係をつくりあげるのは大事なことだ。きみが危険ではないことを、住民に見せなければならない。いずれ、きみは絵を描く材料を買ったり、映画を見たり、ハンバーガーを食べに、監視なしでダウンタウンへいく許可がほしくなるだろう。この新聞関係者たちは、明らかに同情的だ。彼らにレイゲンと話をさせたほうがいいと思うね」

ビリーは黙って坐り、唇を動かしていた。まもなく身を乗りだして、にらみつけた。

「あんた気がおかしくなったのかい、ドクター・コール」

コールは険《けわ》しい声に息をつめた。「どうしてそんなことを言うんだね、レイゲン」

「こんなことをするのは間違ってる。おれたちはビリーを起こしておこうと頑張ってるんだぞ」

「重要なことだと思ったから、きみを呼んだんだ」

「重要なんかじゃない。新聞に利用されるだけだ。おれは反対だ。おれは怒ってる」

「きみの言うとおりだ」コールは用心深い目でレイゲンを見た。「だが、世間の人たちに、裁判所が言ってるとおり、きみたちは危険ではないと安心してもらわなければならない」

「世間の人にどう思われようとかまわないぜ。利用されて、見出しの言葉に当惑したくないだけだ」

「だが、アセンズで新聞といい関係をつくっておいたほうがいい。この街の住民にどう思われるかで、きみのセラピーや許可される行動範囲にも影響が出てくるんだ」

レイゲンはそのことを考えた。コールが彼を利用して、新聞にたいする声明に重みを与えようとしているのを感じたが、コールの言葉は筋が通っていた。「正しいことだと思うんだな？」レイゲンは尋ねた。

「そう思わなければすすめないさ」

「わかった」レイゲンは言った。「記者たちと話すよ」

コールが彼を連れて会議室へもどると、記者たちは心配そうに顔をあげた。

「質問に答えるぜ」レイゲンが言った。

スラヴ訛りにぎくりとして、エイキーはためらった。「わたしは……つまり、われわれが尋ねているのは……あなたが……つまりビリーが暴力的ではないと……住民たちを安心させたいんです」

「おれが暴力をふるうのは、誰かがビリーを傷つけようとするか、ビリーの前で女性や子供を痛めつけようとするときだけだ」レイゲンは言った。「そういうときだけ、おれが介入する。こういう風に言えばいいかな。あんたたちは誰かが自分の子供を傷つけてもほうっておくかね？　そんなことはしないな。女房や、子供や、ほかの女性を守ろうとするだろう。誰かがビリーを傷つけようとしたら、おれはビリーを守る。だが、理由もないのに攻撃するのは野蛮だ。おれは野蛮人じゃない」

さらに二、三質問をしてから、記者たちはアーサーと話したいと言った。コールが彼らの要求を伝えると、記者たちの目の前で、レイゲンの敵意のある表情が、溶けるように変化した。次の瞬間、いったん溶けたものがまた固まり、唇を引き結んだ横柄《おうへい》な顔になった。

アーサーはまわりを見まわし、うわの空でポケットからパイプをとりだし、火をつけて、長く煙を吐きだした。「じつに馬鹿げてます」アーサーは言った。

「何がだね」ドクター・コールは尋ねた。

「ウィリアムを眠らせて、わたしたちを見せ物にすることがです。彼を起こしておくために、必死で努力しているんですよ。彼を安定した状態におくことが大事なんです。そうは言っても」――記者たちに注意を向けた――「暴力についての質問にお答えしますが、アセンズの街のお母さんたちは、家のドアに錠をおろす必要はないと請け合います。ウィリアムはよくなっています。わたしから論理的に考えることを学び、レイゲンから怒りを表現する力を得ています。わたしたちはウィリアムに教え、彼はわたしたちを吸収しています。わたしたちが教えることをウィリアムがすべて学んだら、わたしたちは消えます」

記者たちは、ノートにすばやく書きとった。

コールはビリーを呼びもどした。ビリーは出てくると、パイプにむせた。「なんてことだ！　ひどいな！」そういうと、パイプをテーブルの上に投げだした。「ぼくは煙草を喫《す》わないんだ」

ビリーはさらに質問に答え、ドクター・コールにほかの部屋に連れていかれてから起こったことは何も憶えていないと言った。自分の希望について、ためらいがちに語った。絵を売って、お金の一部を児童虐待防止センターへ寄付したいと言った。

《メッセンジャー》のスタッフが部屋から出ていくのを見まもり、コールは三人が呆然としているのに気づいた。ビリーとAITへもどりながら、コールは言った。「信じてくれる人がふえたようだな」

ジュディ・スティーヴンスンは訴訟の準備に忙しかったので、ゲイリー・シュワイカートが公選弁護人事務所の所長を連れて、アセンズにいるビリーを訪れた。ゲイリーはビリーの本を書く作家と、ビリーが個人的な問題を委《ゆだ》ねるために雇《やと》ったアセンズの弁護士、L・アラン・ゴールズベリーのことをもっと知りたがった。彼らは、ドクター・コールとビリーの妹とその婚約者のロブとともに、十一時に会議室で顔を合わせた。ビリーは、自分で決断した、この作家に本を書いてもらいたいのだと主張した。シュワイカートはゴールズベリーに、ビリーの伝記に関する権利に関心を示した出版社と作家たち、それにプロデューサー一名のリストをわたした。

会合のあとで、ゲイリーはビリーと短いあいだだがおしゃべりをした。「いまは新聞で騒がれている事件を扱っているんだ」ゲイリーは言った。「二二口径殺人だよ」

ビリーは真剣な顔をしてゲイリーを見た。「ひとつだけ約束してください」

「何だね？」

「実際にその男の犯行なら」ビリーは言った。「弁護しないでください」

ゲイリーはにっこりした。「きみがそう言うと、ビリー、重みがあるな」

アセンズ精神衛生センターを出たとき、ゲイリーはいまのビリーにはほかの弁護士がついていることを考えて、複雑な心境になった。ビリーの事件を扱ったその十四カ月のあいだ、何もかも犠牲にし、疲労困憊《ひろうこんぱい》した。

そのために、ジョー・アンとの結婚生活が破綻《はたん》した。ビリーの事件を扱ったために家族から奪われた時間、いまでも尾を引いている悪評――婦女暴行犯の弁護に成功したというので、非難の電話が夜中にかかってくる――は、耐えがたい重荷となった。子供のひとりは、父親がミリガンの弁護をしたために、学校でいじめられた。

ビリーの弁護を担当しているあいだ、ほかの依頼人にかける時間と努力をどれほどごまかしているのかと考えたものだった。彼もジュディも、ビリー・ミリガンがあまりにも複雑であるため、ほかの依頼人よりも優先してしまったのだ。ジュディはこう言っている。

「誰かをないがしろにしている恐れがあるために、ほかの人々に不利にならないようにと十倍も働くことになるのよ。家庭と家族がそのしわよせを受けるんだわ」

ゲイリーは車に乗るとき、醜いヴィクトリア朝風の巨大な建物を見あげて、うなずいた。いまはほかの者がビリー・ミリガンの世話と責任を引き受けているのだ。

5

十二月二十三日、ビリーは目覚め、作家と話すのだと思って神経質になった。子供のころの記憶は少なく、ほかの者たちから聞いた断片的なものばかりだった。自分の生涯について、どうやって話せばいいのだろう。

朝食後、ビリーはロビーの端へいき、ポットから二杯めのコーヒーを注いで、肘掛け椅子に坐り、作家を待った。先週、彼の新しい弁護士、アラン・ゴールズベリーが本のことで彼の代理をつとめ、作家と出版社との契約書に署名をすませた。それだけでも神経が疲れた。いまはパニック状態になりそうだった。

「ビリー、お客さまよ」ノーマ・ディションの声にぎくりとして、飛びあがったので、コーヒーをジーンズにこぼしてしまった。作家が病棟のドアを通り、階段を降りて廊下をこちらへやってくる。たいへんだ、ぼくはなんてことをしてしまったんだろう?

「ハイ」作家はにっこりして言った。「はじめてもいいかな?」

ビリーは先に立って自分の部屋へいき、ひげを生やした瘦せた作家が、テープレコーダーやノートや鉛筆、それにパイプと煙草をとりだすのを見まもった。作家は椅子にもたれて言った。「毎回、きみの名前を言ってもらうことにしよう。記録のためだが、きみの名前は?」

「ビリー」

「よろしい。さて、最初にドクター・コールのオフィスで会ったとき、ドクターは『スポット』がどうのと言い、きみはわたしのことをよく知らないので、そのことは話せないと言ったね。いまは話してもらえるかな」

ビリーは当惑して、目を伏せた。「最初の日にあなたに会ったのは、ぼくじゃないんです。ぼくは恥ずかしくて、あなたと話ができなかったんです」

「ほう？　じゃあ、誰だったんだい」

「アレンです」

作家は眉をひそめ、思いめぐらすようにパイプをふかした。「わかった」ノートにメモした。「スポットのことを話してくれるかな」

「教えてもらったんです。ハーディング病院で部分的に統合されたとき、それまでに起こったいろんなことを教えてもらいました。スポットっていうのは、アーサーが外の世界について子供たちに説明するためにつかってる言葉なんです」

「スポットはどんな風なものなんだね？　実際には何が見える？」

「床の上に輝いている大きな白いスポットライトなんです。みんなそのまわりに立ってるか、近くの暗がりにあるベッドに横になり、見まもっている者もいれば、眠っている者もいるし、ほかの面白いことで夢中になってる者もいます。でも、スポットに出る者が意識を持つんです」

「ほかの人格たちは、『ビリー』と呼ばれると答えるのかい」

「ぼくが眠っていて、外の誰かがビリーに呼びかけると、ぼくのなかにいる人たちがその名前に答えはじめました。ドクター・ウィルバーが前に説明してくれたんですが、ほかの人たちは、多重人格であることを隠すために何でもするんだそうです。ほんとうのことを知られてしまったのは、うっかりしたからで、デイヴィッドが怯《おび》えてドロシー・ターナーに話してしまったからなんです」

「ほかの人たちが最初に存在するようになったときのことを知っているかい」

ビリーはうなずき、椅子にもたれて考えた。「ぼくがとても小さかったとき、クリスティーンが出てきました。いつだか憶えてませんが。ほかの人たちが出てきたのは、ぼくが八歳のとき、もうじき九歳になりかけたころです。チャーマーが……チャーマー父さんが……」ビリーの言葉がとぎれがちになった。

「話すのがいやなら、いいんだよ」

「かまいません」ビリーは言った。「先生たちは、ぼくがすっかり吐きだしてしまうのが大事だと言ってます」

目を閉じた。「あれはエイプリル・フールのあとの週だった。ぼくは四年生だった。畑の準備を手伝うために、農場へ連れていかれたんです。納屋で、耕耘機《こううんき》に縛りつけられました。それから……それから……」涙が浮かび、声がしゃがれ、子供っぽくなり、とぎれた。

「つらいんなら……」

「ぶたれたんです」ビリーは手首をこすりながら言った。「父さんがモーターを動かしたので、ぼくは引きずりこまれて、身体を切りきざまれるんじゃないかと思った。父さんは、母さんにそのことを話したら、ぼくを納屋に埋めるって言うんです。母さんには、ぼくが母さんを憎んでるから逃げ出したって言うって」

涙がビリーの頰をつたった。「次にそれがあったとき、ぼくは目を閉じて、そこから離れました。いまではわかってます。ハーディング病院でドクター・ジョージが思い出すのを手伝ってくれたので、わかってますが、モーターに縛られたのはダニーだったんです。それから、苦痛を引き受けるためにデイヴィッドが出てきました」

作家は怒りで身体が震えるのを感じた。「まったく、きみが生きのびただけでも驚くべきことだな」

「いまではわかってるんです」ビリーはささやいた。「警察がチャニングウェイにぼくを捕まえにきたとき、ぼくはほんとは逮捕されたんじゃないんです。ぼくは救出されたんだ。あの前に被害を受けた人たちには悪いんですが、二十二年たって、ようやく神さまがぼくに微笑んでくださるって感じがします」

第六章

1

クリスマスの翌日、作家は車を走らせ、ビリー・ミリガンとの二度めの面会をするために、カーヴした長い道をアセンズ精神衛生センターへと向かった。ビリーが病院でクリスマスをすごしたあと、めいっているのではないかという気がしていた。

作家は、クリスマスの前の週にビリーが、オハイオ州ローガンにある妹の家で家族と休暇をすごす許可がほしい、とドクター・コールに迫ったことを知っていた。コールはまだ早すぎると言った——センターにやってきてまだ二週間をすこし過ぎたばかりだった。だが、ビリーは執拗《しつよう》にせがんだ。AITのほかの患者は、短い休暇を自宅ですごすことが許されている。ほかの患者と同じ扱いをするという言葉がほんとうなら、同じようにする許可をとるよう努力してくれてもいいではないか。

患者が自分を試そうとしているのがわかり、ビリーの信頼を得るのが重要だと気づいていたので、コールはその申請を出すことに同意した。拒否されるのは確実だと思えた。

それは成人仮釈放機関、オハイオ州精神衛生局、コロンバスの検事局で憤激の嵐を巻き起こした。ヤヴィッチがゲイリー・シュワイカートに電話して、いったいアセンズでは何をやっているのかと尋ねると、ゲイリーは調べてみると答え、「だが、わたしはもう彼の弁護士ではないんだ」とつけ加えた。

「ふむ。わたしならアセンズの彼の医者に電話してみるね」ヤヴィッチは言った。「彼らに頭を冷やせと言ってやるよ。ミリガンが入院二週間で、帰休するなどということがあったら、精神異常の犯罪者を管理する新しい法律をつくれという叫びが確実にあがるだろうね」

コールの予想どおり、許可は下りなかった。

金属製の重いドアを押しあけてビリーの部屋へ向かいながら、作家はＡＩＴががらんとしていることに気づいた。ビリーのドアをノックした。

「ちょっと待って」ねぼけ声が返ってきた。

ドアがひらき、ビリーはたったいまベッドから出たばかりというようすだった。戸惑《とまど》ったように、手首のデジタル・ウォッチを見た。「これのことを憶えてないんです」と彼は言った。

デスクへいき、紙片に目を走らせた。それを作家に見せた。病院の購買部から出された二十六ドルの領収書だった。

「これを買った憶えはないんです」ビリーは言った。「誰かがぼくのお金をつかった。ぼくが絵を売ったお金だ。こんなの正しいこととは思えません」

「購買部で引きとってくれるかもしれないよ」作家は提案した。

ビリーは時計をじっと見た。「持っていよう。いまは時計がいるんです。あまりいい時計じゃないが……ようすをみます」

「きみが買ったのでなければ、誰のしわざだと思うね？」

ビリーは青みがかった灰色の目で、ほかに誰かがいるかもしれないというように部屋を見まわした。「妙な名前が聞こえてくるんです」

「たとえば？」

「〈ケヴィン〉それに〈フィリップ〉」

作家は驚きを見せまいとつとめた。資料を読んで十人の人格について知っていたが、いまビリーが口にした名前をあげた者はひとりもいなかった。テープレコーダーが動いているのをたしかめ、ビリーに言った。「このことをドクター・コールに話したかい」

「まだです」ビリーは答えた。「話そうと思います。でも、どういうことだかわからないんです。誰なんだろう。どうしてぼくはその人たちのことを考えてるんだろう」

ビリーが話しているあいだに、作家は十二月十八日の《ニューズウィーク》に載った記事の最後の部分を思い出した。「しかしながら、まだ答えのない疑問がある……レイプの被害者たちとの会話で、彼が『ゲリラ』とか『殺し屋』とか称したのは、どういうことなのだろう。医者たちは、ミリガンの心の奥にはほかの人格が潜《ひそ》んでいるかもしれないと考えている――そのなかには、まだ発覚していない犯罪行為をした者がいるかもしれない」

「これ以上何か言う前に、ビリー、わたしたちは基本的なルールを定めておいたほうがいいと思う。きみが話してくれることが、きみに不利な使われかたをしないようにしたい。自分に不利に使われるかもしれないと思うことを話すときには、『オフレコだ』と言うだけでいい。そうすれば、テープレコーダーをとめる。わたしのファイルには、きみを罪に陥《おとしい》れるようなものは入れない。きみがうっかり忘れたら、わたしはきみの話をさえぎり、レコーダーをとめる。それでいいね？」

ビリーはうなずいた。

「もうひとつある。法律を破る計画をたてているのなら、わたしに話さないでほしい。きみが話したら、わたしはまっすぐ警察へいかなければならない。さもないと、共犯とみなされてしまうからね」

ビリーは衝撃を受けたようだった。「もう犯罪行為をするつもりはありません」

「それを聞いてうれしい。ところで、そのふたつの名前だが」

「ケヴィンとフィリップです」

「その名前はきみにとってどんな意味があるんだね」

ビリーはデスクの上の鏡に見入った。「何も。思い出せないんです。だけど、ひとつだけ心に浮かんでくる言葉があります——『好ましくない者たち』です。アーサーと関係がありますが、どうなってるのかぼくにはわかりません」

作家は身を乗りだした。「アーサーのことを話してくれないか。どういうタイプなんだね？」

「感情がないんです。『スター・トレック』のミスター・スポックみたいです。レストランで、ためらわずに文句をつけるようなタイプです。わずらわしいので自分のことを説明するのは避けるのに、自分の言葉を誰かが理解しないと、いらだちます。辛抱するゆとりがないんです。スケジュールがつまってるって言ってます——物事を手配したり、計画したり、組織したりするのに忙しいんです」

「のんびりすることはないのかな」

「ときにはチェスをします——たいていはレイゲンとやって、アレンが駒を動かします。でも、時間をむだにするのが嫌いです」

「彼のことがあまり好きじゃないみたいだね」

ビリーは肩をすくめた。「アーサーは好きになったり嫌ったりする人間じゃないんです。尊敬するかしないかなんです」

「アーサーはきみとは外見が違うの？」

「身長と体重はぼくと同じくらい……六フィートで百九十ポンドです。だけど、ワイアフレームの眼鏡をかけてます」

二度めの面接は三時間つづき、新聞にとりあげられた人格たちの数人、ビリーのほんとうの家族に関する事実、子供のころの思い出などにふれた。作家はビリーの物語をどう書けばいいのか手さぐりしていた。大きな問題は記憶喪失だった。ビリーの記憶には欠落した部分が多いため、子供のころや、ビリーが眠り、ほかの人格たちがビリーの生活をしていた重要な七年間について、詳しく聞きだすことはできそうもなかった。作家は、ビリーの経験の一部を物語風に記述するにしても、ビリー自身が語る事実から離れるまいと決心していた。未解決の犯罪以外は、すべてビリーが語ったとおりに書くつもりだった。問題は、それが好ましくない穴ばかりになることだった。そうなれば、本にはならない。

2

ドクター・コールは顔をあげた。オフィスの外で大きな声がするので、気をとられたのだ。秘書が強いブルックリン訛《なま》りの男と話していた。

「ドクター・コールはお忙しいんです。いまはお目にかかれません」

「ふん、あっちがどんなに忙しくたって、おれはかまわねえんだ。会いてえんだ。わたしてえものがある」

コールは腰を浮かせたが、そのときオフィスのドアがあいた。ビリー・ミリガンが立っていた。

「あんた、ビリーの頭の医者かい？」

「わたしはドクター・コールだ」

「はははあ、そうか、おれはフィリップだ。おれたちの何人かで、あんたにこれをわたしたほうがいいって考えたんだよ」デスクに黄色い法律用箋《ようせん》をぴしゃりとおき、向きを変えて出ていった。コールはちらりと見て、名前が書かれた長いリストだと気づいた。ビリーの十人の人格とそれ以外の名前だ。最後に書かれているのは名前ではなく、〈教師〉とあった。

ドクター・コールは患者のあとを追おうとして、考えなおした。受話器をとり、医療用マイクロウェーヴの技術者を呼びだした。

「ジョージ。きょうデイヴ・マラウィスタと一緒にビリー・ミリガンのセラピーをするんだ。ビデオテープに撮ってほしいんだが」

電話を切ると、リストを眺めた。知らない名前がたくさんある――ぜんぶで二十四だ。

ようやくわかりはじめたことについて、あえて考えるのをやめた。こんなことにどう対処すればいいのか。いったい、〈教師〉とは誰なんだ。

昼食後、コールはAITへいき、ミリガンの部屋のドアをノックした。すぐに髪が乱れ、眠そうな目をしたビリーがあけた。

「きょうの午後はセラピーがあるんだ、ビリー。さあ、目を覚まして」「はい？」

「はい、ええ。わかりました、ドクター・コール」

ビリーは小柄で精力的な医者のあとから階段を登り、AITを出た。

ふたりは廊下を通って現代的な老人医学の建物へ向かい、ソフトドリンクやキャンディの自動販売機の前を通り、医療用マイクロウェーヴ室のドアからなかに入った。

ビリーとドクター・コールが入っていくと、テレビ・カメラをセットしていたジョージがふたりにうなずきかけた。右側には、そこにいない聴衆のために用意してあるかのように、椅子がかたまっておかれていた。左側の、あいているアコーデオン・ドアの向こうにテレビ・カメラとモニター用装置が並んでいた。ビリーはコールが身ぶりで示した椅子に坐り、ジョージがビリーを手伝って、マイクのコードを首のまわりに留めた。そのとき、黒っぽい髪の若い男が部屋に入ってきた。シニア・スタッフの臨床心理士、デイヴ・マラウィスタだった。ドクター・コールは挨拶した。

ジョージはテレビ・カメラの準備が整ったと合図し、コールはセラピーをはじめた。

「記録のために、きみが誰だか言ってくれないか」

「ビリーです」

「よろしい、ビリー。知りたいことがあるので、きみに教えてもらいたい。『ぼくの人々』ときみが呼んでいるなかに、新しい名前がたびたび浮かんでくるのはわかってる。ほかにも誰かがいるのかね」

ビリーは驚いたようすで、コールからマラウィスタへ、またコールへと視線を移した。

「あのう、コロンバスで心理学者に、〈フィリップ〉という名前の人について訊かれたことがあります」

コールはビリーの膝が神経質にがくがく動いているのに気づいた。

「〈ショーン〉とか〈マーク〉とか〈ロバート〉という名前はどうかな？」

ビリーはぼんやりしたようすになり、心のなかで会話をしているのか唇を動かし、考えていた。まもなく、つぶやくように言いはじめた。「いま、頭のなかで話しているのを聞いたんです。アーサーが誰かと口げんかをしてました。そういう名前がこだましてました。どういうことだかわかりません」ためらった。「アーサーが言いました。『ショーンは精神遅滞《ちたい》じゃない。精神的には遅れていない。生まれつき耳が聞こえないので、遅れたのだ。年齢を考えれば正常ではないが……』ドクター・ウィルバーに起こされたときから、眠る前のぼくの頭のなかでは戦争がつづいてます」

唇がまた動いた。コールは目でジョージに合図し、カメラを操作してビリーの顔の表情を近くから撮《と》らせた。

「誰かに説明してほしいですか」ビリーが神経質に尋ねた。

「誰と話せばいいと思うかい」

「よくわかりません。この数日間は混乱することが多くて。誰に訊けばよくわかるのか、はっきりしません」

「きみはスポットを離れられるかい、ビリー？」

ドクター・コールに追い払われたような気がしたのか、ビリーは驚き、心を傷つけられたようだった。

「なあ、ビリー、わたしの気持ちは……」

ビリーの目が光を失った。数秒のあいだ、身体を強《こわ》ばらせて坐っていた。やがて、ふいに起こされて、警戒心が頭をもたげたというようにまわりを見まわした。指の関節をぼきぼき鳴らし、にらみつけた。

「あんた、大勢敵をつくったぜ、ドクター・コール」

「どういうことだか説明してくれるかな」

「ま、おれはいまのところ敵にまわっちゃいないが。問題はアーサーだぜ」スラヴ訛りの声が言った。

「なぜ」

「好ましくない者たちが侵入してきた」

「『好ましくない者たち』って誰だね」

「もう役目を終わって必要なくなったので、アーサーが黙らせた連中さ」

「必要ないのに、どうしてまだいるんだね」

レイゲンはドクターをにらんだ。「おれたちにどうしろってんだ——やつらを殺せってのか」

「わかった」コールは言った。「つづけてくれ」

「おれはアーサーの決定に満足してない。アーサーもおれと同じく保護者になるべきだ。おれひとりで何もかもやるのは無理だ」

「その好ましくない者たちについて、もっと話してくれないか。彼らは暴力的なのか？犯罪者なのか？」

「暴力的なのはおれだけだ。それも理由があってのことだ」ふいに手首の時計に気づき、びっくりしたようすだった。

「それはきみの時計かい」ドクター・コールは尋ねた。

「誰の時計か、見当もつかない。おれが見てないときに、ビリーが買ったに違いないな。

いま言ったとおりだ、ほかの連中は泥棒じゃない」にやりとした。「アーサーは好ましくない者たちについて高飛車《たかびしゃ》な態度をとる。ほかのみんなは、連中のことを口にするなと言いわたされてる。連中のことは秘密になってるんだ」

「ほかの人たちがいることが、これまでどうしてあかるみにでなかったのかな」

「誰も訊かなかったからさ」

「一度も？」

レイゲンは肩をすくめた。「ビリーかデイヴィッドに訊いたかもしれないが、ふたりは連中がいることを知らないんだ。好ましくない者たちのことは、完全な信頼関係ができるまで知らせないことになってる」

「それじゃあ、なぜわたしに知らされたんだね」

「アーサーの支配力が弱くなってる。好ましくない者たちが反乱を起こして、自分たちの存在をあんたに知らせようとしたんだ。ケヴィンがリストをつくった。必要な第一歩さ。だけど、信頼関係がないときに、あまり多くを知らせるのは考えものだ。防衛機能を損《そこ》なうからな。おれは秘密を口にしないと誓ったが、嘘はつかない」

「どういうことになるんだね、レイゲン」

「おれたちは団結する。みんな一緒に。完全にコントロールする。もう記憶喪失はない。ひとりだけが支配力を持つ」

「誰が？」

「〈教師〉だ」

「〈教師〉とは？」

「とても人好きのする男だよ。たいていの人間と同じで、良くもあり悪くもある。いまのビリーのことを知ってるだろう。あいつの感情は状況によって変わる。〈教師〉は自分の名前を秘密にしてるが、おれは〈教師〉が誰なのか知ってる。〈教師〉が誰だか知ったら、あんたはおれたちをみんな精神異常だと考えるにきまってるさ」

「どうして？」

「あんたは〈教師〉の一部に会ってるんだ、ドクター・コール。こういう風に言えばいいかな。主な問題は、おれたちがいま持ってる知識を、どうやって得たのかってことだ。〈教師〉から学んだんだよ。〈教師〉がトミーにエレクトロニクスと縄抜けを教えた。アーサーに生物学と物理学と化学を教えた。おれに武器のことや、最大限の力を発揮するためにアドレナリンをコントロールする方法を教えてくれた。おれたちみんなに、絵の描きかたを教えてくれた。〈教師〉は何でも知ってる」

「レイゲン、〈教師〉とは誰のことなんだね」

「〈教師〉はひとつにまとまったビリーだ。だけどビリーは自分が〈教師〉だと知らない」

「なぜきみはいまスポットに出て、それを話してくれるんだね、レイゲン」

「アーサーが腹をたててるからだ。コントロールを緩《ゆる》めてしまったもんで、ケヴィンとフィリップが好ましくない者たちの存在を暴露《ばくろ》してしまった。アーサーは頭がいいが、ただの人間だ。いま内部で反乱が起こってるんだ」

コールはマラウィスタに椅子を近づけるように合図した。「デイヴ・マラウィスタが加わってもいいだろう?」

「ビリーはあんたたちふたりの前に出るとびくつくが、おれは怖くないね」レイゲンは巻いてあるコードや電子装置を見まわして、頭を振った。「ここはトミーの遊び部屋みたいに見えるな」

「〈教師〉のことをもっと話してくれないか」マラウィスタが頼んだ。

「こういう風に言えばいいかな。ビリーは小さいころ神童だった。おれたちみんながひとつになっていて、それがビリーだった。ビリーはいまそのことを知らないがね」

「それなら、なぜビリーはきみを必要としてるんだ」マラウィスタは尋ねた。

「おれはビリーの肉体を保護するためにつくりだされたのさ」

「だが、きみは知ってるはずだ。きみはビリーの想像の一部にすぎないってことを」

レイゲンは椅子にもたれ、にやりとした。「そう教えられたぜ。おれは自分がビリーの想像の一部にすぎないってことを受け入れたが、ビリーはそうじゃない。ビリーはいろんなことに失敗してる。だから好ましくない者たちがいるんだ」

「彼は自分が〈教師〉であることを知るべきだと思うかい」マラウィスタは尋ねた。

「知ったら動転するだろうな。だけど、あんたたちが〈教師〉に話しかけるときは、ひとつにまとまったビリーと話してるんだ」レイゲンはまた時計を見た。「ビリーが知らないうちにビリーの金をつかうのはいいことじゃない。だけど、これでビリーも、自分がどれだけ時間を失ってるかわかるだろう」

コールは言った。「レイゲン、きみたち全員が現実に直面して、問題解決をはかる潮時《しおどき》だと思わないか」

「おれは問題なんかないぜ。おれは問題の一部なんだ」

「ビリーは自分が〈教師〉だと知ったら、どう反応するだろう?」

「あいつが知ったら、破滅だろうね」

次のセラピー・セッションで、レイゲンはドクター・コールに、アーサーと長いあいだ激論を戦わせた結果、ビリーに彼自身が〈教師〉であることを話すことにしたと言った。アーサーは最初、ビリーにはショックが大きすぎて、精神に異常をきたすだろうと考えていた。いまではふたりとも、ビリーがよくなるためには、真実を知らせる必要がある、と意見が一致した。

その決定にコールは喜んだ。レイゲンが話してくれた、彼とアーサーとの対立、好ましくない者たちの反乱などは、万事が危険な状態になっていることを示していた。いまやビリーに、心のなかのほかの者たちを見せて、すべての知識を蓄えたのはビリー自身であり、彼がすべての技を学んで、みなに伝えたことを知らせる時期だった。自分が〈教師〉であることを知れば、ビリーは強くなるだろう。

コールはビリーと話したいと言った。膝ががくがく震えているのを見て、ビリーだとわかると、アーサーとレイゲンの決心を伝えた。ビリーは興奮と恐れが入り混じったようすでうなずき、聞く心構えができていると答えた。コールはテープをデッキに入れ、音を調節し、椅子にもたれ患者の反応を見まもった。

ビリーは自意識過剰で笑みを浮かべ、モニターの自分を見まもった。そこに映る自分の脚ががくがく震えているのを見、いまも同じことをしているのに気づくと、両手を膝にのせて、震えをとめようとした。モニターに映った自分の唇が音もなく動いているのを見て、状況が呑みこめずに手を口にあて、目を大きく見張った。やがて自分とそっくりのレイゲンの顔があらわれ、レイゲンの声がした。頭のなかではなく、はじめてスクリーンで見たのだ。そしてレイゲンの声が言った。「あんた、大勢敵をつくったぜ、ドクター・コール」

いまのいままで、ビリーはほかの者から聞いたことをすなおに受け入れ、内心ほんとうとは思えなかったが、自分が多重人格者だと信じてきた。これまでは、ときどき声がして、時間を失っただけだった。医者たちに言われたことを信じても、自分では実感できなかった。いまはじめてビリーは自分の目で見、理解した。

怖いもの見たさから、レイゲンが好ましくない者たちを含めて、紙片にある二十四の名前について話すのを、夢中になって見まもった。レイゲンが、みなにいろんなことを教えたという〈教師〉について話すあいだ、ビリーはあんぐり口をあけて聞いていた。だけど、〈教師〉って誰だろう。

「〈教師〉はひとつにまとまったビリーだ。だけどビリーは自分が〈教師〉だと知らない」レイゲンがスクリーンから言った。

コールはビリーがぐったりするのを見た。ビリーは力が抜けてしまったようだった。汗をかいていた。

ビリーは医療用マイクロウェーヴ室から出ていき、階段を登って三階へいった。すれちがった人々が挨拶したが、ビリーは応《こた》えなかった。ほとんどひと気《け》のないAITのロビーを通った。ふいに力が抜け、震えだして、安楽椅子に倒れこんだ。

彼が〈教師〉だった。

彼が知性と芸術的才能と力と縄抜けの能力を持っていた。

そのことを呑みこもうとつとめた。最初は基本人格のビリーがいるだけだった。生まれ、出生証明書のあるビリーだ。やがてビリーはいくつもの部分に分裂したが、その分裂した人格の背後には、名前のない誰か、レイゲンが〈教師〉だと言った誰かがいた。ある意味では、〈教師〉と呼ばれる、姿のない、断片となった、精霊のような存在が、ほかの者全員を――子供たちも怪物も――つくったのであり、したがって彼らが犯した罪は、彼ひとりに責任があるのだ。

二十四の人格がひとつに統合されたら、〈教師〉になるだろう。それが完全なビリーだ。どんな感じがするのだろう。自分でわかるだろうか。〈教師〉をドクター・コールに会わせなければならない。セラピーには大事なことだ。それに、作家にも会わせなければならない、起こったことをすべて教えられるように……。

ビリーは目を閉じ、奇妙な暖かさが脚から胴へ、腕へ、肩から頭へと昇るのを感じた。自分が振動し、脈動しているのを感じた。足元を見おろすとスポットがあった。鮮やかな白い光に、目が痛くなった。そして見おろし、全員がいっぺんにスポットに出なければならないことを知った。全員がスポットに出て、スポットの上に、スポットのなかにいて……スポットを抜け……落下し……精神の世界に投げだされ……全員が一緒に漂《ただよ》い……滑《すべ》り……結合して……。

そして、彼は反対側に出ていた。

彼は両手を握りしめ、目の前に差しだして見つめた。なぜ完全に統合されなかったのか、いまにしてわかった。ほかの者たちがおもてにあらわれなかったからだ。彼がつくりだした全員、ビリーの幼年時代からこの瞬間にいたるまでの彼らの行動、思考、記憶のすべてが、いまもどってきた。成功と失敗――アーサーがはじめ支配しようとし、それから隠そうとして失敗した、好ましくない者たちのことがわかった。自分の過去がわかった。彼らの不合理な行動、彼らの悲劇、彼らのまだあかるみにでない犯罪がわかった。自分が何かを考えるか、思い出すか、作家に話すかすれば、ほかの二十三の人格がそのことを知り、自分たちの人生に起こったことを知るのだとわかった。一度知れば、記憶の喪失はなくなり、彼らは二度と同じようにはならない。そのことを考えると、何かを失っていたかのように悲しくなった。だが、どのくらい長いあいだ失っていたのだろう。

誰かがロビーをやってくるのを感じ、振り向いて誰がくるのか見ようとした。彼の一部が、その小柄な医者に会ったことがあるのはわかっていた。

ドクター・コールはAITのロビーをナース・ステーションのほうへ向かい、最初ビリーだと思った患者が、テレビ・ルームの外の椅子に坐っているのを見かけた。その患者が立ちあがって振り向いたとき、それがビリーでも、これまでに会ったどの人格でもないことがわかった。姿勢がのびのびして、警戒心を失わせるような率直《そっちょく》なまなざしを向けてくる。何かが起こったのだと察し、担当の医者は、患者に尋ねたり、教えてもらったりしなくても、何があったのかわかるのだと知らせたほうがいいと思った。コールは胸元で腕を組み、患者の射抜くような目にまっすぐ見入った。

「きみは〈教師〉だね。きみに会えると思っていた」

〈教師〉は小柄な医者を見おろしてうなずき、穏やかな力を感じさせる微笑めいたものを浮かべ、「あなたはわたしじゃない。わかっているはずだ。その時がきたんだよ」

「わたしがやったんじゃない。わたしの防御をとりのぞいてしまった、ドクター・コール」

「万事が変わりました」

「もとにもどりたいのかね」

「いいえ」

「じゃあ、きみは作家にすべてを話せるはずだ。どのくらい記憶を遡《さかのぼ》れるかね」

〈教師〉はじっとドクター・コールを見つめた。「すべてです。生後一カ月のビリーが、喉がつまって死にかけたときにフロリダの病院へ運ばれ、そこからもどったときのことを憶えてます。ビリーの実父で、自殺したユダヤ人のコメディアン、ショウの司会者のジョニー・モリスンのことを憶えてます。ビリーの空想の世界に出てくる最初の遊び仲間のことを憶えてます」

コールはうなずき、にっこりすると、〈教師〉の腕をたたいた。「きみが一緒にいてくれてうれしいよ。わたしたちはいろいろ学ばなければならないんだ」

第二部　〈教師〉の誕生

第七章

1

ドロシー・サンズは一九五五年三月を思い出す。そのとき、生まれて一カ月の赤ん坊に薬を与えてから腕に抱き、ふいに真っ赤な顔と口のまわりの白い輪に気づいた。

「ジョニー！」ドロシーは悲鳴をあげた。「ビリーを病院へ連れていかなきゃならないわ！」

ジョニー・モリスンはキッチンに駆けこんだ。

「何も飲みくだせないの」ドロシーは言った。「吐いてしまうのよ。この薬を飲ませたらこんなになっちゃったのよ」

ジョニーは大声で家政婦のミミを呼び、赤ん坊のジムの子守りを頼むと、外に走りでて車のエンジンをかけた。ドロシーが赤ん坊のビリーを抱いて車に乗りこみ、ふたりはマイアミ・ビーチのマウント・サイナイ病院へ駆けつけた。

救急室で、若いインターンが赤ん坊をちらりと見て言った。「奥さん、手遅れですよ」

「この子は生きてるわ！」ドロシーは怒鳴った。「あたしの赤ちゃんを助けて！」

母親の言葉に揺さぶられ、インターンは赤ん坊を受けとり、どもった。「できるだけの……できるだけのことをします」

受付の看護婦が入院手続きの書類に記入した。

「お子さんのお名前と、住所をどうぞ」

「ウィリアム・スタンリー・モリスン」ジョニーは言った。「ノース・マイアミ・ビーチ、ノース・イースト一五四ストリート一三一一番地」

「宗教は？」

ジョニーはためらい、ドロシーを見た。「ユダヤ教」と言おうとしたのだが、ドロシーの表情を見て、躊躇《ちゅうちょ》したのだ。

「カトリック」とドロシーは答えた。

ジョニー・モリスンはくるっと背を向け、待合室へいった。ドロシーはあとにしたがい、ビニール張りのカウチにぐったり坐りこみ、つづけざまに煙草を喫《す》う夫を見まもった。ビリーがほんとうに自分の子なのか、いまでもいぶかっているのだろうと思った。ビリーは、一年半前に生まれた黒っぽい髪に浅黒い肌のジムとは違っていた。ジョニーはジンボ——

ジム——が生まれてうれしくてたまらず、妻を探しだして離婚するのだと言っていた。だが、実行しなかった。それでも、裏庭に椰子《やし》の木がはえているピンクの化粧漆喰《しっくい》を塗った家を買った。ショウ・ビジネスで働く者には、家庭生活が大事だからだ、と言っていた。ドロシーにとっては、オハイオ州サークルヴィルで、元の夫ディック・ジョナスと暮らしていたときよりもいい生活だった。

だが、ジョニーがいまきびしい状況に陥っているのを、ドロシーは知っていた。彼のジョークは受けなかった。もっと若いコメディアンたちが出演契約を結び、ジョニーには残りかすがまわってきた。以前は超一流の司会者でミュージシャンだったが、いまは自分の芸を売るかわりに、ギャンブルをして大酒を飲んでいた。最初のナイトクラブに出演する前に、「とりあえず」一杯ひっかけるようになり、そうなると最後のショウまでつづけられなかった。いまでも「音楽半分、機知半分」と宣伝していたが、それに「バーボンを五分の一」とつけ加えてもいい状態になっていた。

ドロシーの歌手としての仕事の手配をして、「二十一歳のバラ色の頬をしたオハイオの農家の娘を保護するために」家まで無事に送っていったジョニー・モリスンではなかった。彼女が安心して頼り、言い寄ってくる男たちに、「ねえ、いいこと、あたしはジョニー・モリスンの女なのよ」と警告した、そのジョニー・モリスンではなかった。

三十六歳で、左目が失明し、ボクサーのようにがっしりした身体つきのジョニーは、ドロシーにとっては父親みたいなものだった。

「そんなに煙草を喫っちゃだめよ」ドロシーは言った。

ジョニーは灰皿で煙草を押しつぶし、両手をポケットに突っこんだ。「今晩はショウに出る気がしない」

「今月は何度も休んでるわ、ジョニー」

ジョニーは鋭い視線を向け、彼女の言葉を中断させた。何か言おうとして口をひらきかけ、ドロシーが辛辣《しんらつ》な皮肉を覚悟したとき、医者が待合室に入ってきた。「ミスター・モリスンにミセス・モリスン、お子さんは大丈夫ですよ。腫瘍《しゅよう》ができて、食道がつまったんです。でも、処置しました。いまは安定した状態です。お帰りになっていいですよ。何か変化があれば連絡します」


ビリーは回復した。最初の年は、マイアミの病院で入退院を繰り返した。ドロシーとジョニーがマイアミ以外の場所で出演するために出かけるとき、ビリーとジンボはミミと残るか、児童ケア・センターですごした。

ビリーが生まれた翌年、ドロシーは三度目の妊娠をした。ジョニーはキューバで中絶してはどうかと言った。ドロシーは断った。中絶は大罪だから、と何年もあとになって子供たちに語った。一九五六年十二月三十一日、ニューイヤーズ・イヴにキャシー・ジョーが生まれた。医療費の支払いはジョニーを打ちのめした。さらに借金し、さらにギャンブルをして、さらに酒を飲み、ドロシーは彼が高利貸しから六千ドル借りていることを知った。ジョニーと口論になった。ジョニーは彼女を殴った。

ジョニーは急性アルコール中毒と鬱《うつ》病で、一九五六年の秋に入院したが、十月十九日には翌日のジンボの五歳の誕生パーティに出席するため、帰宅を許された。その夜遅くドロシーが仕事から帰ると、ジョニーがテーブルにうつぶせになり、床に半分入ったスコッチのボトルと空《から》っぽの睡眠薬の瓶があった。

2

〈教師〉は、ビリーの心のなかの最初の友だちには名前がないことを憶えていた。四歳の誕生日にあと四カ月というある日のこと、ジンボは遊んでくれないし、キャシーはまだ小さすぎ、父さんは読書にふけっているので、ビリーはおもちゃを持って自分の部屋でひとりぼっちで坐り、退屈し、淋しかった。そのとき、黒い髪と褐色の目をした小さな男の子が向かい側に坐り、じっとこちらを見つめているのに気づいた。ビリーはおもちゃの兵隊を男の子のほうへ押しやった。男の子は兵隊をとりあげ、トラックに乗せて、前へ後ろへ、前へ後ろへと動かした。ふたりは口をきかなかったが、話をしなくても、ひとりぼっちでいるよりはずっとよかった。

その夜、ビリーと名前のない男の子は、父親が医薬品のキャビネットから錠剤の瓶をとりだすのを見た。父親が瓶の黄色いカプセルを手にあけ、呑みこむとき、鏡に顔が映っていた。それから父親はテーブルの前に坐り、ビリーはベビー・ベッドで横になり、名前のない小さな男の子は姿を消した。夜中に母親の悲鳴がして、ビリーは目覚めた。母親が電話に走り寄り、警察を呼ぶのを見まもった。窓際にジンボと並んで立ち、車輪つきの担架《たんか》が押されていき、ライトを閃《ひらめ》かせた車が父親を連れ去るのを見つめた。

それにつづく数日、父さんはもどってきて遊んでくれなかったし、母さんは気が転倒しているうえに忙しく、ジンボはいなくて、キャシーは小さすぎた。ビリーはキャシーと遊んで話をしたかったけれど、母さんにキャシーはまだ小さいので、とても注意しなければいけないと言われた。だから、淋しくなり、退屈すると、目を閉じて眠りに落ちた。

〈クリスティーン〉は目をひらき、キャシーのベビー・ベッドにいった。泣いているキャシーの顔の表情を見て、何を欲しがっているかわかったので、きれいな女の人のところへいき、キャシーはおなかがすいていると教えてあげた。

「ありがとう、ビリー」ドロシーは言った。「あなたはいい子ね。妹を見ていてちょうだいね、母さんは晩ごはんの支度をするから。それから仕事に出る前に、あなたにお休み前のお話を読んであげるわ」

クリスティーンはビリーが誰なのか、なぜ自分がビリーと呼ばれるのかわからなかったけれど、キャシーと遊べるのでうれしかった。赤いクレヨンをとって、キャシーのために、ベビー・ベッドの横の壁に人形の絵を描いた。

誰かがやってくる音がした。クリスティーンが顔をあげると、きれいな女の人が壁の絵とクリスティーンが手に持っている赤いクレヨンをにらんだ。

「そんなことしちゃ、だめじゃないの！　だめよ！　だめよ！」ドロシーは怒鳴った。

クリスティーンは目を閉じ、立ち去った。

ビリーは目をひらき、母親の怒った顔を見た。母親につかまれ、揺さぶられると、怖くなって泣きだした。なぜ自分が罰を受けるのかわからなかった。それから壁の絵に気づき、あんないたずらをするのは誰だろうと不思議に思った。

「ぼくがやったんじゃない！」ビリーは大声をあげた。

「おまえが壁に描いたんじゃないの！」母親は怒鳴った。

ビリーは首を振った。「ビリーじゃない。キャシーがやったんだ」言いながら、ベビー・ベッドを指さした。

「嘘をついてはいけません」ドロシーは人差指をビリーの小さな胸にぐいと突きつけた。

「嘘をつくのは……悪いことよ。嘘つきは地獄へ墜ちるの。さあ、自分の部屋へいきなさい」

ジンボは話しかけようとしなかった。ジンボが壁に絵を描いたのだろうか。ビリーはしばらく泣き、やがて目を閉じて、眠った……。

クリスティーンが目をあけると、大きな男の子が部屋の反対側に寝ていた。クリスティーンはまわりを見まわして人形を探したが、見えるのはおもちゃの兵隊とトラックだけだった。そんなおもちゃは欲しくない。欲しいのは人形と、乳首のついた哺乳瓶と、キャシーのかわいいラゲディ・アン人形だった。

クリスティーンは部屋から出てキャシーのベビー・ベッドをさがし、部屋を三つのぞいて、ようやく見つけた。キャシーは眠っていたので、クリスティーンはラゲディ・アン人形をとり、自分のベッドにもどった。

翌朝、キャシーの人形をとったというので、ビリーは罰を受けた。ドロシーはビリーのベッドで人形を見つけ、ビリーを激しく揺さぶった。ビリーは、頭がころげ落ちるのではないかと思った。

「こんなこと、二度とするんじゃありません」ドロシーは言った。「あれはキャシーの人形なのよ」

ビリーの母親がいるときは、キャシーと遊ぶにも用心しなければならない。最初、クリスティーンはべつのベッドにいる少年がビリーなのかと思ったが、誰もがジンボと呼んでいるので、ビリーの兄なのだとわかった。彼女の名前はクリスティーンだったけれど、みんながビリーと呼びかけるので、それに答えるようになった。キャシーが大好きで、何カ月かがたつあいだ、キャシーと遊び、言葉を教え、よちよち歩きを見まもった。キャシーがおなかをすかせればわかったし、どんな食べ物が好きなのかもわかった。キャシーが苦しがっているのもわかり、何かあるとすぐドロシーに教えた。

ふたりはままごとをして遊び、キャシーの母さんがいないときは、キャシーとドレスアップして楽しんだ。ドロシーの服を着て、靴をはき、帽子をかぶって、ナイトクラブで歌うふりをした。いちばん好きだったのは、キャシーに絵を描いてあげることだったが、もう壁に描くことはなかった。ドロシーが紙と鉛筆をいっぱいくれて、みんながビリーは絵がうまいなと言った。

ジョニーが退院して家にもどると、ドロシーは心配した。子供たちと遊んでいるときや、新しい歌をつくろうとしたり、ショウの内容を考えているときは安心していられたが、彼女が背を向けたとたん、私設馬券屋に電話をかけるのだった。やめさせようとすると、ジョニーはののしり声を浴びせ、殴った。ジョニーはミジェット・マンションズ・モーテルに移り、子供たちとクリスマスをすごすこともなく、ニューイヤーズ・イヴのキャシーの三度めの誕生日にも帰ってこなかった。

一月十八日、ドロシーは警察署からの電話で起こされた。ジョニーの遺体がモーテルの外に駐車してあった彼のステーション・ワゴンから発見された。排気管からホースが後部座席の窓のなかに引きこんであった。八ページにわたる遺書でドロシーを責め、自分の借金を保険金から支払うようにと指示していた。

ドロシーがお父さんは天国へいったのよ、と子供たちに話すと、ジンボとビリーは窓辺へいって空を見あげた。

翌週、高利貸しがドロシーに、ジョニーの六千ドルの借金を払え、さもないと彼女や子供たちの身に何が起こるかわからないと脅《おど》しをかけた。ドロシーは子供たちを連れて逃げだし、最初はキーラーゴにいる姉妹のジョー・アン・バッシーの家へ身を寄せ、それからオハイオ州サークルヴィルへもどった。そこでまた元の夫、ディック・ジョナスに会った。二、三度デイトしてから、彼が生活を変えると約束したので、また結婚した。

3

もうじき五歳というある日の朝、ビリーはキッチンへいき、背のびしてカウンターのふきんをとろうとした。そのとたん、カウンターにおいてあったクッキーの壺が床にころげ落ちて割れた。かけらをつなごうとしたが、うまくいかなかった。誰かがやってくる音が聞こえ、ビリーは震えだした。罰を受けるのはいやだった。痛い目にあいたくなかった。何か悪いことをしたのはわかっていたけれど、これから何が起こるのか知りたくなかったし、自分を怒鳴る母さんの金切り声を聞きたくなかった。ビリーは目を閉じ、眠った……。

〈ショーン〉は目をあけ、まわりを見た。床の割れた壺に気づいて、まじまじと見つめた。これは何だろう。何で割れてるんだろう。どうしてぼくはここにいるんだ？ きれいな女の人が入ってきて、彼をにらみ、口を動かしたが、音は聞こえなかった。女の人は彼を何度も揺さぶり、人差指を彼の胸に突きつけ、顔を真っ赤にして、口を動かしつづけた。なぜそんなに怒っているのか、よくわからなかった。女の人は彼を引きずっていって部屋に押しこみ、ドアを閉めた。彼はまったくの静寂のなかで坐り、これからどうなるのだろうといぶかった。やがて眠くなった。

ビリーは目をあけ、クッキーの壺を割ったのでぶたれると思い、身体をすくめたが、誰にもぶたれなかった。どうやって自分の部屋にもどったんだろう？ まあいいや、どこかにいて、目を閉じ、あけると時間がたっていて、べつの場所にいることには慣れている。ほかの人もみんなそうなのだろう。これまでは嘘つきと叱られ、自分がしなかったことでお仕置きされた。こんどはじめて、自分で何かやったのに、目がさめるとお仕置きされていなかった。クッキーの壺を壊したことで、いつぼくは母さんに叱られるんだろう。ビリーはびくびくし、その日はずっと部屋でひとりですごした。ジンボが学校からもどってくればいいのに。でなければおもちゃの兵隊とトラックをつかって遊んだ、あの小さな黒っぽい髪の男の子が見えればいいのに。ビリーは目をぎゅっとつぶり、小さな男の子がそこにあらわれればいいと願った。だが、何も起こらなかった。

奇妙なことに、もう淋しくなかった。淋しかったり、退屈したり、悲しかったりすると、ビリーは目を閉じるのだった。目をあけると、違う場所にいて、何もかも変わっていた。太陽がさんさんと輝いているときに目をつぶり、またあけると夜になっていた。その反対のこともあった。キャシーやジンボと遊んでいて、まばたきすると、床にひとりで坐っていた。そういうとき、ときには腕に赤いあざがついていて、お尻がたたかれたみたいに痛んだ。だが、もう二度とお尻をたたかれたり、揺さぶられたりすることはなかった。

誰にもお仕置きされないので、うれしかった。

4

ドロシーはディック・ジョナスと一年暮らした。それから耐えがたくなったので、ふたたび彼と別れた。自分と子供たちの生活費を稼《かせ》ぐために、ランカスター・カントリー・クラブでウェイトレスをして、コンティネンタルやトップハットなどのカクテル・ラウンジで歌った。子供たちをオハイオ州サークルヴィルのセント・ジョゼフ校へ入れた。

ビリーは一年生になり、学校になじんだ。尼さんたちに、絵がうまいと褒《ほ》められた。手ぎわよくスケッチをするし、光と影の使いかたは六歳の子供にしては異常なほど巧《たく》みだった。だが、二年生になると、シスター・ジェイン・スティーヴンズが、文字を書くにも絵を描くにも右手だけ使わせようと決心した。「あなたの左手には悪魔がいるのよ、ウィリアム。追いださなければいけません」シスターがものさしをとるのを見て、ビリーは目を閉じた……。

ショーンは黒い服を着て、糊のきいた白い胸当てをつけた女の人が、ものさしを持って近づいてくるのを見た。自分がここにいるのは何かの罰を受けるためだとわかっていた。でも、何の罰だろう？　女の人は口を動かしたけれど、何を言ってるのか聞こえなかった。ショーンは縮こまり、女の人の怒って真っ赤になった顔を見つめた。女の人はショーンの左手をつかみ、ものさしを振りあげて、ショーンのてのひらに音もなく何度も振りおろした。

涙が頬を流れ、自分が何も悪いことをしてないのに、なぜこんな罰を受けるのだろうとまたしてもいぶかった。こんなのフェアじゃない。

ショーンがいなくなると、ビリーは目をあけ、シスター・スティーヴンズが歩み去るのを見た。左手に赤い筋がつき、燃えるような感じがした。顔にも何かを感じ、右手で頬にふれた。涙だろうか？


ジンボは弟より一年四カ月年上だが、その夏、家から逃げだそうと言いだしたのが、七歳のビリーだったことをいつまでも忘れなかった。食べ物をパックしようとビリーが言った。ナイフと服を数枚持って、家を離れて冒険するんだ。金持ちになり、有名になってもどってくるんだよ。弟の決意と計画に感心して、ジンボは一緒にいくことにした。

ふたりはパックを持ってこっそり家を抜けだし、サークルヴィル郊外の住宅地からクローバーが繁《しげ》る大きな野原に出た。ビリーは野原の真ん中にある五、六本のリンゴの木立ちを指さし、あそこでひと休みして昼食にしようと言った。ジンボは弟のあとからついていった。

木にもたれてリンゴを食べ、これからの冒険について話しているうちに、ジンボは強い風が吹きはじめたのを感じた。まわりにリンゴが落ちてきた。

「おい」ジンボは言った。「嵐になるぞ」

ビリーはまわりに目をやった。「あの蜂を見てごらんよ！」

野原はぶんぶんうなる蜂でいっぱいになっていた。「蜂だらけだ。刺されて死んでしまうよ。逃げられない。助けて！　助けて！」ジンボは悲鳴をあげた。「誰かぼくたちを助けて！」

ビリーはすばやく荷物をまとめた。「大丈夫だよ、ここにくるときは刺されなかった。だから、いちばんいいのは、きたときのように野原から出ていくことさ。走って出よう。さあ！」

ジンボは叫ぶのをやめ、ビリーのあとにしたがった。

ふたりは野原を駆け、刺されもせずに道路へもどった。

「頭の回転が速いな」ジンボは言った。

ビリーは暗くなる空を見あげた。「雨が降りそうだな。この先はむりだ、きょうはここまでにしよう。うちにもどるけど、このことは何も言わないでおこう。そうすれば、またやれるからね」

家にもどる途中、ジンボはなぜ自分が弟に指図されているのだろうといぶかった。

その夏、ふたりはサークルヴィルをとりまく森を探検した。ハーギス・クリークにたどりつくと、水の上にのびている枝にロープがぶらさがっていた。

「あれにぶらさがって川を越えればいい」ビリーが言った。

「ぼくがたしかめてみる」ジンボは言った。「ぼくのほうが年上だ。まっさきにいく。そのあと、安全だったら、おまえがつづいて川を越えればいい」

ロープをたぐり、後ろにさがって助走すると、ぱっと飛びだした。四分の三くらいのところで、ジンボは泥の上に落ち、身体が沈みだした。

「底無しだ！」ジンボは叫んだ。

ビリーはすばやく動いた。大きな棒を見つけ、ジンボに投げた。そして木に登り、枝からロープにぶらさがって、兄を安全な場所に引きあげた。ふたりで土手へもどると、ジンボは仰向けになり、ビリーを見た。

ビリーは何も言わなかったが、ジンボは弟の肩に手をまわした。「命を助けてもらったな、ビリー、恩に着るよ」

ビリーやジンボと違って、キャシーはカトリックの学校が好きで、シスターたちをすてきだと思った。自分も大きくなったら尼さんになろうと決心した。父親の思い出を大事にして、ジョニー・モリスンについて知ろうとした。母親は子供たちに、父親は病気になって入院し、病院で死亡したと言っていた。キャシーは五歳になり、学校に通うようになってからは、何をするにもまず自分に問いかけるのだった。「ジョニー父さんはこれをあたしにさせたがるかしら？」その習慣は、キャシーが大人になるまでつづいた。

ドロシーは歌手として働き、いくらか貯金して、トップハット・バーの権利の一部を買った。口先のうまいハンサムな若い男に会った。男はふたりでフロリダにサパー・クラブをひらこうと、すばらしい考えを話した。すばやく行動する必要がある、と彼は言った。ドロシーが子供たちを連れてフロリダへいき、二、三物件を見てまわる。自分はサークルヴィルにとどまって、ドロシーが持っているバーの権利を売り、それからフロリダへいく。ドロシーは自分の権利を彼に任《まか》せるという書類にサインをするだけでいい。

ドロシーは言われたとおりにした。子供たちをフロリダの姉妹の家に連れていき、売りに出ているクラブを調べ、一カ月待った。彼はあらわれなかった。詐欺師に騙《だま》されたと悟り、ドロシーはまたサークルヴィルへもどった——一文無しになって。

一九六二年、ボウリング場のラウンジで歌っているとき、ドロシーはやもめのチャーマー・ミリガンに会った。ミリガンはビリーとおない年の娘、チャラと暮らしていて、ほかに成長して看護婦になっている娘がいた。ミリガンはドロシーとデイトするようになり、電話の部品をプレス加工する会社の人事係をしているので、自分の会社に仕事を世話した。

最初からビリーはミリガンが嫌いだった。「あの人は信頼できない」とジンボに言った。

中西部一帯に知れわたっているサークルヴィルのカボチャ祭りは、市の恒例の行事だった。パレードと山車《だし》だけでなく、通りはカボチャ市《いち》に変わり、売手がブースでカボチャ・ドーナツやカボチャ・キャンディ、カボチャ・ハンバーガーさえ売るのだった。市内は明かりと吹流しとカーニヴァルの乗り物で、カボチャのフェアリーランドに変わった。一九六三年十月のカボチャ祭りは楽しかった。

ドロシーは人生が上向きになったと感じていた。安定した仕事につき、世話をしてくれる男とめぐり会い、その男が三人の子供たちを養子にすると言ったのだ。きっといい父親になってくれるだろうし、自分もチャラのいい母親になろうと思った。一九六三年十月二十七日、ドロシーはチャーマー・ミリガンと結婚した。

その三週間後、十一月半ばの日曜日に、ミリガンは彼らをたった十五分しか離れていない、オハイオ州ブレーメンにある父親の小さな農場へ連れていった。子供たちにとって、白い農家のなかを歩きまわり、ポーチのブランコに乗り、裏の酪農《らくのう》製品貯蔵小屋や丘をすこし下ったところにある古くて赤い納屋《なや》をのぞくのは、わくわくするほど楽しかった。男の子たちは、週末にここで働かせよう、とチャーマーが言った。土地を耕し、野菜を植える準備のために、することがいっぱいある。

ビリーは畑で腐っているカボチャを見、納屋とあたりの風景を心に焼きつけた。家に帰ったら、その絵を描いて新しいチャーマー父さんにプレゼントしようときめた。

翌週の金曜日、女子修道院長とメイスン神父が三年生の教室にやってきて、シスター・ジェイン・スティーヴンズに低い声で何事かささやいた。

「みんな、立って、頭を下げてください」涙を流しながら、シスター・スティーヴンズが言った。

子供たちはメイスン神父の厳粛《げんしゅく》な声にとまどいながら、震える声で話す神父の言葉に耳を傾けた。「生徒のみなさん、みなさんは世の中がどうなっているのか、わからないかもしれません。みなさんにわかるとは思いません。でも、わたしたちのジョン・Ｆ・ケネディ大統領がけさ暗殺されたことをお伝えしなければなりません。さあ、お祈りしましょう」

神父が主の祈りを唱えたあと、子供たちは外へ出て、家へ送ってくれるバスを待った。大人たちの厳粛な悲しみを感じとり、子供たちは黙って待っていた。

その週末、家族そろってテレビでニュースと葬式の行列を見ているとき、ビリーは母親が泣いているのに気づいた。ビリーは胸を痛めた。母さんのそんなようすや、すすり泣きの声を聞くのは耐えられなかった。だから目を閉じた……。

ショーンがやってきて、音のないテレビの映像と、それを見まもる一家を見つめた。ショーンはテレビの前へいき、顔を近づけ、震動を感じた。チャラが彼を押しのけた。ショーンは自分の部屋へいき、ベッドに坐った。足を緊張させ、口からゆっくり息を吐きだせば、頭のなかで同じおかしな震動が起こることに気づいた――ズズズズズ……。ショーンはひとりぼっちの部屋に坐って、長いあいだつづけた。ズズズズズ……。

チャーマーは三人の子供たちをセント・ジョゼフ校から退学させ、サークルヴィルの公立学校に入れた。自分がアイルランド系のプロテスタントなので、家族をカトリックの学校へ通わせるつもりはなかった。それに全員、メソジストの教会へいかせるつもりだった。子供たちはお祈りが、アヴェ・マリアと主の祈りから――いまではすっかり慣れ親しんでいる大人のお祈りから――チャラのように子供たちのお祈りに変わるのが不満だった。とくに、「さあ、これから横たわって寝ます」というのが気に食わなかった。

ビリーはもし宗教を変えなければならないものなら、父親のジョニー・モリスンのように、ユダヤ教徒になろうと決心した。

第八章

1

結婚してまもなく、近くのランカスターへ引っ越してから、ドロシーはチャーマーが四人の子供たちにたいして、ことのほか厳しいのを知った。夕食のテーブルで話をしてはいけなかった。笑ってもいけない。塩は時計まわりに手わたす。客がくると、子供たちは背をまっすぐに伸ばして坐り、足をぴたりと床につけ、手を膝にのせなくてはならなかった。

キャシーは母親の膝に乗ることを許されなかった。「おまえはもう大きいんだ」とチャーマーは七歳のキャシーに言った。

あるとき、ジンボに塩をまわしてくれと頼まれ、ビリーはそこまで手がとどかなかったので、塩入れをジンボのほうにすべらせた。チャーマーは怒鳴りつけた。「おまえはまともなことができんのか。九歳にもなって、赤ん坊の真似か」

子供たちはチャーマー父さんを怖がるようになった。彼がビールを飲んでいるときはさらにひどかった。

怒りを見せまいとして、ビリーは自分のなかにこもるようになった。厳格さも敵意も罰も、ビリーには理解できなかった。一度チャーマーに怒鳴られ、ビリーがまっすぐ顔を見ると、チャーマーの口調は氷のように冷ややかになった。「おれが話しているときは目を伏せろ」

ビリーはその声にすくみあがり、目を伏せた……。

ショーンが目をあけてまわりを見ると、誰かが唇を動かし、怒った顔をしてにらんでいることがたびたびあった。ときにはきれいな女の人だった。ときには女の子たちのひとりか、ショーンより大きな男の子で、彼を押しのけるか、おもちゃをとりあげた。彼らが唇を動かすと、ショーンも唇を動かし、歯のあいだからズズという音をたてた。ショーンがそうすると、みんな笑った。だが、怒った大きな男の人は違った。その男の人は彼をにらみつけた。そうするとショーンは泣きだし、頭のなかでへんな感じがするので、目を閉じ、そこを離れるのだった。

あとになって、キャシーは子供のころのビリーが気に入っていたゲームを思い出した。

「蜂をやって、ビリー」キャシーは言った。「チャラに見せてあげて」

ビリーはまごついてふたりを見た。「蜂？」

「兄さんがやる蜂の真似よ。ズズズズって！」

狐につままれたようになり、ビリーは蜂の音を真似た。

「兄さんて、おかしいのね」キャシーが言った。

「どうして夜あの蜂の音をたてるんだい」あとで部屋にもどってからジンボが訊いた。ふたりは昔風の木製のダブルベッドで一緒に寝ているので、弟が蜂のような震動音をたてるために、目が覚めたことが数回あった。

自分では知らない音のことを、キャシーやチャラだけでなく、兄のジンボにも言われ、ビリーは当惑して、すばやく考えた。「ぼくが考えだしたゲームなんだ」

「どういうゲームなんだい」

「『小さな蜂』っていうんだ。見せてあげる」ビリーは両手を上掛けの下に入れ、円を描いて動かした。「ズズズズズ……。ね、下に蜂の一家がいるんだ」

ジンボには、その音がほんとうに上掛けの下から聞こえてくるように思えた。ビリーが片手を出し、まるめると、そこから音がするような気がした。ビリーは指を動かし、蜂を枕から上掛けへと移動させた。さまざまな蜂の音をたてて数回繰り返しているうちに、ふいにジンボは腕にちくりと痛みを感じた。

「あいたっ！　何の真似だよ？」

「蜂の一匹が刺したんだ。つかまえなきゃいけない。ぴしゃっとたたくか、手で押さえるんだ」

ジンボは自分を刺した蜂を何回もぴしゃりとたたき、手のなかに捕まえた。一度、捕まえるとズズという音が暗い部屋にひろがり、高く怒ったような響きがしたと思うと、もう一方の手がのびて、ジンボをぎゅっとつねった。

「あいたっ！　痛いよ」

「ぼくじゃないよ」ビリーは言った。「兄さんは『小さな蜂』をつかまえたんだ。父さん蜂と兄さん蜂が仕返しにやってきたんだ」

ジンボは「小さな蜂」を放してやり、ビリーは枕の上で蜂の一家に「小さな蜂」のまわりをぶんぶんまわらせた。

「面白いゲームだな」ジンボが言った。「あしたの晩もやろう」

ビリーは暗闇のなかで横たわり、眠る前に、蜂の音のほんとうの説明になりそうなことを考えていた。たぶん、頭のなかであのゲームを考えつき、家のなかで家族が聞いているとは気づかずに、あの音をたてていたのだろう。これはたぶん、大勢の人たちに起こることなんだ。時間をなくすのと同じことだ。みんなも時間をなくしているのだろう。母親や近所の人たちがよく言ってるじゃないか。「まったく、時間はどこへ飛んでいってしまうのかしら」とか、「もうこんなに遅いの」とか、「いったいどうして、一日がこんなに早く終わってしまうんだろう」とか。

2

〈教師〉はある日曜日のことをまざまざと記憶していた。エイプリル・フール後の週だった。七週間前に九歳になったビリーは、チャーマー父さんが、いつもじっと自分を見つめているのに気づいていた。ビリーが雑誌をとりあげて、ページをめくり、目をあげると、チャーマーが見つめていた。手を顎にあてて表情を消して坐り、うつろな青緑色の目で、ビリーの動きを見まもっていた。ビリーは立ちあがり、雑誌をコーヒー・テーブルの後ろにきちんとおき、カウチに坐ると、いつも言われているように、床に足をぴったりつけ、手を膝にのせた。だが、チャーマーがなおも見つめているので、立ちあがると裏のポーチへ出た。落ち着けず、どうすればいいのかわからないまま、ブラックジャックと遊ぼうかと思った。ブラックジャックは獰猛《どうもう》な犬という評判だが、ビリーになついていた。顔をあげると、チャーマーがバスルームの窓越しに見ていた。

恐ろしくなり、チャーマーの視線から逃れたくて、家をまわって前庭に出ると、そこに坐り、暖かい夕暮れだというのに身体を震わせた。新聞配達の少年が《ガゼット》紙をほうってよこしたので、立ちあがって家に持っていこうとしたが、正面の窓からチャーマーが見つめていた。

その日曜日はずっと夜まで、チャーマーの食い入るような視線を感じた。チャーマーが何をするつもりなのかわからず、ビリーは震えだした。チャーマーは何も言わなかったが、目はビリーの動きをひとつ残らず追っていた。

家族とテレビの〈ウォルト・ディズニーのすばらしい色彩の世界〉を見ながら、ビリーは床に身体を伸ばしていた。ときどき、振り向くと、チャーマーの冷たくうつろな目が見つめていた。カウチの母親の近くに移動すると、チャーマーは立ちあがり、荒い足取りで部屋から出ていった。

その夜ビリーはよく眠れなかった。

翌朝、朝食前にチャーマーが、やはりよく眠れなかったような顔をしてキッチンに入ってくると、きょうはビリーと一緒に農場へいく、することがたくさんある、と言った。

チャーマーは遠回りして裏道を走り、農場へ着くまでひとこともしゃべらなかった。着くと、ガレージをあけ、トラクターを納屋へ乗り入れた。ビリーは目を閉じた。苦痛があった……。

ドクター・ジョージが法廷に提出した鑑定書には、そのときの出来事が記されている。

「患者の報告によれば……患者は継父《けいふ》のミリガン氏から、肛門からの挿入を含むサディスティックで性的な虐待を受けた。患者によれば、これは八歳ないし九歳のころ一年にわたって、たいていは農場で継父とふたりきりになったときに行なわれた。患者は継父に殺されると思いこみ、怖れていたことをほのめかしている。これは継父が患者を、『納屋に埋めて、母親には逃げたと話す』と脅《おど》したことによるという」

……その瞬間、ビリーの心と感情と精神は二十四の部分へと砕け散った。

3

キャシー、ジンボ、チャラの三人は、母親がはじめてぶたれたときの〈教師〉の記憶を確認している。ドロシーによれば、彼女が近くのベンチで黒人の同僚と仕事について話しているのを見て、チャーマーは激怒した。ドロシーはパンチドリルを操作しているとき、その男がアセンブリー・ラインで居眠りをはじめたのを見て、近づいて起こし、危険だと警告したのだった。男はにっこりして、礼を言った。

ドロシーは自分の仕事台へもどり、チャーマーがにらみつけているのに気づいた。家へもどる途中、チャーマーはむっつりして、黙りこくっていた。

家にもどると、ドロシーはとうとう彼に訊いた。「いったいどうしたの？　話してくれない？」

「おまえとあの黒人だ」チャーマーは言った。「何があるんだ」

「何がある？　いったい何を言ってるの？」

チャーマーは彼女を殴った。子供たちはリヴィングルームから、チャーマーが母親を殴るのを見つめていた。ビリーは怯《おび》えて、そこに立ちすくみ、母親を助けたい、チャーマーが母親を苦しめるのをやめさせたいと願った。だが、酒の匂いがしたし、チャーマーが彼を殺して、どこかに埋め、母親には逃げたと言うのが怖かった。

ビリーは部屋に駆けこみ、力まかせにドアを閉め、背中をドアに押しつけて、手で耳をふさいだ。だが、母親の悲鳴を閉めだせなかった。泣きながら、ずるずると身体をすべらせて、床に坐った。目をぎゅっとつぶると、ショーンがあらわれ、すべてが静寂に包まれた……。

あれはひどく混乱した時期のはじまりだ、と〈教師〉は回想した。ビリーはぼんやりし、時間を失い、日も週も月もわからなくなり、人生がもつれてしまった。四年生の教師たちはビリーの奇妙なふるまいに気づいた。人格のひとりが何事が起こっているのか知らずに何か妙なことを言うか、教室を動きまわるかして、そのたびにビリーは隅に立たされた。そういうとき、三歳のクリスティーンが顔を壁に向けて立ちつづけた。

クリスティーンは長いあいだ、何も言わずにじっと立ちつづけ、ビリーを厄介事から救った。そんなとき、手仕事以外は何事につけてもあきっぽいマークだったら、ぶらぶらと歩きだしただろう。トミーは反抗しただろうし、ディヴィッドは苦しんだだろう。安全弁の〈ジェイスン〉は悲鳴をあげただろう。〈ボビー〉は空想の世界にまぎれこみ、ジョニー・モリスンと同じようにユダヤ人の〈サミュエル〉は祈っただろう。彼らか、あるいはほかの者だったら、何かまずいことをしでかして、ビリーをもっと困った立場に追いこんだはずだ。三歳よりも年をとることのないクリスティーンだけが、何も言わずに、辛抱強く立っていられた。

　クリスティーンは隅で立つ役目を引き受けた子供だった。

ほかの者の声を最初に聞いたのもクリスティーンだった。ある朝、学校へいく途中、クリスティーンは野原で野生の花を摘《つ》んだ。ハゼノキとクワを見つけ、一緒に束にしようとした。それを四年生の担任のロス先生にあげれば、あまり隅に立たされずにすむかもしれない。リンゴの木の前を通りかかったとき、クリスティーンはリンゴの実を持っていくことにきめた。野生の花を捨てて、リンゴに手を伸ばそうとした。高すぎて手がとどかないのがわかると、悲しくなり、涙がこみあげてきた。

「どうかしたのかい、嬢ちゃん、なんで泣いてるんだね」

　クリスティーンはまわりを見たが、誰もいなかった。「木があたしにリンゴをくれないの」クリスティーンは言った。

「泣くんじゃないよ。レイゲンがリンゴをとってあげる」

レイゲンは木によじ登り、力を振り絞って太い枝を折り、それを持って下に降りた。

「ほら。たくさんリンゴがついてるよ」レイゲンは両腕にリンゴをかかえ、クリスティーンと一緒に学校へ向かった。

レイゲンが去ると、クリスティーンは道路の真ん中へリンゴを落としてしまった。車がロス先生にあげるつもりだった、いちばん大きくてつやつやしたリンゴのほうに走ってきた。クリスティーンが手を伸ばそうとすると、レイゲンが彼女を突き飛ばし、車に轢《ひ》かれるところを救った。クリスティーンは車の下になったきれいなリンゴがつぶれるのを見て泣きだしたが、レイゲンはほかのリンゴをひろい、それほどいいリンゴではなかったけれど、汚れを拭《ふ》きとって、学校へ持っていけるようにクリスティーンにわたした。

リンゴをデスクにおくと、ロス先生が言った。「まあ、ありがとう、ビリー」

それを聞いてクリスティーンはうろたえた。リンゴを持ってきたのは彼女だったからだ。

クリスティーンは教室の後ろへいき、どこに坐ればいいのか迷った。教室の左側の席についたが、数分すると、身体の大きな男の子が言った。「ぼくの席だ。どけよ」

クリスティーンは悲しくなったが、レイゲンがその男の子を殴りに出てくるのを感じ、あわてて立ちあがると、べつの席へいった。

「あら、そこはあたしの席よ」黒板の前にいた女の子が声をかけてきた。「ビリーがあたしの席に坐ってるわ」

「どこに坐ればいいのかわからないの？」ロス先生が尋ねた。

クリスティーンはうなずいた。

ロス先生は教室の右側にある、あいている席を指さした。「あそこの席に坐りなさい、ビリー。さあ、早くいって」

なぜロス先生が怒っているのか、クリスティーンにはわからなかった。先生に好かれたくて一所懸命なのに。涙がこみあげ、レイゲンが先生にひどいことをしにやってくるのがわかった。だから、目を閉じ、足を踏み鳴らして、レイゲンをとめた。それから彼女もそこを離れた。

ビリーは目をひらき、まわりを見て、教室にいるのがわかり、呆然とした。いったい、どうやってここへ来たんだろう。どうしてみんなはぼくを見つめているんだろう。なぜ、くすくす笑っているんだ？

教室から出るとき、ビリーはロス先生が呼びかける声を聞いた。「リンゴをありがとう、ビリー。とってもやさしいのね。あなたを叱らなくちゃならなくてほんとに残念よ」

廊下を歩いていく先生の背中を見ながら、ビリーはいぶかった。いったい先生は何を言ってるのだろう。

4

キャシーとジンボははじめてイギリス訛りを聞いたとき、ビリーがおどけているのかと思った。ジンボはビリーと部屋で洗濯物の整理をしていた。キャシーがドアのところにやってきて、ビリーが彼女やチャラと一緒に学校へいく支度《したく》をしたかと部屋をのぞいた。

「どうしたの、ビリー？」ビリーの呆然とした表情を見て、キャシーは尋ねた。

ビリーはキャシーを見、部屋のなかと、もうひとりの少年を見た。少年も彼をまじまじと見つめていた。そのふたりが誰なのか、なぜ、どうやって自分がそこにいるのか見当もつかなかった。ビリーという名前に心あたりがなかった。わかっているのは、自分の名前がアーサーで、ロンドン出身ということだけだった。

足元を見おろすと、片方に黒いソックス、もう一方に紫のソックスをはいていた。「おやおや、明らかにこれは対《つい》のソックスではないな」

女の子はくすくす笑い、少年も笑った。「おばかさんね、ビリー。いまのよかったわよ。兄さんがいつも見ているシャーロック・ホームズ映画のドクター・ワトスンみたいな発音ね、そうでしょ、ジンボ？」

女の子はスキップしながら出ていき、ジンボと呼ばれた少年が大声をあげて走っていった。「急げ、さもないと遅刻だぞ」

アーサーという名前なのに、なぜビリーなんて呼ぶんだろうと彼はいぶかった。自分は名前を偽《いつわ》っているのだろうか。この家の、この人たちのあいだにスパイとしてやってきたのだろうか。それとも探偵として？　パズルのピースをきちんとはめこむには、論理的に考える必要がある。なぜ、色の違うソックスをはいているんだろう。誰がこれをはいたんだ？　ここで何が起こっているんだ。

「来ないのか、ビリー。また遅れたら、チャーマー父さんに何をされるかわかってるだろ」

自分が名前を偽っているのなら、とことんやってみよう、とアーサーは決心した。チャラとキャシーと一緒にニコラス・ドライヴ校へ向かったが、着くまでひとことも口をきかなかった。教室を通りすぎると、キャシーが言った。「どこへいくつもり、ビリー？　その教室に入ったほうがいいわよ」

彼は後ろにじっと立ち、最後に残ったからの椅子なら、坐っても大丈夫だと見当をつけた。わきめもふらずに、まっすぐ頭をあげてその椅子のところへいったが、口をきく気になれなかった。さっき笑われたのは、話しかたが違ったからだろう。

女の先生が謄写版《とうしゃばん》印刷の算数のテスト用紙を配った。「終わったら答案用紙を教科書にはさんで、外へ出ていいですよ。もどってきてから、答えをたしかめなさい。そしたら先生が答案をあつめて、採点します」

アーサーは掛け算と長除法の問題を見て、嘲笑《ちょうしょう》をうかべた。鉛筆をとり、すばやく頭のなかで問題を解き、答えを記入した。終わると答案用紙を教科書にはさみ、腕を組んで、宙を見つめた。

あまりにも初歩的な問題だ。

校庭に出たものの、騒々しい子供たちにうんざりして、アーサーは目を閉じた……。

休みのあと、先生が言った。「答案用紙を教科書から出しなさい」

ビリーは仰天して顔をあげた。

教室でぼくは何をしていたんだろう。どうやってここへきたんだろう。朝起きたのは憶えているが、服を着て学校へやってきたのは憶えていない。家で起きてからいままでに何があったのか、まったくわからなかった。

「算数の答案用紙を出す前に、もう一度答えをたしかめなさい」

算数の答案用紙だって？

どうなっているのかわからないけど、なぜ答案用紙がないのか先生に訊かれたら、外に忘れてきたか、なくしたと言おう。先生に何か言わなくてはならない。教科書をひらき、わが目を疑った。答えがぜんぶ、五十問すべての答えが書いてある答案用紙があった。自分の筆跡ではなかった。似ているが、すばやく書かれたようだ。用紙が持ち物に入っていることはたびたびあり、そういうときはいつも自分のものだと考えた。だけど、自分みたいに算数のできない生徒が、この問題にぜんぶ答えられたはずがない。隣の机をのぞくと、女の子が同じテストをしていた。ビリーは肩をすくめ、鉛筆で、いちばん上に「ビリー・ミリガン」と名前を書きこんだ。答えをたしかめるつもりはなかった。問題の解きかたも知らないのに、どうやって答えの正しさをたしかめればいいんだ。

「もう終わったの？」

顔をあげると、先生が立っていた。

「はい」

「答えをたしかめなかったの」

「はい」

「このテストでちゃんと点をとれるって自信がそんなにあるの？」

「わかりません」ビリーは答えた。「採点してみなければわからないでしょう」

先生は答案用紙を持って自分のデスクにもどり、数秒後には顔が曇った。先生はビリーの席にもどってきた。「あなたの教科書を見せて、ビリー」

ビリーがわたすと、先生はぱらぱらめくった。

「あなたの手を見せて」

ビリーは手を見せた。先生はシャツの袖口とポケットの中身と机のなかを見せてと言った。

「いいわ」先生はとうとう言った。「でも、わからないわね。あなたが答えを知っていたはずないのよ、けさ謄写版で問題をプリントしたばかりだし、答えはわたしのバッグのなかですからね」

「ぼくは合格ですか」ビリーは尋ねた。

先生はしぶしぶ答案用紙をビリーに返した。「満点よ」


ビリーの先生たちは、ビリーをさぼり屋、もめごと屋、嘘つきと呼んだ。四学年から八学年まで、ビリーは指導教師や校長や学校心理学者のオフィスを出たり入ったりした。成長することは、絶えざる戦いであり、毎日、毎時間、あるいはほんの数分前に何があったのか知らないことを隠すために、ありもしない話をでっちあげ、真実をゆがめ、適当に説明しなければならなかった。彼がトランス状態になることは誰もが気づいていた。あいつは変だとみなが言った。

自分がほかの人々とは違うこと、ほかの人々は時間を失わないこと、まわりのみなが彼はこれをしたあれをしゃべったとそろって言うのに、まったく記憶がないことがわかりはじめると、自分は精神異常なのだと思った。だが、そのことを隠した。

ビリーはなんとか秘密を守りつづけた。

〈教師〉の記憶によれば、一九六九年の春、ビリーが十四歳で八年生だったとき、チャーマーはビリーを農場に連れていき、トウモロコシ畑の先で、ショベルをわたし、地面を掘るようにと言った……。

この出来事について、ドクター・ステラ・キャロリンは、記録のために法廷で読みあげられた報告書のなかで、次のように述べている。「(継父は) ビリーを性的に虐待し、もし母親にそのことを話したら生き埋めにすると脅した。実際に埋めて、呼吸をするために管をくわえさせた……ビリーから土をとり除く前に、管を通じてビリーの顔に放尿した」

(《ニューズウィーク》一九七八年十二月十八日)

……その日いらい、ダニーは地面を怖がるようになった。二度と草の上に横たわることはなく、地面に手をふれることも、風景画を描くこともなかった。

5

数日後、ビリーは自分の部屋に入り、ベッドサイド・ランプのスイッチに手を伸ばした。

明かりはつかなかった。スイッチを何度もひねった。それでも明かりはつかない。足元に気をつけながら、部屋を出て、キッチンから新しい電球を持ってくると、母親がやってているように古い電球と替えようとした。ショックが全身を走り、ビリーはよろよろと壁にもたれた……。

〈トミー〉は目をあけ、何があるのかわからないまま、まわりを見た。ベッドに電球があったので、手にとり、ランプのかさの下をのぞき、差しこもうとした。金属製のソケットにさわり、電気ショックを受けた。ちくしょう！　いったいどうなってるんだ。ランプシェードをはずし、ソケットをのぞいた。手をふれ、またショックを感じた。トミーはそこに坐って、この謎を考えようとした。こいつはどこから来るんだ？　電気のコードをたどって、壁に差しこまれているところへいった。プラグを引き抜き、またソケットにさわってみた。何も起こらない。あのいまいましいショックは壁から来たのだ。トミーはふたつの小さな穴を見つめていたが、やがて飛びあがると、階下に走り降りた。電線をたどり、天井からヒューズ・ボックスへいき、ヒューズ・ボックスからケーブルをたどって家の外に出ると、道路の電柱につづいているのを見てあっけにとられた。このいまいましい電柱はこのためにあるのか？

トミーは電柱をたどり、どこへ行きつくのかたしかめようとした。暗くなるころ、まわりをワイア・フェンスで囲まれ、オハイオ電力という看板がある建物の外にいた。なるほど、とトミーは思った、だけど、電球を明るくし、さわるとショックを与えて度肝《どぎも》を抜くものはどこからくるのだろう。

家にもどると、電話帳をとりだし、オハイオ電力を調べて、住所を書きとった。きょうはもう暗すぎるが、あしたの朝そこへいって、どこから電気がくるのか調べよう。

翌朝、トミーはダウンタウンのオハイオ電力へいった。内部に入り、呆然として見つめた。大勢の人たちが、デスクに坐り、電話に答え、タイプしているだけだった。ビジネス・オフィスだ！　まったく、また空振《からぶ》りだ！　どこから電気が来るのかを調べるにはどうすればいいのか考えながら、メイン・ストリートをぶらぶら歩いているうちに、市の建物の前を通りかかり、正面に図書館と記されているのに気づいた。

よし、本で調べてやろう。二階へあがり、カード・カタログで「電力」という項目を探し、本を見つけて読みはじめた。ダムや水力発電、石炭ほかの燃料を使ってエネルギーを産みだし、機械を動かしたり明かりをつけたりできることがわかって、呆然となった。

トミーは暗くなるまで読みつづけた。それからランカスターの通りをぶらつき、夜になってついた明かりを見て、いまでは電気がどこから来るのかわかっているので興奮した。こういう機械や、電気に関係したことをすべて学ぼうと思った。とある店のウィンドウの前で足をとめ、展示してある電気製品を眺めた。大勢の見物人が、ウィンドウのテレビの前に群がり、宇宙服を着た男が梯子《はしご》を降りてくるのを見まもっていた。

「信じられるかい？」誰かが言った。「月から地球を見るなんて」

「……人類にとって大きな一歩です」テレビの声が言っていた。

トミーは月を見あげ、テレビに目をもどした。学ばなければならないことが、ここにもある。

そのとき、ウィンドウにひとりの女性が映った。

ドロシーが言った。「ビリー、そろそろ家にもどる時間よ」

トミーはビリーのきれいな母親を見あげ、自分の名前はトミーだと言おうとしたが、ドロシーが彼の肩に手をおき、車のほうへ連れていった。

「ダウンタウンをうろつくのはやめなさい、ビリー。チャーマー父さんが仕事からもどる前に家に帰ってないと、どういうことになるか、わかるでしょ」

家にもどる車のなかで、ドロシーは絶えずようすをうかがうように横目で彼を見たが、トミーは黙ったままだった。

ドロシーはトミーに食べ物を与えてから言った。「部屋で絵でも描いたらどう、ビリー。描くといつも落ち着くでしょ。とてもいらいらしてるみたいよ」

トミーは肩をすくめ、絵の道具がおいてある部屋へいった。すばやく絵筆を動かし、電柱が並ぶ夜の通りの風景を描いた。終わると、後ろにさがり、じっと見つめた。初心者にしてはなかなかのできだ。翌朝、トミーは早起きして、昼間の光景にもかかわらず月が輝いている風景画を描いた。

6

ビリーは花と詩が好きで、母親を手伝って家事もやったが、チャーマーに「めめしい」とか「すこしホモっぽい」と言われているのを知っていた。それで家事の手伝いも詩を書くのもやめた。それを彼の代わりにこっそりと〈アダラナ〉がやった。

ある夜、チャーマーは腰を落ち着けて第二次大戦の映画を見た。映画のなかでゲシュタポの尋問者が犠牲者をホースで殴る場面があった。映画が終わると、チャーマーは庭へ出ていき、水まき用のホースを四フィートの長さに切り、ふたつに折って、つかみやすいように切り口を合わせて黒いテープでとめた。

家のなかにもどると、ビリーが皿を洗っていた。

何事が起こっているのかわからないうちに、アダラナは腰を打たれ、床に倒れた。

チャーマーはホースの輪になったほうをベッドルームのドアにかけ、ベッドに入った。

アダラナは男性が暴力的で憎しみに満ち、信頼できないことを学んだ。ドロシーか娘たちのひとり――キャシーかチャラ――に抱かれてキスされ、恐怖と不快感をぬぐいさってもらいたかった。だけど、それではやっかいなことになるとわかっていたので、ベッドに入り、泣きながら眠りこんだ。

チャーマーはたびたびホースで、たいていはビリーを打った。ドロシーはベッドルームのドアにかかっているホースの上にローブかナイトガウンをかけ、チャーマーがそれを見なければ、使わないだろうと期待したことを憶えている。やがてある日、チャーマーが長いあいだ使っていなかったので、ドロシーはそのホースを捨てた。ホースがどうなったのか、チャーマーは知らずじまいだった。

トミーはひそかにモーターや電気装置をいじるかたわら、拘束された状態から逃げだす方法を研究しはじめた。フーディーニやシルヴェスターなど、偉大な縄抜けの名人について読み、彼らの縄抜けの技の一部がトリックにすぎないことを発見してがっかりした。

のちになって、ジンボは弟に両手をロープできつく縛ってから立ち去るように頼まれたことを思い出している。トミーはひとりになると、結び目をじっくり調べ、手首を巧みにひねってロープをすべり落とすのにいちばん簡単な方法を探した。片方の手首をロープで縛り、その手を背中にまわしてほどく練習をした。

アフリカのサルの罠――サルをつかまえるためのもので、狭いすきまから手を突っこんで食べ物をつかむと、それを放そうとしないので、手が抜けなくなる――について読んでから、トミーは人間の手の構造を考えるようになった。百科事典で骨格の写真を研究し、手を手首より小さく縮められれば、いつでも自由になれると気づいた。そして自分の手と手首の大きさを測り、一連の練習をはじめ、手をきつく握りしめ、骨と関節を調節しようとした。とうとう手を手首よりも小さくできるようになり、これで二度と縛られたり拘束された状態でいなくてもすむようになった。

トミーはまた、錠のおりた部屋から抜けだす方法を学ぶ必要があると考えた。ビリーの母親が外出し、家に自分ひとり残ると、トミーはねじまわしをとりだし、ドアの錠前をはずして、どういうふうに機能するのか、メカニズムを研究した。錠の内部を図にして、その形を記憶した。違う錠を見るたびに、それをばらばらにして、じっくり調べてからもとにもどした。

ある日、ダウンタウンをぶらぶら歩き、錠前屋の店に入った。老人がさまざまな錠を見せてくれたので、どう機能するのかを記憶した。老人は磁石で動くタンブラーや、回転式のタンブラー、さまざまな金庫室について書かれた本を貸してくれた。トミーは熱心に研究し、絶えず試してみた。スポーツ用品店で手錠を見つけたときは、お金ができしだい買って、はずしかたを学ぼうと思った。

ある夜、夕食の最中チャーマーの態度がとりわけ不愉快だったので、トミーは尻尾をつかまれずに痛めつける方法を探した。ある考えが浮かんだ。

道具箱からやすりをとりだし、チャーマーの電気かみそりのケースをはずして、三枚の回転式の刃にていねいにやすりをかけて鈍《にぶ》らせると、ケースにもどした。

翌朝、トミーはチャーマーがひげを剃《そ》っているあいだ、バスルームの外でようすをうかがった。電気かみそりがかちっと鳴る音がしたのにつづき、苦痛の叫びがした。鈍くなった刃が、ひげを切るかわりに巻きこんだのだ。

チャーマーはバスルームから駆けだした。「何を見てるんだ、この間抜け。阿呆づらしてそんなところに立ってるんじゃない」

トミーは両手をポケットに突っこみ、にやにやしているのを見られないように、顔をそむけてそこを離れた。


〈アレン〉がはじめてスポットに出たのは、建築現場で建物の基礎用に掘った穴に投げこまれそうになり、近所のいじめっ子たちをなだめてやめさせようとしたときだった。言葉巧みに彼らを言いくるめようとしたが、効果はなかった。アレンは穴に投げこまれ、石を投げつけられた。こうなったら、ここにいつまでもいることはない……。

ダニーは目の前の地面にあたる石の音を聞いた。またひとつ、さらにひとつがつづいた。見あげると、穴の上から少年たちが石を投げていた。ダニーは反対側に走り、ぐるぐるまわって、逃げ道を探した。とうとう穴の壁が急なので自分には登れないとわかり、土の上にあぐらをかいた……。

トミーは石が背中にあたったので見あげた。すばやく状況を判断し、逃げなければならないと思った。錠前をあけ、ロープをほどく練習はしたが、逃げるといっても、これは勝手が違う。これには力がいる……。

レイゲンは立ちあがり、ポケット・ナイフをとりだすと、穴の斜面を駆けあがって少年たちに突進し、ナイフの刃を出し、いじめっ子たちの顔をひとりずつ見て、怒りを抑えながら、誰かが飛びかかってくるのを待った。誰だろうと、ためらわずに刺すつもりだった。いじめっ子たちは自分より一フィートも背の低い少年を選んでいじめていたのだが、レイゲンが立ち向かってくるとは予想していなかった。少年たちは蜘蛛の子を散らすように逃げ、レイゲンは家にもどった。

ジンボの回想によれば、少年たちの親がうちの息子はビリーにナイフで脅されたと文句をつけ、チャーマーは彼らの話を一方的に聞いて、ビリーを裏へ連れていき、殴った。

7

ドロシーは下の息子のようすが変わり、妙な行動をすることに気づいていた。

「ビリーはときどきビリーじゃなくなったわ」とドロシーはのちに言った。「暗くなって、自分のなかにこもってしまった。あの子に何か話しかけても、まるで遠く離れたところにいて何か考えているみたいに、宙を見つめて、返事をしないの。夢遊病にかかっていたときよくやったように、ダウンタウンをぼんやり歩くの。学校から出ていってしまうんです。ときどき、学校ではあの子が出ていってしまう前につかまえて、わたしに迎えにくるようにと連絡してきたの。あの子が出ていって、学校から電話がかかってくることもあったわ。あたしはあちこち探しまわり、ダウンタウンをうろついてるのを見つけて、家に連れもどし、言ったものよ。『さあ、ビリー、休むといいわ』だけど、あの子は自分のベッドルームがどこにあるのかも知らないみたいだった。あたしはあの子の部屋にいって、考えたわ。『まったくなんてことかしら』って。あの子が起きているときは、『気分はどう？』と訊いたわ。あの子はひどくとまどったようすで、訊き返すのよ。『ぼくはきょう学校へいかなかったの？』って。だからあたしは言ったわ。『いいえ、ビリー、ちゃんと学校へいったわ。あたしが迎えにいったのを憶えてない？　おまえが学校にいるあいだに、ヤング先生から電話があったので、あたしはおまえを迎えにいったのよ。あたしと一緒に帰ってきたのに、憶えてない？』

あの子は呆然としたようにうなずいて、言うの、『ふうん』って。『憶えてないの？』

『きょうは気分が悪かっただけだと思うよ』

先生たちに麻薬の影響を受けていると言われたわ」ドロシーはつづけた。「でも、そうじゃないことはわかってた。あの子は麻薬に手をだしたことはないの。アスピリンだって服《の》もうとしないくらいですもの。薬を服ませるのだってひと騒動なんだから。ときどき、あの子は、頭が混乱して、ぼうっとしたようすで家に帰ってきたわ。あたしに何も話そうとしないで、昼寝をしてしまうの。それから出てくると、またあたしのビリーにもどってるの。あたし、言ったのよ、みんなに言ったんです。『あの子には助けが必要だ』って」

8

アーサーはときどき学校にあらわれ、世界史の授業で、とくにイギリスと植民地がとりあげられたときなど、教師の誤りを訂正した。時間のほとんどをランカスター公共図書館で読書してすごした。心の狭い田舎教師から学ぶよりも、本や直接の経験から得るもののほうが大きかった。

　教師によるボストン・ティーパーティ事件の説明に、アーサーは腹をたてた。『はだかの事実』というカナダの本を読み、真実を知っていた。その本は、酔っぱらった水夫たちの仕業《しわざ》に、愛国的な偽りの説明がなされたことを暴露《ばくろ》していた。だが、アーサーがそのことを話すと、みなが笑いだし、アーサーはくすくす笑いの声をあとに残して、教室を出ていき、図書館へもどった。そこのきれいな司書なら彼の訛りを笑いものにしないとわかっていた。

アーサーはほかの者の存在をよく知っていた。カレンダーで日付を調べ、何かがおかしいと気づいていた。自分で読み、観察したところによれば、世間の人たちは彼みたいに長いあいだ眠ることはないようだった。

彼はみなに尋ねはじめた。「ぼくはきのう何をした？」とキャシーやジンボやチャラやドロシーに訊いた。自分の行動を説明されても、まったく憶えがなかった。論理的に推測して、判断するしかなかった。

ある日、眠ろうとして誰かの存在を心のなかに感じたので、むりに起きていることにした。

「きみは誰だ」アーサーは訊いた。「誰だか答えてくれ」

声が答えた。「へえ、あんたはいったい誰なんだ」

「名前はアーサーだ。きみは？」

「トミー」

「ここで何をしているんだ、トミー？」

「あんたこそ何をしてるんだね」

質問が心のなかで行き交《か》った。

「どうやってここへ来たんだ」アーサーは尋ねた。

「わからない、あんたは？」

「わからない。だけど、きっと探りだしてやる」

「どうやって？」

「論理的になる必要がある。考えがあるんだ。ふたりで、起きているあいだの時間を追ってみよう、一日の時間がぜんぶ埋まるかどうか」

埋まらなかった。

ほかの者がいるにちがいない。

アーサーは意識のあるあいだは一刻も無駄にせず、失われる時間の謎を解きにかかり、自分の心と肉体を分かちあっている人々を探した。トミーに会ってから、ひとりずつ全員を発見した。自分と、外の人々がビリーもしくはビルと呼んでいる人格を含め、ぜんぶで二十三人いた。アーサーは論理的に考えて、彼らが誰なのか、どう行動するのか、何をしたのかを知った。

アーサーよりも早くほかの者の存在に気づいていたのは、クリスティーンという子供だけらしかった。クリスティーンは意識があるときの彼らが、心のなかで何を考えているのかわかった。その能力は誰でも身につけることができるものだろうか、とアーサーはいぶかった。

その問題を、アレンという人格に話した。アレンはきびしい状況に陥《おちい》ったときに相手を言いくるめて危機を脱するのが得意だった。

「アレン、この次に意識を持ったら、真剣に考えて、まわりで起こっていることをぜんぶ話してほしいんだ」

アレンはやってみると言い、その次にスポットに出たとき、見たことをすべてアーサーに話した。アーサーはイメージがはっきりするまで見ようとつとめ、懸命に努力した結果、ついにアレンの目をとおして見られるようになった。自分が目覚めていて、注意をはらっているときに限られたが、とにかく意識を持ったときでなくても外の光景が見えたのだ。こうしてアーサーは知的な努力によって、はじめて物質にたいして精神の勝利をおさめたのだった。

アーサーは自分が知識を持っているために、さまざまなメンバーからなる大きな家族に責任を負うようになったことを知った。彼らはみな同じ肉体にいるので、この混沌《こんとん》とした状態から何らかの秩序をつくりだす必要があった。その任務を、感情を交えずに果たせるのは彼だけなので、精神を集中し、公平で、充分に機能し、何よりもまず論理的な秩序をつくろうとした。

9

学校の生徒たちは、ビリーがぼうっとして廊下をうろつきまわるのを見ると、からかった。生徒たちはビリーがひとりごとを言い、ときには女の子のようなふるまいをするので、いじめた。ある寒い日の午後、休み時間に数人の少年たちが校庭でビリーをいじめだした。誰かが投げた石が、ビリーの脇腹にあたった。最初、ビリーは何が起こったのかわからなかったが、怒りを見せればチャーマーに罰せられることは知っていた。

レイゲンがあらわれ、笑っている少年たちをねめつけた。べつの少年が石をひろって投げつけた。レイゲンはそれを受けとめ、すばやく投げ返すと、石は少年の頭にあたった。

レイゲンがポケットから飛び出しナイフをとりだし、少年たちに近づくと、彼らはぎょっとして後ろへさがり、さっと逃げだした。レイゲンはまわりを見まわし、そこがどこなのか、どうしてそこへやってきたのかを考えようとした。ナイフの刃を引っこめてポケットにしまい、そこを離れた。何が起こっているのか、かいもく見当がつかなかった。

だが、アーサーは彼を見まもり、すばやい動きと怒りを見て、なぜレイゲンがそこにいるのかを推測した。レイゲンの感情の爆発はなんとかしなければならなかった。だが、自己紹介する前にレイゲンをよく知り、理解する必要がある。何よりも驚いたのは、レイゲンがスラヴ訛りで考えることだった。スラヴ人は野蛮人だとアーサーは思っていた。レイゲンと交渉するのは、野蛮人と交渉するようなものだ。危険だが、そのような人間は、危機に直面したときには役に立つかもしれないし、その力をコントロールする必要がある。時間をかけ、機が熟したらレイゲンに声をかけるつもりだった。

数週間後、〈ケヴィン〉はがき大将たちに加わり、近所にいるべつのグループの子供たちと対抗して、土の塊《かたまり》を投げあった。戦場は団地の建設現場の大きな穴の後ろに盛りあがる土の山だった。ケヴィンはむこうみずな気分になり、土の塊を投げ、あたらないと笑い、爆弾が破裂したように土が飛び散るのを見た。

ふいに、近くから奇妙な声が聞こえてきた。「低く。低めに投げろ」

ケヴィンは手をとめ、まわりを見たが、近くには誰もいなかった。そのとき、また声がした。「低く……低く……そいつを低めに投げろ」テレビの戦争映画に出てきた、ブルックリン出身の兵士みたいな声だった。「その土をもっと低めに投げろよ！」

ケヴィンはまごついた。投げるのをやめ、土の山に腰をおろし、誰が話しかけてくるのか探そうとした。

「どこにいるんだい」ケヴィンは尋ねた。

「そっちこそどこにいる？」声がこだまのように返ってきた。

「おれは穴の後ろの土の山にいる」

「へえ？　おれもだぜ」

「きみの名前は？」ケヴィンは訊いた。

「フィリップ。そっちは？」

「ケヴィンだ」

「おかしな名前だな」

「そうかい。出てきたらぶん殴ってやるよ」

「どこに住んでるんだい」フィリップが訊いた。

「スプリング・ストリートだ。きみはどこから？」

「ブルックリンさ。ニューヨークだ。だけど、いまはやっぱりスプリング・ストリートに住んでる」

「スプリング・ストリート九三三番地。白い家だ。チャーマー・ミリガンて男のものだ」ケヴィンは言った。「そいつはおれのことをビリーと呼ぶ」

「たまげたぜ、おれもそこに住んでる。そいつのことは知ってるよ。そいつはおれのこともビリーと呼ぶぜ。あんたを見かけた憶えはなかったけどな」

「おれもきみを見たことないよ」とケヴィンは言った。

「そうか、ちくしょう。おい、相棒」フィリップが言った。「学校の窓ガラスを割りにいこうぜ」

「そいつはいいな」ケヴィンは答え、ふたりは学校へ走っていき、十数枚の窓ガラスを割った。

アーサーはふたりの話を聞き、行動を見まもり、ふたりとも明らかに犯罪者のタイプであり、いずれ重大な問題を引き起こすかもしれないと思った。

レイゲンは同じ肉体を分かちあっているほかの数人を知っていた。ビリーのことも、自分が意識を持ちはじめていらい知っていた。デイヴィッドは苦痛を引き受け、ダニーはいつも恐怖に怯《おび》えている。三歳のクリスティーンは彼のアイドルだった。だが、ほかにもいることがわかっていた。会ったことのない者が大勢いるはずだった。声や起こったことを考えれば、五人だけとは考えられなかった。

レイゲンは自分の姓がヴァダスコヴィニチで、故郷はユーゴスラヴィア、自分の存在理由は、生き抜いて、いかなる手段をとってもほかの者、とくに子供たちを守ることだと知っていた。自分には人並みはずれた力や、蜘蛛が巣にかかった侵入者の存在を感じるように、危険を感じとる能力があることに気づいていた。ほかの全員の恐れを吸収し、それを行動へと変えることができた。自分を訓練し、肉体を完璧に鍛《きた》え、武道を学ぼうと誓った。

だが、この敵意に満ちた世界では、それだけでは充分ではなかった。

レイゲンはダウンタウンのスポーツ用品店へいき、投げるのに適したナイフを買った。それから森へいき、ブーツからすばやく引き抜いて、木をめがけて投げる練習をした。やがてあたりが暗くなったので、家へ帰ることにした。ナイフをブーツにもどしながら、レイゲンは思った。これからはいつも武器を持っていよう。

家へ向かう途中、イギリス訛りの妙な声が聞こえた。振り向きざまに、身体を沈め、さっとナイフを抜いたが、誰もいなかった。

「わたしはきみの頭のなかにいる、レイゲン・ヴァダスコヴィニチ。わたしたちは同じ身体にいるんだ」

歩きながらアーサーは、頭のなかにいるほかの人々について知ったことを話した。

「あんた、ほんとにおれの頭んなかにいるのかい」レイゲンは尋ねた。

「そうだ」

「で、おれがしてることも知ってんのか」

「最近ずっときみを観察している。きみはナイフの使いかたがうまいが、ひとつの武器だけに限るべきじゃないな。武道の技のほかに、銃と爆弾についても学んでおくべきだ」

「おれは爆発物の扱いは得意じゃない。電気の配線や回路なんてのはよく呑みこめないんだ」

「トミーはそちらが専門だ。トミーはエレクトロニクスと機械が得意なんだ」

「トミーって誰だね」

「そのうちに紹介するよ。われわれがこの世の中で生き抜くには、この混沌に何らかの秩序をもたらす必要がある」

「どういうことだね、その『混沌』てのは」

「ビリーがふらふら歩きまわり、人前でわれわれが次々に入れ替わって、いろんなことをはじめると、終わりまでやれずに、窮境に陥ってしまい、ほかの者がいわば精神的な宙返りをやって、そこから抜けださなくてはならなくなる。わたしはそれを混沌と呼んでいる。物事を統制する方法があるはずだ」

「統制されるのはあんまり好きじゃない」レイゲンが言った。

「だいじなことは」アーサーはつづけた。「物事や人々を統制する方法を学んで、われわれが生きぬけるようにすることだ。それがいちばん重要だと思う」

「二番めに重要なのは？」

「自己修養だ」

「同感だ」レイゲンは言った。

「わたしは、アドレナリンをコントロールして、最大限の力を引きだす方法について説明した本を読んだので、それについて話したい」

レイゲンは耳を傾け、アーサーは生物学の本について語り、とくに恐怖を抑制して、それをアドレナリンと甲状腺からの分泌物によって、エネルギーに変換するという考えに関心があると言った。アーサーが目上のような偉そうな態度をとるのでレイゲンはいらいらしたが、自分が聞いたこともないものをこのイギリス人が知っているのは否定できなかった。

「きみはチェスをするかね」アーサーは尋ねた。

「もちろん」レイゲンは答えた。

「じゃあ、ポーンをキング行の四段めへ」

レイゲンはすこし考えてから答えた。「ナイトをクイーン側ビショップ行の三段めへ」

アーサーはチェスボードを思い描き、言った。「ほほう、インディアン防御だな。なかなかいい」

アーサーは勝った。それ以後ふたりでやるチェスの試合に勝ちつづけた。レイゲンは精神を集中することにかけて、アーサーのほうがうわ手だと認めざるをえなかった。それで自分を慰めるために、アーサーはたとえ自分の命を守るためでも戦えないのだと考えた。

「きみにわれわれを守ってもらいたいんだ」アーサーは言った。

「どうやっておれの心が読めるんだね」

「簡単なテクニックさ。きみもそのうちにできるようになる」

「ビリーはおれたちのことを知ってんのか」

「いや。ときどき声を聞くし、幻覚を見る。だが、われわれの存在には気づいていない」

「教えたほうがいいんじゃないのか」

「そうは思わないね。そんなことをしたら、精神に異常をきたすだろうよ」

第九章

1

一九七〇年三月、スタンベリー・ジュニア・ハイスクールの学校心理学者、ロバート・マーティンは次のように報告した。

ビルは自分がどこにいるのか思い出せないことや、身の回りのものをどこにおいたか記憶になく、支えられなければ歩けないことが数回あった。そういうときは、瞳孔《どうこう》がピンの先ほどに小さくなっている。最近はたびたび教師や仲間の生徒たちと激しく口論したあげく、教室を出ていった。そういうときは、鬱《うつ》状態で、泣き、黙りこんでしまう。最近その状態に陥《おちい》ったとき、ビルは走っている車の前に踏みだそうとした。この行動のため、ビルは医者のもとへ連れていかれた。診断は「心理的トランス」だった。

わたしが評価しているあいだ、ビルは鬱状態だったが、行動は充分にコントロールされていた。評価の結果、継父にたいする強烈な嫌悪とそこから生じた自分の家庭にたいする強烈な忌避《きひ》感情があきらかになった。ビルは継父を他者にたいして思いやりが少なく、極度に厳格で専制的だとみなしている。この印象は、母親との面接の際に裏づけられた。母親はビルの実父が自殺したこと、ビルの継父がビルを実父になぞらえたことについて語っている。ビルの継父はビルと母親が実父の自殺に責任があるとしばしば述べている（母親の報告）。

2

スタンベリー・ジュニア・ハイスクールの校長、ジョン・W・ヤングは、ビリー・ミリガンがしばしば授業から抜けだし、校長室の外の石段に坐るか、講堂の裏にいることを知った。ヤング校長はいつもビリー少年と並んで坐り、話相手になった。

ときどきビリーは亡くなった父親について話し、大人になったら、エンタテイナーになりたいと言った。家の生活がどんなにひどいかを話した。ヤング校長は、ビリーがしばしばトランス状態に陥るのに気づいた。それがたび重なり、ヤング校長はビリーをガイダンスと精神衛生を専門とするフェアフィールド郡クリニックへいかせた。

精神科医で理事のドクター・ハロルド・T・ブラウンが、はじめてビリー・ミリガンを診察したのは一九七〇年三月六日だった。半白の頬ひげを生やし、顎が小さく小柄なブラウンは、縁《ふち》の黒い眼鏡越しにビリーをじっと見つめた。目の前にいるのは、こぎれいな格好をした、十五歳の痩せた少年で、見たところ健康状態もよく、おとなしく坐って、緊張も不安もないが、視線を合わせないようにしていた。

「声は穏やかである」ドクター・ブラウンはノートに書きとめた。「トランス状態に似た響きがある」

ビリーはドクターをまじまじと見た。

「どんな気分がするかね」ブラウンは尋ねた。

「夢があらわれたり消えたりするみたいです。父さんはぼくを憎んでる。父さんがわめいているのが聞こえます。ぼくの部屋には赤いライトがあります。庭と道路が見える——花と水と木があって、そこでは誰もぼくを怒鳴らない。ぼくは現実じゃないものをたくさん見ます。錠がおりたドアがあって、誰かが外へ出ようとしてどんどん叩いている。女の人がころんだと思うと、急に金属の塊《かたまり》に変わってしまって、助けてあげられない。ねえ、LSDなしでトリップできるのはぼくだけですよ」

「両親のことをどう思っている？」ブラウンは尋ねた。

「父さんは母さんを殺すつもりです。ぼくのせいです。ふたりはぼくのことで喧嘩するんです。父さんがぼくをひどく憎んでいるから。口では言えない悪夢を見ます。ときどき、身体が軽くてふわふわしたみたいな、へんな感じがします。空を飛べそうだと思うときがあります」

ブラウンは最初の報告書にこう記した。「報告内容にもかかわらず、患者は現実がわかっているように見え、明白な精神病的な思考には至っていない。かなり注意を集中し、その状態を維持することができる。見当識《けんとうしき》が保たれている。記憶はよい。判断力は前述の精神病的な思考傾向と演技的態度のために、大きく損なわれている。病識が不充分で行動修正ができない。診断＝転換反応を伴う重症のヒステリー（疑）――APAコード三〇〇・一八」

のちにこのときの診察を回想した〈教師〉によれば、ドクター・ブラウンが診《み》たのはビリーではなかった。アレンがデイヴィッドの思考と幻覚を説明したのだった。

五日後、ビリーが予約もなしにクリニックにやってきたが、ドクター・ブラウンは彼がトランス状態にあるのに気づき、会うことにした。少年は自分がどこにいるのか知っているようであり、ドクターの指示にも反応した。

「お母さんに電話しよう」ブラウンは言った。「クリニックに来ているって話しておく」

「わかりました」デイヴィッドは言うと、立ちあがって診察室から出ていった。

数分後、アレンがもどってきて、診察のために呼ばれるのを待った。ブラウンは彼が黙って坐り、部屋の反対側をじっと見つめているようすを見まもった。

「きょうは何があったんだね」ブラウンは尋ねた。

「ぼくは学校にいました」アレンは言った。「十一時三十分ごろ、ぼくは夢を見はじめたんです。目を覚ますと、ヒックル・ビルの屋上で、いまにも飛び降りようとしてるみたいに、下を見おろしてました。ぼくは下へ降りて、警察署へいき、学校に電話して心配しないように伝えてほしいと頼みました。それからここへ来たんです」

ブラウンは長いあいだ彼をじっと見て、半白の頰ひげをなでた。「ビリー、きみは麻薬をやるのかい」

アレンは首を振った。

「いまきみは目をすえているね。何が見える？」

「人々の顔が見えるけど、目と鼻とへんな色だけです。人々に悪いことが起こってるのが見えます。みんな車の前に倒れたり、崖から落ちたり、溺れたりしてます」

ドクター・ブラウンは、アレンが、心のなかのスクリーンを見ているかのように黙って坐っているようすを観察した。「家のことを話してくれないか、ビリー。家族はどうだね」

「チャーマーはジムが好きなんです。ぼくを憎んでます。年中、ぼくを怒鳴りつけます。あいつのおかげで母さんもぼくも不愉快な思いをさせられてます。ぼくは食料雑貨店での仕事をやめました。母さんと家で一緒にいたいから、仕事をやめたかったので、ワインのボトルを盗むふりをすると、馘《くび》になりました」

三月十九日、ブラウンは患者がタートルネックのシャツとブルーのジャケットを着て、女性的に見えるのに気づいた。「私見《しけん》では」と彼は診療のあとで記《しる》した。「この患者は外来としてではなく、州立コロンバス病院青少年科病棟へ入院して治療を受けたほうがいい。入院のため、ドクター・ロールジと手配をした。最終診断は多くの受動攻撃的側面を持つヒステリーである」

十五歳の誕生日から五週間後、ビリー・ミリガンはドロシーとチャーマーによって、州立コロンバス病院の青少年科病棟へ「自発的」患者として入院した。ビリーは不平を並べたのと態度が悪かったのとで、母親がチャーマーを選び、自分を捨てたのだと信じた。

3

州立コロンバス病院記録——部外秘

三月二十四日——午後四時。この患者ともうひとりの患者ダニエル・Mが喧嘩をして、ダニエルが右目の下を切るというけがをした。けがは午後四時ごろRV3の病室の外の廊下で喧嘩の最中に起こった。どうやらウィリアムとダニエルは遊んでいたようだ。ウィリアムが腹をたててダニエルを殴り、そのあとダニエルがウィリアムを殴った。ふたりの患者は引き離された。

三月二十五日——患者は食卓用ナイフを身につけているのを発見された。病棟からは患者が木工場から持ちだした小さなやすりも見つかった。ドクター・ロールジが患者と話すと、患者は自殺したいと言った。現在隔離され、自殺予防の方法が講じられている。

三月二十六日——患者はかなり協力的である。超自然的なものが見えると定期的にこぼす。患者はレクリエーションに参加しない。ほとんどひとりで坐ったままである。

四月一日——患者は壁が迫ってくるが死にたくないと悲鳴をあげた。ドクター・ロールジは患者を隔離し、患者が煙草とマッチを持っていたので叱った。

四月十二日――患者はこの数夜、就寝時になると目立つ行動をしはじめる。患者は私たちに、自分はトランス状態なのかと尋ねる。患者は今晩、余分な薬を求めた。私は患者に、もうベッドへ入ったほうがいいと説明した。患者は敵意を見せて、挑戦的になった。

4

〈ジェイスン〉は癇癪《かんしゃく》を起こした。ジェイスンは悲鳴をあげ、怒鳴ることによって、余分なプレッシャーをとりのぞく安全弁だった。緊張を解き放つときがくるまでは、内向的だった。州立コロンバス病院で「静かな部屋」へ隔離されたのはジェイスンだった。八歳のとき、感情を爆発させるためにジェイスンはつくられたが、実際には、外に出るのを許されたことはなかった。もし彼が出ていたら、ビリーが罰を受けただろう。この州立コロンバス病院で、恐怖と圧迫感が強くなりすぎると、ジェイスンは泣き、悲鳴をあげ、感情をほとばしらせた。

ケント大学で四人の学生が死亡したことをテレビで聞くと、ジェイスンは感情を爆発させた。看護人たちが彼を閉じこめた。

アーサーは、ジェイスンが感情を爆発させるたびに、自分たちが閉じこめられることを知り、行動に出るときがきたと決心した。ここも家も変わりはなかった。怒りをぶつけることは許されていない。ひとりが怒れば、全員が罰を受ける。アーサーはジェイスンを意識から閉めだし、「好ましくない者」と烙印《らくいん》を捺《お》し、二度と意識を持つことはないと伝えた。ジェイスンはスポットの彼方《かなた》の影にとどまることになった。

ほかの者たちは芸術療法で忙しかった。トミーはドアの錠をはずしてないときは、風景画を描いた。ダニーは静物画を、アレンは肖像画を描いた。レイゲンでさえ、芸術作品の制作につとめたが、黒と白でスケッチするだけにとどめた。それでアーサーはレイゲンが色覚異常であることを発見し、左右ふぞろいのソックスを思い出して、あれをはいたのはレイゲンだったのだと推測した。クリスティーンは兄のクリストファーのために、花と蝶の絵を描いた。

看護人たちは、ビリー・ミリガンがずっと落ち着き、協力的になったと報告した。ビリーは特典を与えられ、気候が暖かくなると、外に出て散歩やスケッチを許された。

ほかの数人がスポットに出て、まわりを見まわし、気に食わないのでまた引っこんだ。レイゲンだけが、ドクター・ロールジのスラヴ風の名前と訛りに感銘を受け、抗精神病薬のソラジンを服み、ドクターの指示に従った。ダニーとデイヴィッドは従順な子供たちなので、やはりソラジンを服《の》んだ。だが、トミーは薬を口に入れておき、あとで吐きだした。アーサーもほかの者も同じだった。

ダニーは小さな黒人の少年と仲良くなり、ふたりは一緒におしゃべりをして、遊んだ。ふたりは遅くまで、大人になったら何をしたいか、何時間も話しあうのだった。ダニーが笑ったのは、そのときがはじめてだった。

ある日、ドクター・ロールジはダニーをRB＝3からもっと大きな少年たちがいるRB＝4へ移した。ダニーは誰も知らないし、話相手もいないので、自分の部屋に入って、淋しくて泣いた。

そのとき声が聞こえた。「どうして泣いてるんだい」

「あっちへいって。ほっといてよ」ダニーは言った。

「どこへいけばいいんだい」

ダニーがすばやく見まわすと、部屋には誰もいなかった。「しゃべってるのは誰だい」

「ぼくだよ。ぼくの名前はデイヴィッドだ」

「どこから来たの？」

「わかんない。きみのいるところだと思う」

ダニーはベッドの下やクロゼットをのぞいたが、誰もいなかった。「きみの声は聞こえるけど、どこにいるの？」

「ここだよ」

「だって、見えないよ。どこにいるんだい」

「目を閉じてごらん」デイヴィッドは言った。「ぼくはきみが見えるよ」

ふたりは以前起こったことについて、長いあいだしゃべり、おたがいに知りあったが、そのあいだアーサーがずっと耳を傾けていたのには気づかなかった。

5

フィリップは十四歳の金髪の患者に会った。すごくきれいなので、みながその少女に憧れていた。彼女はフィリップと歩き、話をして、彼を性的に興奮させようとしたが、彼のほうは言い寄ろうとしなかった。彼女はフィリップがスケッチ帳を手に、池のそばのピクニック・テーブルについているのを見まもった。ふだん、そこにはほかに誰もいなかった。

六月はじめのある暑い日、彼女はフィリップのかたわらに坐り、花の絵を見た。「あら、うまいわね、ビリー」

「たいしたことねえさ」

「あなたって、ほんものの画家ね」

「おい、よしてくれ」

「あら、本気よ。あなたはここにいるほかの子たちと違うわ。あたしは、ひとつのことしか頭にない子はいや。ほかのことも考えてる子が好きなの」

彼女はフィリップの脚に手をかけた。

フィリップは飛びのいた。「おい、何をするんだ」

「女の子は好きじゃないの、ビリー?」

「好きさ。おれはホモじゃねえ。ただ……おれは……おれは……」

「あわててるみたいね、ビリー。どうかしたの」

フィリップは彼女の横にまた腰をおろした。「おれはセックスってのに深入りしねえんだ」

「どうして」

「そうだな」フィリップは言った。「おれたちは……つまり、おれは小さかったとき、ある男にレイプされたんだ」

彼女はショックを受けて、フィリップを見た。「レイプされるのは女だけだと思ってたわ」

フィリップは首を振った。「そうとも限らねえさ。おれは殴られ、レイプされた。そいつのせいで、頭がおかしくなっちまった。そのことをよく夢に見た。おれの一部が夢を見るんだ。おれはこれまでずっと、セックスはつらくて汚《けが》らわしいものと考えてきた」

「女の子とふつうのセックスをしたことないっていうの？」

「誰ともふつうのセックスをしたことなんかねえよ」

「痛くないのよ、ビリー」

フィリップは顔を赤らめて、身体を離した。

「泳ぎましょうよ」彼女が言った。

「うん、いい考えだ」フィリップは飛びあがって走っていき、池に飛びこんだ。

水しぶきをあげて水面に出ると、彼女が岸辺で服を脱ぎ、裸で入ってくるところだった。

「まいったぜ！」フィリップはそう言うと、池の底にもぐった。

水面にあがると、彼女が手を伸ばし、両腕を彼の身体にまわした。フィリップは水のなかで彼女の脚がからみつき、彼女の乳房が胸に押しつけられるのを感じた。彼女の手が身体をまさぐった。

「痛くないわよ、ビリー」彼女は言った。「約束するわ」

彼女は片手で泳ぎながら、入江のような場所までいき、池のなかに曲がって突きだしている平らな大きい岩へとフィリップを導いた。彼女はあとから岩によじ登ってきたフィリップのショーツを脱がせた。彼女にふれたとき、フィリップは自分のぎごちなさを意識し、目を閉じたら、すべて消えてしまうのではないかと心配だった。彼女は美しかった。どこかほかの場所にいたいとも、いま起こっていることを忘れたいとも思わなかった。この時を憶えていたかった。気分がよかった。彼女はフィリップがその行為をしているあいだ、彼をかたく抱きしめていた。それが終わると、フィリップは喜びのあまり飛びあがって叫びだしたかった。彼女の身体からころがり落ちるとき、バランスを失い、つるつるすべる濡れた岩から、しぶきをあげて池にすべり落ちた。

彼女は笑った。フィリップは間抜けになったような気がした。だが、しあわせだった。もう童貞ではなく、ホモでもない。一人前の男だった。

6

六月十九日、ビリー・ミリガンは母親の求めに応じたドクター・ロールジによって退院を許可された。退院の際のソーシャル・ワーカーの要約は次のとおりである。

退院前に、ビルはスタッフや患者を思いどおりに操ろうとした。トラブルから抜けだすために悪意のある嘘をつき、誰かれかまわず悪い評判をひろめ、悔恨《かいこん》を感じない。

ほかの患者のグループとは表面的につきあうだけであり、ほかの患者たちは、ビルが絶えず嘘をつくために信頼していない。

スタッフからのすすめ——この患者の行動は、病棟のプログラムにとってますます障害となるため、患者は退院させて外来治療を受けさせ、両親にはカウンセリングを受けるようすすめる。

退院時の薬——ソラジン二十五ミリグラム、一日三回。

家へもどると、重い鬱状態で、ダニーは九×十二インチの静物画を描いた——黒と濃紺の背景に、割れたグラスにさしてある、しおれかけた黄色い花の絵だった。ダニーはそれを持って二階へあがり、母親に見せようとして凍りついた。チャーマーがいた。チャーマーはそれをとりあげると、じろりと見て、床に投げだした。

「おまえは嘘つきだ」チャーマーは言った。「おまえが描いたんじゃない」

ダニーは絵をひろいあげ、涙をこらえて階下の絵画室へ持っていった。そして、はじめて「ダニー、七〇年」とサインした。キャンバスの裏に、必要な事柄を記入した。

画家　ダニー

主題　孤独な死
日付　一九七〇年

そのときいらい、絵を見せて認められようとしつづけるトミーやアレンと違い、ダニーは静物画を、自分からすすんで他人に見せようとしなくなった。

一九七〇年の秋、ビリーはランカスター・ハイスクールに入学した。ランカスターの北側に、ごちゃごちゃかたまっているガラスとコンクリートの現代的な建物が学校だった。ビリーの成績はよくなかった。教師を嫌い、学校を嫌った。

アーサーは授業を頻繁《ひんぱん》にさぼって、図書館で医学書をじっくり読み、血液学にはとくに魅了された。

トミーはあいている時間を器具の修理にあて、逃げだす技を磨いた。そのころには、どんなロープからも逃げだせた。手を動かして結び目を解くか、するりと抜けだした。手錠を買い、ボールペンのキャップを裂いたものを鍵として使い、はずす練習をした。手錠の鍵になるものはいつもふたつ持っているほうがいいと心に銘記《めいき》した。ひとつは前のポケットに、もうひとつは後ろに。そうすれば、どちらで手錠をかけられても鍵が手に入る。

一九七一年一月、ビリーはＩＧＡに加盟している食料雑貨店でパートタイムの配達係の仕事についた。最初の給料の一部で、チャーマーのステーキを買った。クリスマスの休みのあいだは、万事がうまくいっていた。自分が継父を好いているのだとチャーマーに示せば、目のかたきにしないでくれるかもしれないと思った。

ビリーが裏の石段を登ると、キッチンのドアが蝶番《ちょうつがい》からはずれていた。ミリガンのおじいさんとおばあさんがいた。キャシーとチャラとジムがいた。母さんが血まみれのタオルを頭にあてていた。顔が青黒かった。

「チャーマーがドアから投げ飛ばしたんだ」ジムが言った。

「頭から髪の毛を引きむしったのよ」キャシーが言った。

ビリーは何も言わなかった。母親を見て、ステーキをテーブルに投げだし、自分の部屋に入ってドアを閉めた。目を閉じ、暗いなかで長いあいだ坐り、わが家にはどうしてこんなに苦痛やつらいことが多いのか、理解しようとつとめた。チャーマーが死にさえすれば、問題はすべて解決するのだ。

心がからっぽになったような気がした……。

レイゲンは目をあけ、抑えようもない怒りを感じた。あの男は、ダニーやビリーにしたこと、いまビリーの母親にしたことを考えれば、死んで当然だ。

ゆっくり立ちあがると、キッチンへいき、リヴィングルームからもれてくる低い声を聞いた。刃物類がしまってある引出しをあけ、六インチのステーキ・ナイフをとりだし、シャツの下にすべりこませ、自分の部屋へもどった。ナイフを枕の下に隠してから、横たわって待った。みなが寝静まったら、部屋を出て、チャーマーの心臓をずぶりとひと突きしよう。でなければ、喉を切り裂く。横たわってそれからの行動を心のなかでおさらいしながら、家のなかが静まるのを待った。十二時になっても、家族はまだ起きて、おしゃべりしていた。レイゲンは眠りこんだ。

朝の光が差しこみ、アレンは目覚めてベッドから飛びだした。どこにいるのか、何が起こったのか、よくわからなかった。すばやくバスルームへいき、レイゲンから計画を聞いた。部屋にもどると、ドロシーがいた。ベッドを整えているところで、手にナイフを持っていた。

「ビリー、これは何なの」

彼は穏やかな目を向け、単調な声で言った。「あいつを殺すつもりだった」

ドロシーは感情のこもらない低い声にはっとして、顔をあげた。「どういうこと？」

アレンはじっと彼女を見た。「ご主人はけさまでに死んでるはずだった」

ドロシーは真っ青になり、喉をつかんだ。「なんてことなの、ビリー。何を言ってるのよ」彼の腕をつかんで揺さぶり、誰にも聞かれないように声を低め、言葉を押しだした。「そんなこと言っちゃだめよ。考えてもだめ。おまえがどうなるか考えてごらん。おまえの身に何が起こるか」

アレンは彼女を見つめ、穏やかに言った。「あんたの身に何が起こったか考えてごらん」くるっと背を向けて、部屋を出た。

教室に坐って、ビリーはほかの生徒たちの忍び笑いやからかいを無視しようとつとめた。彼が精神衛生クリニックの外来患者になっているという噂がひろがっていた。生徒たちはくすくす笑いながら、こめかみに人差指をあててくるくるまわした。少女たちは彼に舌を突きだした。

授業のあいまに、数人の少女たちが、女子トイレに近い廊下で彼をとりまいた。

「おいでよ、ビリー。いいもの見せてあげる」

からかわれているのだとわかっていたが、内気すぎて、少女たちに逆らえなかった。少女たちはビリーをトイレに押しこみ、まわりに人垣《ひとがき》をつくった。彼が暴力をふるわないのはわかっていた。

「あんた、セックスしたことないって、ほんと?」

ビリーは赤くなった。

「女の子とやったことないの?」

フィリップが病院の少女と経験したのを知らなかったので、ビリーは首を振った。

「きっと農場の動物とやったのよ」

「あんた、ブレーメンの農場で動物と遊ぶの、ビリー?」

何をされているのか気づく前に、少女たちは彼を壁に押しつけ、ズボンをおろさせた。ビリーは足をすべらせ、床に倒れて、ズボンにしがみつこうとしたが、少女たちは脱がせたズボンを持って逃げだした。ビリーはショーツだけで女子トイレに横たわったまま残され、泣きだした。

女性の教師が入ってきた。女教師は彼を見ると、トイレを出て、しばらくすると彼のズボンを持ってもどってきた。

「あの女の子たちは鞭でぶったほうがいいわね、ビリー」女教師は言った。

「男の子がやらせたんだと思います」ビリーは言った。

「あなたは大きくて強い男の子よ」女教師は言った。「どうしてこんなことをやらせておくの」

ビリーは肩をすくめた。「女の子をぶつことはできません」

そう言うと、足を引きずりながらトイレを出たが、教室で少女たちと顔を合わせる勇気がなかった。ビリーは廊下をうろうろした。生きていても仕方がない。顔をあげると、作業員があけっぱなしにしていった、屋上に通じる通路のドアが目についた。そのとき何をすればいいのかわかった。がらんとした廊下をゆっくり通り、階段を登って、ドアから屋上に出た。寒かった。ビリーは坐り、本の内側のページに書置きを書いた。「さようなら、ごめんなさい。だけど、もうこれ以上がまんできません」

本を建物の端におき、後ろにさがって、走りだそうとした。身がまえ、深く息を吸いこみ、走りだした……。

建物の端にたどりつく前に、レイゲンがビリーを投げ倒した。

「まったく、危ないところだったな」アーサーがささやき声で言った。

「彼をどうする」レイゲンが訊いた。「こんなふうに歩かせておくのは危険だぞ」

「彼はわれわれ全員にとって危険だ。鬱状態だと、自殺に成功するかもしれない」

「解決法はあるのか」

「眠らせるんだ」

「どうやって」

「いまこの瞬間から、ビリーには二度と意識を持たせない」

「誰が管理するんだ」

「きみとわたしさ。われわれはともに責任を負っている。いかなる状況にあっても、彼に意識を持たせてはいけない、とほかの者にも言っておく。万事がほどほどに正常にもどって、比較的安全なときは、わたしが管理する。危険な状況にあるときは、きみが引き受けてくれ。われわれふたりで、誰が意識を持つべきか、持つべきでないかをきめよう」

「承知した」レイゲンは言った。ビリーが書置きを書いたページを見おろし、びりびりと細かく引き裂き、風のなかにまき散らした。「おれは保護者になる」とレイゲンは言った。「ビリーが子供たちの命を危険にさらすのは許せない」

それからレイゲンはあることに気づいた。「誰が話をするんだ。おれの訛りを聞いたら、みんな笑いだすぞ。あんたのもだ」

アーサーはうなずいた。「そのことは考えた。アレンは、アイルランド人が言うように、『口先がうまい』。彼がわれわれの代わりにしゃべってくれるよ。われわれが万事をコントロールして、世間の人たちに秘密を知られなければ、なんとか生きのびられるだろう」

アーサーはアレンに事情を説明した。それから子供たちに話し、何事が起こっているのか、彼らに呑みこませようとした。

「考えてごらん」アーサーは言った。「わたしたちみんなが――きみたちが会ったことのない人も含めて大勢いるが――暗い部屋にいるようなものだ。この部屋の中央の床に、明るい光のあたる部分がある。その光のなかへ、つまりそのスポットに足を踏み入れると、外の世界に出て、意識を持つんだ。その人のことを、ほかの人たちは見たり聞いたりして、反応する。わたしたち残った者は、いつものように自分が興味を持っていることをして、勉強したり、眠ったり、おしゃべりしたり、遊んだりする。だけど、外に出た者は、とても用心深くして、ほかの者がいることをばらしてはいけないんだ。家族の秘密なんだよ」

子供たちは理解した。

「アレン、授業にもどれ」

「よし」アーサーは言った。

アレンはスポットに出て、教科書をひろいあげると、下に降りた。

「だけど、ビリーはどこにいるの」クリスティーンが尋ねた。

ほかの者は、アーサーの答えを待ちかまえた。

アーサーは重々しく頭を振り、指を唇にあててささやいた。「起こしてはいけないよ。ビリーは眠ってるんだからね」

第十章

1

アレンはランカスターの花屋に仕事を見つけ、万事が好転した。花の好きな〈ティモシー〉が仕事の大半を引き受けたが、アダラナもときどきあらわれて、フラワー・アレンジメントを手がけた。アレンは店の経営者を説得して、ウィンドウに自分の絵をかけさせ、売れたら手数料をわたすことにした。自分の絵で金をつくるという思いつきはトミーの気に入り、最初の二、三枚が売れると、さらに熱心に励《はげ》み、収入の一部を注《つ》ぎこんで絵の具や絵筆を買った。彼が仕上げた数十枚の風景画は、アレンの肖像画やダニーの静物画よりも売行きがよかった。

六月のある金曜日の夜、店を閉めてから、中年の経営者はティモシーを奥のオフィスへ呼び、そこで言い寄った。ティモシーは怯《おび》えてスポットを離れ、自分の世界へ引きこもった。ダニーは目をあげ、その男が何をしようとしているのかに気づいた。農場での出来事を思い出し、ダニーは悲鳴をあげて逃げだした。

翌週の月曜日にトミーが、絵が売れたかどうか見たくてうずうずしながら仕事に出たところ、店はからっぽだった。経営者は引っ越し、行き先を書き残していないばかりか、絵を残らず持ち去っていた。

「ちくしょうめ」トミーはからっぽの店のウィンドウに怒鳴った。「おまえをとっつかまえてやるぞ、くそったれ!」石を拾って窓から投げこむと、気分がよくなった。

「腐った資本主義制度がいけないんだ」レイゲンが言った。

「それは論理的ではないな」アーサーは答えた。「あの男は、同性愛だと暴露《ばくろ》されるのが怖かったんだ。怯えた男の不正行為と経済制度とどんな関係があるんだ」

「利益を追求した結果だ。それがトミーみたいな若い連中の精神を汚染するんだ」

「まったく、あんたがいまいましい共産主義者だとは知らなかったよ」

「いつか、資本主義社会は崩壊する」レイゲンは言った。「あんたが資本主義者だってことはわかってるぜ、アーサー。だが、警告しておく。力はすべて人民のものだ」

「いずれにしても」アーサーはうんざりしたような声で言った。「花屋の店はなくなったから、誰かがべつのいまいましい仕事を見つけなければならない」

アレンはランカスターの東のはずれにあるホームステッド老人ホームで、夜勤の雑役夫の仕事についた。現代的な低い煉瓦《れんが》造りの建物で、正面がガラス張りの広いロビーには、いつも胸当てをつけたお年寄りたちが、車椅子をとめて、たむろしていた。仕事の大半はつまらないが、〈マーク〉が文句も言わずに引き受け、床を掃除し、モップで拭《ふ》き、シーツやおまるを替えた。

アーサーはその仕事の医学にかかわる部分に興味を持った。看護婦や看護士たちの一部が仕事をいいかげんにして、カードをしたり、読書や居眠りをしたりすると、アーサーは自分で見回り、病人や死にかけている人々の世話をした。彼らの不満に耳を傾け、汚い床ずれを清潔にして、たいていは、自分の天職だと思っているものに専念した。

ある夜、アーサーはマークが膝をつき、誰かが連れだされたあとの部屋の床をごしごしこすっているのを見て頭を振った。「きみは一生それをするのか——その肉体労働を。ゾンビだってやれるような、いまいましい奴隷仕事じゃないか」

マークは雑巾《ぞうきん》を眺め、それからアーサーを見て肩をすくめた。「自分の運命を支配するには傑出した精神が必要だ。計画を実行するのは馬鹿でもできる」

アーサーは眉をつりあげた。マークにそんな洞察力があるとは思っていなかった。だが、それ、つまり、知性の火花を持つ精神が、そのように精神のない仕事で消耗するのを見るのは、さらにひどいことだった。

アーサーは頭を振り、自分の患者を診《み》るためにぶらぶら歩きだした。ミスター・トーヴァルドが死にかけているのを知っていた。アーサーはその老人の部屋へいき、この一週間というもの毎夜ずっとやってきたように、ベッドのかたわらに腰をおろした。ミスター・トーヴァルドは、旧世界ですごした青春時代のこと、アメリカへやってきて、オハイオ州の土地に落ち着いたことを語った。目やにのたまった、まぶたの重たげな目をまばたきさせながら、ミスター・トーヴァルドは疲れたように言った。「わしは老人だ。話しすぎたかな」

「とんでもありません」アーサーは言った。「わたしは、お年寄りには智恵があり経験も豊富だから、話を聞くべきだとずっと考えてきました。あなたの知識は、本に書かれないのですから、若い者に話して伝えるべきです」

ミスター・トーヴァルドはにっこりした。「あんたは親切だ」

「痛みはひどいですか」

「わしは文句を言わないことにしている。しあわせな人生をすごした。もう死ぬ覚悟はできている」

アーサーはしなびた腕に手をかけた。「あなたはとても優雅に、威厳《いげん》をもって死のうとしています。あなたのような方が父親だったら、誇りにできるのですが」

ミスター・トーヴァルドは咳き込み、からっぽの水差しを指さした。

アーサーは水を入れにいき、もどると、ミスター・トーヴァルドがうつろな目で天井を凝視していた。アーサーは黙って、一瞬そこに立ち、年老いた穏やかな顔を見つめた。やがて目にかかっている髪をはらいのけ、つぶらせた。

「アレン」アーサーはささやいた。「看護婦たちを呼べ。ミスター・トーヴァルドが亡《な》くなったと言うんだ」

アレンはスポットに出て、ベッドの上のボタンを押した。

「それが正しい手続きだ」アーサーは引っこみながら言った。

アレンは一瞬、アーサーの声がこみあげる感情のためにかすれていると思った。だが、そんなことはありえないはずだ。アレンが質問する前に、アーサーは消えていた。

ホームステッドの仕事は三週間つづいた。ホームの本部はミリガンがまだ十六歳だと知ると、若すぎて夜勤をさせられないと通告し、彼は解雇された。

秋の学期がはじまって数週間後、チャーマーはその土曜日に草を刈るため、ビリーを農場へ連れていくと言った。トミーはチャーマーが新しい黄色のトラクター草刈機を、二枚の板の上からトラックの後ろへ押しあげるのを見まもった。

「なんでぼくがいかなきゃならないんだい」トミーは尋ねた。

「馬鹿なことを訊くな。とにかく来るんだ。めしを食いたきゃ働け。おれが草を刈る前に、落ち葉を掻《か》く人手がいるんだ。どっちみち、おまえにできるのは、せいぜいそれくらいのもんだ」

トミーはチャーマーがトラクターをトラックに固定するのを見まもった。ギアをバックに入れ、Uピンを差しこみ、レバーが動かないようにした。

「さあ、その板をとって、トラックに乗せろ」

くそっ、自分でやれよ。トミーは思い、スポットを離れた。

ダニーはそこに立ち、なぜチャーマーがにらんでいるのだろうといぶかった。

「おい、その板を乗せろ、この阿呆め」

ダニーは二枚の大きな板と取り組んだ。十四歳の少年には大きすぎ、重すぎた。

「このぶきっちょめ」チャーマーはダニーを押しのけ、自分で板を押しこんだ。「おまえのケツをぶつ前に、さっさと乗れ」

ダニーは席によじ登り、まっすぐ前を見た。チャーマーが缶ビールの蓋をあける音を聞き、匂いを嗅ぐと、冷たい恐怖が全身を走った。農家に着くと、すぐに落ち葉を掻く仕事をやらされたので、ダニーはほっとした。

チャーマーは草を刈り、ダニーはトラクターが近くに迫ってくると怖くなった。以前、トラクターでひどい目にあわされた。チャーマーの新しい黄色いトラクターが恐ろしかった。ダニーはデイヴィッドと、つづいてショーンと入れ替わり、何度もそれを繰り返したが、やがて仕事が終わり、チャーマーが怒鳴った。「板をトラックの外に出せ。さあ！」

ダニーはころげるように前に出て、まだトラクターに怯《おび》えながら、全力を振り絞って重い板をトラックから引っ張りだした。板がおかれると、チャーマーはトラクターをバックさせて、トラックに乗せた。また板をトラックに乗せこむと、ダニーはチャーマーがもう一本缶ビールをあけ、飲み終わって、出発の準備ができるのを待った。

それまでようすを見ていたトミーが、スポットに出た。あのいまいましいトラクターはダニーを怯えさせた。あのトラクターを壊してやろう。チャーマーがよそを見ているあいだに、トミーはすばやくトラックの後部にあがり、Uピンを引き抜いて、クラッチをニュートラルにした。チャーマーが運転席にまわると、トミーは飛び降り、Uピンを藪《やぶ》に投げ捨てた。それから助手席につき、まっすぐ前方を見て、待ちかまえた。チャーマーがいつものように急発進すれば、そのとたんに新しい黄色いトラクターがトラックから落ちるはずだった。

チャーマーはゆるやかに発進させ、一度も停止せずにブレーメンに入った。何も起こらなかった。ジェネラル・ミルズ工場の前で停止したとき、いよいよだとトミーは思った。いいと思った。だが、チャーマーはなめらかにトラックを走らせ、やがてランカスターに入った。いいとも、赤信号で最初に停止したときこそだ、とトミーは思った。

それはランカスターで起こった。信号が青に変わり、チャーマーはタイヤをきしらせてトラックを発進させ、トミーはトラクターが落ちたことを知った。真面目くさった顔をしていようと思ったが、できなかった。にやにや笑いを見られないように、顔をそむけて窓のほうに向けた。ちらりと後ろを振り返ると、小さな黄色いトラクターが道路をころがっていった。チャーマーがバックミラーを見て、あんぐり口をあけた。ブレーキを踏みこんでトラックをとめ、飛び降りて駆けもどり、道路に散った金属の破片を拾った。トミーは笑いだした。「ざまあみろ」トミーは言った。「あのトラクターはもう二度とダニーやディヴィッドを苦しめないぞ」一石二鳥の仕返しだ。あの機械を壊し、同時にチャーマーをやっつけたのだ。

自宅に送られたビリーの成績表はCとDとFがほとんどだった。学校時代を通じてAをとったのは一度だけだった。十年生の第三四半期《しはんき》の生物学だった。生物学に興味を持ちはじめたアーサーが、教室で授業に身を入れ、宿題をやったのだ。

自分が口をきけば笑われるのがわかっていたので、アーサーはアレンに答えさせた。突然秀才ぶりを発揮して、アレンは生物学の教師を唖然とさせた。アーサーは生物学にたいする興味を失わなかったが、家のなかがひどいありさまだったので、スポットの出入りが激しかった。生物学の教師ががっかりしたことに、ビリーの関心は消え、学年の終わりには成績が落ちた。アーサーは独学するようになり、最終的な成績表はDだった。

アーサーはほかの者がますます頻繁《ひんぱん》にスポットに出るようになったので、それだけで手いっぱいだった。精神的に不安定なこの時期を、彼は「混乱の時期」と呼んだ。

学校で爆弾騒ぎがあり、全員が退避したときは、みながビリー・ミリガンの仕業《しわざ》だと疑ったが、誰も証明できなかった。トミーは爆弾をつくったことを否定した。いずれにしろ、本物ではなかったが、フラスコのなかの液体が水ではなくニトロだったら、本物の爆弾になったかもしれない。爆弾をつくらなかったと言ったトミーは、嘘をついたのではなかった。トミーはぜったいに嘘をつかないのだ。ほかの少年のひとりにつくりかたを教え、図を描きもしたが、自分では手をださなかった。それほど馬鹿ではなかった。

トミーは爆弾騒ぎの興奮と、校長がかんかんになっているのを見て楽しんだ。ムーア校長は悩みごとがたくさんあり、頭の痛い問題を全部解決するのは難しそうだった。

だが、ムーア校長は問題のひとつを解決した。問題児のビリー・ミリガンを追いだしたのだ。

それで、ビリー・ミリガンが十七歳になってから五週間後――ジムが空軍に入隊する一週間前――トミーとアレンは海軍に入った。

第十一章

1

一九七二年三月二十三日、アレンはドロシーと新兵募集事務所へいき、彼とトミーは応募用紙にサインした。ドロシーは年下の息子が海軍に入ることに複雑な感情を抱《いだ》いたが、彼を家とチャーマーから引き離しておかなければならないのはわかっていた。退学いらい、万事が悪化していた。

徴兵官はすばやく書類に目をとおし、質問をすませた。ドロシーが質問のほとんどに答えた。

「精神病院に入ったこと、もしくは精神病だと診断されたことはありますか」

「いいえ」トミーは言った。「ありません」

「ちょっと待って」ドロシーが口をはさんだ。「州立コロンバス病院へ三カ月入院したじゃないの。ドクター・ブラウンがヒステリー性神経症だって言ってらしたわ」

徴兵官はペンをかまえたまま、顔をあげた。「ああ、それなら記入する必要はないでしょう。誰だって、神経症的なところはありますからね」

トミーはしてやったりという顔でドロシーを見た。

一般教育と発達検査を受けるときになると、トミーとアレンのふたりは問題を検討した。トミーの能力や知識を生かせないと見て、アレンは自分がテストの解答を書くことにした。だが、そのとき、ダニーが出てきてテスト用紙を見たが、どうすればいいのかわからなかった。

試験監督官は、ダニーが途方にくれているのを見て、ささやいた。「やってごらん。小さな線のあいだの答えの部分を黒く塗りつぶせばいいんだ」

ダニーは肩をすくめ、問題を読もうともせずに、上から次々に線のあいだを塗りつぶした。

ダニーは合格した。

一週間後、アレンはイリノイ州グレート・レイクスの海軍訓練センターへ向かい、二一大隊一〇九中隊に配属され、基礎訓練がはじまった。

ミリガンは高校生のとき、民間空中哨戒《しょうかい》部隊にいたので、百六十名の若い新兵のRPOC（新兵担当下士官）に任命された。彼は厳しい訓練を好んだ。

アレンは十六項目のマニュアルで最も優秀な成績をおさめた中隊が、名誉中隊にされることを知ると、トミーとともに朝の予定のうち、どこから時間を削れるかを検討した。

「シャワーを省略したらどうだい」トミーが提案した。

「規則だよ」アレンは言った。「石鹸は使わなくても、とにかくシャワーを浴びなければいけないんだ」

トミーは腰をおろし、シャワーを浴びるためにアセンブリー・ライン風の方法を考えだした。

翌日の夜、アレンは部下に指示した。「タオルをまるめ、左手に持つ。石鹸は右手だ。シャワーはこっちに十六、向かい側に十二、ここに十六ある。どれも湯の温度は一定だから、火傷《やけど》したり凍《こご》えたりする心配はない。きみたちは歩きつづけ、身体の左側を洗う。角《かど》にいったら、石鹸を反対の手に持ち替えて、後ろ向きに歩きながら身体の右側と髪を洗う。最後のシャワーにたどりついたときは、すすぎが終わって、あとは身体を拭くだけだ」

新兵たちがあっけにとられて見まもる前で、アレンは制服を着たままシャワーからシャワーへと歩きつづけ、時間を調べた。「この方法をとれば、各人がシャワーを浴びるのに、たった四十五秒ですむ。百六十人全員がシャワーを浴びて、服を着るまでに十分もかからない。われわれは朝、練兵場にまっさきに出る中隊になりたいんだ」

翌朝、ミリガンの中隊は練兵場にまっさきに出た。アレンは満足し、トミーはほかに二、三、時間を節約する方法を考えていると言った。彼は善行章を授与された。

二週間後、状況が悪化した。アレンが家に電話し、チャーマーがまたドロシーを殴っているのを知った。レイゲンは怒り、アーサーはむろん、あまり気にかけなかった。だが、トミーとダニーとアレンは気をもんだ。彼らは鬱状態になり、また混乱の時期がはじまった。

ショーンは靴を左右あべこべにはき、紐を結ばなかった。ディヴィッドはだらしなくなった。フィリップは自分がどこにいるのか気づいたが、何もしなかった。一〇九中隊の新兵たちは、まもなく、自分たちのRPOCがおかしくなったことに気づいた。ある日はとびぬけて優秀な指導者だが、その翌日はだべっているだけで、ペーパーワークが山のようにたまってもほうっておくのだ。

彼は眠りながら歩いているところを目撃された。誰かがそのことを本人に話すと、トミーは夜自分の身体をベッドに縛った。RPOCの仕事をやめさせられると、トミーは落ちこみ、ダニーはできるかぎり医務室に入《い》り浸《びた》るようになった。

アーサーは血液学の研究室に興味を抱いた。

ある日ミリガンのようすを見るために海軍から送られてきた捜査官が、制服を着たまま寝棚に身体を伸ばし、足に白い帽子を引っ掛けて、デスクの上からカードをはじき飛ばしているフィリップを見つけた。

「いったい何をやってる」シモンズ海軍大佐が問いただした。

「立ちなさい」彼の副官が言った。

「くそくらえ！」フィリップが言った。

「わたしは大佐だ。なんという……」

「あんたがイエス・キリストだってかまわねえよ！　とっとと出ていきな。あんたがいると狙いがはずれちまうぜ」

ランキン一等兵曹がやってきたときも、フィリップは同じことを言った。

一九七二年四月十二日、トミーが海軍に入隊してから二週間と四日後、フィリップは新兵評価ユニットへ移された。


中隊長からの報告書には次のように記されている。「この男は最初本官のＲＰＯＣだったが、相手かまわず年中いばりちらすだけで何もしなかった。ＲＰＯＣの任務からはずしたあとは、医務室へ通うようになった。日毎《ひごと》に悪くなるばかりであり、どの授業も理由を見つけてさぼった。この男は中隊のほかの誰よりも訓練が遅れ、下降線をたどっている。今後、見まもる必要がある」

精神科医がデイヴィッドを診察した。デイヴィッドは何が起こっているのかわかっていなかった。海軍はオハイオ州からとり寄せた記録を調べ、彼が精神病院に入院していたこと、応募用紙に偽りの記入をしたことを発見した。精神科医の報告書にはこうある。「彼は海軍にうまくなじむのに必要な成熟と安定が欠けている。これ以上の訓練は気質的に合わないという理由で除隊させるようにすすめるものである」

五月一日、入隊してから一カ月と一日後、ウィリアム・スタンリー・ミリガンは合衆国海軍を「無事故で」除隊になった。

給料とコロンバス行きの航空券をもらった。だが、グレート・レイクスからシカゴのオヘア空港へ行く途中、フィリップは休暇で帰宅するほかの新兵ふたりが、ニューヨークへ向かうことを知った。もらったユナイテッド航空の航空券を使わずに、フィリップは彼らとバスに乗った。自分の出身地だとわかっているが、いまだに見たことのないニューヨークへ行くつもりだった。

2

ニューヨークのバス・ターミナルで、フィリップは旅仲間に別れを告げ、ダッフルバッグを肩にかけて歩きだした。インフォメーション・デスクで地図とパンフレットをもらい、タイムズ・スクエアを目指した。故郷にもどったような気分だった。通りも、彼の耳には自然に聞こえる話声も、ここは自分が属する場所だと告げていた。

フィリップは二日間、街を探索した。スタテン・アイランド・フェリーに乗り、自由の女神の見物をして、そのあとバッテリー・パークから歩きだし、ウォール・ストリート周辺の狭い通りをうろつき、グリニッチ・ヴィレッジまで行った。ギリシア料理店で食事をして、安ホテルで寝た。翌日は五番街と三十四丁目の角《かど》へいき、エンパイア・ステート・ビルを見あげた。てっぺんに登り、街をじっくり眺めた。

「ブルックリンはどっち？」とツアー・ガイドに訊いた。

彼女は指さした。「あちらです。橋が三つごらんになれるでしょう——ウィリアムズバーグ橋、マンハッタン橋、ブルックリン橋です」

「次はそこへいくんだ」フィリップは言った。

エレベーターで降り、タクシーをつかまえて、言った。「ブルックリン橋へいってくれ」

「ブルックリン橋？」

フィリップはダッフルバッグをタクシーのなかに投げこんだ。「そうさ」

「橋から飛びこむのかい、それとも買うのかい？」運転手が訊いた。

「うるせえ。気のきいた冗談はよそ者にとっといて、黙って運転しろよ」

フィリップは橋でタクシーを降り、歩いてわたった。涼しい風が吹き、気分がよかった。半分ほどで足をとめ、下を見おろした。水がいっぱいあって、なんて美しいんだ。だが、ふいに気がめいった。なぜだかわからないが、そのきれいな橋の真ん中で、気持ちが暗くなってしまい、それ以上先へ進めなかった。ダッフルバッグを肩にかけ、マンハッタンへもどった。

ますます気がめいった。せっかくニューヨークにいるのに、楽しい思いができない。見なければならないものがあり、見つけなければならない場所があるが、それが何か、どこにあるのかわからなかった。バスに乗り、終点までいってべつのバスに乗り替え、またべつのバスに乗り、家や人を眺めたが、自分がどこへ向かっているのか、何を探しているのかわからないままだった。

とあるショッピング・モールで降り、うろうろ歩きまわった。モールの真ん中に願い事をする噴水があった。フィリップはコインを二個投げた。三個めの二十五セント硬貨を投げようとしたとき、誰かが袖を引いた。小さな黒人の少年が、訴えるような大きな目で見あげていた。

「くそっ」フィリップは言い、少年に硬貨を与えた。少年はにやりとして、走っていった。

フィリップはダッフルバッグをとりあげた。あまりにも気がめいり、苦しくてたまらず、しばらくそこに立っていたが、やがて身震いして、スポットを離れた……。

デイヴィッドはダッフルバッグの重さによろめき、落としてしまった。八歳の——もうじき九歳になるが——少年には重すぎた。デイヴィッドはダッフルバッグを後ろに引きずりながら、店のウィンドウをのぞき、ここはどこなのだろう、どうやってここまでやってきたのだろうと思った。ベンチに腰をおろし、まわりを見まわし、遊んでいる子供たちを見まもった。あの子たちと遊べればいいのに。デイヴィッドはまたダッフルバッグを引きずったが、重すぎるので、そのままほうりだし、うろうろ歩きだした。

陸海軍購買組合店にいき、余剰の携帯用無線機やサイレンを眺めた。大きなプラスティックの半球形の器具を手にとって、スイッチを押した。サイレンが鳴りはじめ、なかの赤いライトが閃《ひらめ》きだした。ぎょっとして、サイレンを落とすや店を飛びだし、外にとめてあったアイスクリーム売りの自転車にぶつかってひっくり返し、肘をすりむいた。デイヴィッドは走りつづけた。

誰も追いかけてこないので、足をとめ、通りを歩きながら、家に帰れるのだろうかといぶかった。たぶんドロシーが心配している。それにおなかがすいた。アイスクリームがあればいいのに。警官を見つけたら、どうやって家に帰ればいいのか訊こう。アーサーがいつも、迷子になったら警官に助けを求めればいいと言ってたっけ……。

アレンはまばたきした。

アイスクリーム売りから、スティックのついたものを買い、包み紙をはがしはじめたが、そのとき、汚れた顔の小さな女の子が見ているのに気づいた。

「やれやれ」アレンはアイスクリームをその子に与えた。子供にはつい甘くなってしまう、とくに飢えたような大きな目の子には。

アレンはアイスクリーム売りのところへもどった。「もうひとつくれないか」

「やあ、あんた腹がへってるんだね」

「よけいなことを言わないで、アイスクリームをくれ」

歩きながらアイスクリームを食べ、子供たちにつけこまれないようにしなければと思った。いくら口がうまくても、子供たちにしてやられたのでは、どうしようもないじゃないか。

自分ではシカゴだと思っている街の大きな建物を見て歩きまわり、やがてバスでダウンタウンへ向かった。今晩はもう遅いからオヘア空港へ行ってもしかたがない。このシカゴでひと晩すごし、朝コロンバス行きの飛行機に乗るしかない。

ふいに、とあるビルのちかちか光る電気の文字に気づいた。「五月五日、気温華氏六十八度」とあった。五月五日だって？　アレンは札入れをとりだし、中身を調べた。除隊時に支払われた金が約五百ドル。除隊は五月一日だった。シカゴからコロンバスへの航空券の日付は五月一日になっている。いったいどうしたんだ。除隊になってから、自分では気づかずに四日間もシカゴをうろついていたなんて。ダッフルバッグはどこにあるんだ？

腹のなかがうつろな感じがした。濃青色の正装を見おろした。汚れている。肘が裂け、左腕にかすり傷がある。

まあ、いいさ。何か食べて、ひと晩眠って、朝になったら飛行機でコロンバスへ帰るんだ。ハンバーガーをふたつ食べ、安宿を見つけて、九ドルの部屋に泊まった。

翌朝タクシーをつかまえ、運転手に空港へいってくれと頼んだ。

「ラガーディアですかい」

アレンは首を振った。シカゴにラガーディア空港があるとは知らなかった。

「違う。もうひとつのほうだ。大きい空港だ」

空港へ向かうタクシーのなかで、何があったのか考えようとした。目を閉じ、アーサーと連絡をとろうとした。何も起こらない。レイゲンは？ どこにもいなかった。また混乱の時期に入ってしまったのだ。

空港で、アレンはユナイテッド航空のカウンターへいき、係員に航空券をわたした。

「いつ出発する？」アレンは尋ねた。

係員は航空券を見、アレンを見た。「これはシカゴからコロンバス行きの航空券です。この航空券ではここからオハイオまで行けません」

「いったい何を言ってるんだ」

「シカゴです」係員は言った。

「そうさ。だから？」

責任者がやってきて、航空券を調べた。何が問題なのか、アレンにはわからなかった。

「何かあったのですか」責任者はアレンに訊いた。「この航空券でニューヨークからコロンバスまで飛ぶことはできません」

アレンは不精ひげが生えた顔をこすった。「ニューヨークだって?」

「そのとおりです。ここはケネディ空港です」

「なんてことだ!」

アレンは深呼吸すると、早口でしゃべりだした。「なあ、いいか。誰かが間違ったんだ。わかるだろ、ぼくは除隊したんだ」書類をとりだした。「間違った飛行機に乗ってしまったんだ。コロンバスに向かうはずだったのに。誰かがぼくのコーヒーに、何か入れたに違いない。ぼくは意識を失って、気がついたら、このニューヨークにいるってわけだ。荷物をぜんぶ飛行機に残してきてしまった。何とかしてくれないか。航空会社の手落ちだよ」

「この航空券を変更するには、追加料金が必要です」係員が言った。

「グレート・レイクスの海軍に電話してくれないか。あっちには、ぼくをコロンバスまで帰らせる責任があるんだ。請求書をあっちにまわしてくれ。つまりだね、帰宅する軍人には、ごたごたなしで適切な交通機関を利用する権利があるはずだ。その電話で、海軍に連絡してくれないか」

責任者はアレンを見て、言った。「わかりました。ここでお待ちください。軍にいた方のために何ができるかみてみましょう」

「トイレはどこだい」アレンは訊いた。

係員は指さし、アレンはすばやくそちらへいった。

なかに入ると、誰もいないのを見て、トイレット・ペーパーのロールをはずし、反対側に投げつけた。「くそっ！　くそっ！　くそっ！」とわめいた。「ちくしょう。もうこんなことはがまんできない！」

気持ちが落ち着くと、顔を洗い、髪をなでつけ、チケット・カウンターの係たちと顔を合わせるために、白い帽子をスマートにかぶった。

「うまくいきました」係員が言った。「新しい航空券をご用意いたします。次の便に席がとれました。二時間後に出発します」

コロンバスへ向かう航空機のなかで、アレンはニューヨークで五日間すごしながら、タクシーの内部とケネディ国際空港しか見なかったいらだたしさについて考えた。どうやってニューヨークに着いたのか、誰が時間を盗んだのか、何が起こったのか、まったくわからなかった。わかるときがあるのだろうか。ランカスターへ向かうバスのなかで、うたたねしようと椅子の背にもたれ、アーサーかレイゲンが聞いていればいいと思いながらつぶやいた。「誰かがドジを踏んだんだ」

3

アレンはインターステイト・エンジニアリングに雇われ、真空掃除機とごみ処理機の訪問販売の仕事についた。口がうまいので、一ヵ月ほどうまくやった。仲間のサム・ギャリスンがウェイトレスや秘書、それに顧客とまでデイトするのを見て、精力的な行動に感心した。

一九七二年七月四日、おしゃべりしているときにギャリスンが訊いた。「なんでかわいい子ちゃんとデイトしないんだね」

「時間がないんだ」アレンは答え、身体を縮めた。話題がセックスになると、いつも居心地が悪かった。「それほど興味がないしね」

「あんた、ホモじゃないんだろ」

「あたりまえだ」

「十七歳にもなって、女の子に興味がないって?」

「いいか」アレンは言った。「ぼくはほかに考えることがあるんだ」

「なあ」ギャリスンは言った。「女の子と寝たことがないのか」

「そのことは話したくない」精神病院でフィリップが女の子と経験したことを知らないので、アレンは頬が真っ赤にほてるのを感じて、顔をそむけた。

「まさか、童貞じゃないんだろ」

アレンは何も言わなかった。

「やれやれ」ギャリスンは言った。「なんとかしなくちゃな。サムにまかせろ。今晩七時にあんたの家へ迎えにいくよ」

その夜、アレンはシャワーを浴び、着替えをして、ビリーの兄のコロンを使った。ジムは空軍にいるから、使ってもわからないはずだ。

ギャリスンは時間きっかりにあらわれ、アレンを乗せて街へ向かった。ふたりはブロード・ストリートのホット・スポットという店の前に車を乗りつけ、ギャリスンが言った。

「車のなかで待っててくれ。すぐもどる」

数分後、ギャリスンがふたりの退屈そうな顔をしている若い女を連れてもどったときには仰天《ぎょうてん》した。

「ハイ、ハニー」ブロンドが車の窓からのぞきこんで言った。「あたしはトライナ、こっちはドリーよ。あんた、ハンサムね」ドリーは長い黒髪を後ろにはねのけ、ギャリスンと車の前に乗り込んだ。トライナはアレンと並んで、後部座席に坐った。

彼らは田園地帯へ出て、なおもしゃべりつづけ、くすくす笑った。トライナは手をアレンの脚にかけたまま、ズボンのジッパーをいじりつづけた。ひと気《け》のない場所に着くと、ギャリスンは車を道路脇に駐《と》めた。「おい、ビリー。トランクに毛布が入ってる。出すのを手伝ってくれ」

アレンは一緒にトランクにまわり、ギャリスンにフォイルに包まれた薄いものをふたつわたされた。「これをどう使えばいいのかわかってるだろ」

「うん」アレンは答えた。「だけど、いっぺんにふたつつけることはないんだろ」

ギャリスンはアレンの腕を軽くこづいた。「いつも冗談口をたたくんだな。ひとつはトライナ用さ。もうひとつはドリーだ。おれたちは交代すると言ってある。おれたちはふたりとやるんだ」

アレンはトランクをのぞき、狩猟用のライフルを見つけた。さっと顔をあげたが、ギャリスンは気にするようすもなく、彼に毛布をわたし、自分も一枚とってトランクを閉めた。そしてドリーと木の後ろへいった。

「さあ、はじめましょうよ」トライナがアレンのベルトをはずした。

「おい、そんなことしなくていいよ」アレンは言った。

「あまり興味がないんだったら、ハニー……」

すこしすると、ギャリスンがトライナを呼び、ドリーがアレンのところにやってきた。

「どうする？」ドリーが訊いた。

「どうするって？」

「もう一回やれる？」

「なあ」アレンは言った。「あっちにいるきみの友だちにも話したが、きみは何にもしなくていいんだ。それでも友だちでいられる」

「ねえ、ハニー、あんたのしたいようにしていいのよ。だけど、サムを怒らせたくないの。あんたはすてきな人だわ。彼はトライナと忙しいから、きっと気がつかないわね」

サム・ギャリスンは終わるとトランクをあけ、クーラーからビールを二本とりだして、一本をアレンにわたした。

「どうだった？」と訊いた。「女の子たちは気に入ったかい」

「何もしなかったんだ、サム」

「あんたが何もしなかったのか？　それとも、あのふたりが何もしなかったのか？」

「する必要がないとぼくが言った。ぼくはその時がきたら、結婚するよ」

「くだらん」

「いいんだよ、怒らないでくれ」アレンは言った。「ぼくは楽しんでるからね」

「楽しんでるが聞いてあきれるぜ！」ギャリスンは娘たちをののしった。「おまえたちに、こいつは童貞だって教えたはずだ。こいつをその気にさせるのは、おまえたちしだいなんだぞ」

　ドリーはギャリスンが立っている車の後ろにまわり、トランクに入っているライフルに目をとめた。「あんた、厄介事をかかえてんのね」

「くそ。車に乗れ」ギャリスンは言った。「送っていくよ」

「あたしは乗らない」

「じゃあ、勝手にしろ！」

ギャリスンはトランクをばたんと閉め、運転席に飛び乗った。「おい、ビリー。いまいましいアマどもは歩かせようぜ」

「乗れよ」アレンは娘たちに言った。「ここに残りたくないだろう」

「あたしたち、ちゃんと帰れるわよ」トライナが言った。「でも、このお返しはするからね」

ギャリスンはエンジンをふかし、アレンは車に乗りこんだ。

「あの娘たちをここに残しておくわけにいかないよ」

「くそ。ただの安っぽい女じゃないか」

「あのふたりが悪いんじゃない。ぼくがその気になれなかっただけだ」

「ま、とにかく、金はかからなかったな」

四日後の一九七二年七月八日、サム・ギャリスンとアレンはサークルヴィルの保安官事務所に出頭して、尋問に答えた。ふたりはその場で、誘拐、レイプ、凶器を携帯しての暴行罪で逮捕された。

ピッカウェイ郡の判事は、正式事実審理準備のための会合で審理の対象事項について聞き、誘拐罪を退《しりぞ》け、二千ドルの保釈金を課した。ドロシーは保証人に支払う二百ドルを用意し、息子を家に引きとった。

チャーマーは彼を拘置所へ送り返すようにと言ったが、ドロシーは自分の姉妹と相談して、十月に予定されているピッカウェイ郡少年裁判所における審理まで、フロリダ州マイアミの家であずかってもらう手配をした。

ビリーとジムがいないので、キャシーとチャラはドロシーの説得にとりかかり、ドロシーがチャーマーとの離婚手続きをはじめないなら、ふたりとも家を出ると最後通牒《さいごつうちょう》をつきつけた。ドロシーはとうとう同意し、チャーマーと離婚すると言った。

フロリダで、アレンは学校へいき、うまくやっていた。塗料店で仕事を見つけ、組織能力を発揮して経営者を感心させた。信心深いユダヤ人の〈サミュエル〉は、ビリーの父親もユダヤ人だったことを知っていた。マイアミに住むほかの多くのユダヤ人と同じく、サミュエルはミュンヘンのオリンピック村でイスラエルの選手十一名が殺害された事件に怒りを燃やした。金曜日の夜の礼拝にいき、選手たちの魂と、ビリーの父親の魂のために祈りをささげた。そして、アレンが無罪になるようにと神さまにお願いした。

十月二十日にピッカウェイ郡にもどると、ミリガンは評価のためにオハイオ州青少年委員会にまわされた。一九七二年十一月から一九七三年二月十六日——十八歳の誕生日の二日後――までピッカウェイ郡拘置所ですごした。勾留《こうりゅう》中に十八歳になったわけだが、判事の承諾《しょうだく》により、未成年として裁判を受けることになった。母親が頼んだ弁護士のジョージ・ケルナーは、判事に、自分の考えでは、法廷でどのような判決が下されようとも、この若者を破壊的な家庭環境に送り返さないようにするのが肝要《かんよう》だと語った。

判事は有罪の判決を下し、ウィリアム・S・ミリガンを不定期間オハイオ州青少年委員会の施設へ送るよう命じた。三月十二日、アレンがゼインズヴィルの青少年キャンプへ送られた日に、ドロシーが求めていたチャーマー・ミリガンとの離婚が最終的に認められた。レイゲンはサミュエルを嘲笑《あざわら》い、神は存在しないと言った。

本書は、一九九二年八月に早川書房より単行本として刊行された作品を、一九九九年十月にダニエル・キイス文庫版に収録し、NF文庫の新版として刊行したものです。

アルジャーノンに花束を〔新版〕

Flowers for Algernon

ダニエル・キイス
小尾芙佐訳

32歳になっても幼児なみの知能しかないチャーリイに、夢のような話が舞いこむ。大学の先生が頭をよくしてくれるというのだ。これにとびついた彼は、ネズミのアルジャーノンを相手に検査を受ける。手術によりチャーリイの知能は向上していくが……天才に変貌した青年が愛や憎しみ、喜びや孤独を通して知る心の真実とは？　全世界が涙した名作に、著者追悼の訳者あとがきを付した新版

ハヤカワ文庫

色のない島へ

——脳神経科医のミクロネシア探訪記

The Island of the Colorblind

オリヴァー・サックス

大庭紀雄監訳　春日井晶子訳

ハヤカワ文庫ＮＦ

川上弘美氏著『大好きな本』で紹介！

閉ざされた島に残る謎の風土病の原因とは？

モノトーンの視覚世界をもつ人々の島、原因不明の神経病が多発する島——ミクロネシアの小島を訪れた脳神経科医が、歴史や生活習慣を探り、思いがけない仮説に辿りつく。美しく豊かな自然とそこで暮らす人々の生命力を力強く描く感動の探訪記。解説／大庭紀雄

Mossad

モサド・ファイル

——イスラエル最強スパイ列伝

マイケル・バー＝ゾウハー&ニシム・ミシャル

上野元美訳

ハヤカワ文庫ＮＦ

佐藤優氏推薦

謎めく諜報活動の舞台裏が明らかに！

世界最強と謳われるイスラエルの対外情報機関「モサド」。ナチスへの報復、テロとの果てなき戦い、各国のユダヤ人保護など、インテリジェンス作戦の真実を人気作家が活写。国家存亡を左右する暗闘の真実を描くベストセラー・ノンフィクション。解説／小谷賢

訳者略歴　明治学院大学大学院卒
英米文学翻訳家　訳書にキイス
『ビリー・ミリガンと23の棺』,
クリスティー『ＡＢＣ殺人事件』,
コディ『闘う守護天使』, リーヴズ
『疑り屋のトマス』（以上早川書
房刊）他多数

HM=Hayakawa Mystery
SF=Science Fiction
JA=Japanese Author
NV=Novel
NF=Nonfiction
FT=Fantasy

24人《にん》のビリー・ミリガン
〔新版〕
〔上〕

〈NF430〉

二〇一五年五月十五日　発行
二〇二五年一月十五日　三刷

（定価はカバーに表示してあります）

著者　ダニエル・キイス
訳者　堀《ほり》内《うち》静《しず》子《こ》
発行者　早川浩
発行所　株式会社　早川書房

郵便番号　一〇一‐〇〇四六
東京都千代田区神田多町二ノ二
電話　〇三‐三二五二‐三一一一
振替　〇〇一六〇‐三‐四七七九九
https://www.hayakawa-online.co.jp

乱丁・落丁本は小社制作部宛お送り下さい。
送料小社負担にてお取りかえいたします。

印刷・中央精版印刷株式会社　製本・株式会社明光社
Printed and bound in Japan
ISBN978-4-15-050430-4 C0198

本書は活字が大きく読みやすい〈トールサイズ〉です。